ET APRÈS...

Guillaume Musso

ET APRÈS...

ÉDITIONS FRANCE LOISIRS

Édition du Club France Loisirs,
avec l'autorisation des Éditions XO

Éditions France Loisirs,
123 boulevard de Grenelle, Paris
www.franceloisirs.com

ISBN : Version reliée : 2-7441-6571-9
Version brochée : 2-7441-6572-7

Pour Suzy

Prologue

Île de Nantucket
Massachusetts
Automne 1972

Le lac s'étendait à l'est de l'île, derrière les marais qui baignaient les plantations de canneberges. Il faisait bon.

Après quelques jours de froid, la douceur était maintenant de retour et la surface de l'eau renvoyait les couleurs flamboyantes de l'été indien.

— Hé, viens voir !

Le petit garçon s'approcha de la rive et regarda dans la direction indiquée par sa camarade. Un grand oiseau nageait au milieu des feuilles. Son plumage immaculé, son bec noir comme le jais et son cou très allongé lui donnaient une grâce majestueuse.

Un cygne.

Alors qu'il n'était plus qu'à quelques mètres des enfants, l'oiseau plongea la tête et le cou dans l'eau. Puis il refit surface et lança un long cri, doux et mélodieux, contrastant avec les bêlements des cygnes au bec jaunâtre qui servent de décoration dans les jardins publics.

— Je vais le caresser !

La petite fille s'approcha tout près du bord et tendit la main. Effrayé, l'oiseau déploya ses ailes d'un mouvement si brusque qu'il la déséquilibra. Elle tomba lourdement dans l'eau tandis que le cygne prenait son envol dans un battement d'ailes au souffle grave.

Immédiatement, elle eut la respiration coupée par le froid, comme si un étau compressait son thorax. Pour son âge, c'était une bonne nageuse. À la plage, il lui arrivait parfois de nager la brasse sur plusieurs centaines de mètres. Mais les eaux du lac étaient glacées, et la rive difficile à atteindre. Elle se débattit violemment puis s'affola quand elle comprit qu'elle n'arriverait pas à remonter sur le rivage. Elle se sentait minuscule, tout entière engloutie par cette immensité liquide.

Lorsqu'il vit son amie en difficulté, le garçon n'hésita pas : il ôta ses chaussures et plongea tout habillé.

— Tiens-toi à moi, n'aie pas peur.

Elle s'accrocha à lui et, tant bien que mal, ils parvinrent à se rapprocher du bord. La tête sous l'eau, il la souleva de toutes ses forces et, grâce à son aide, elle réussit de justesse à se hisser sur la rive.

Au moment où il allait grimper à son tour, il se sentit faiblir, comme si deux bras puissants l'entraînaient avec force au fond du lac. Il suffoqua; son cœur se mit à battre à toute vitesse pendant qu'une pression effroyable comprimait son cerveau.

Il se débattit jusqu'à ce qu'il sente ses poumons se remplir d'eau. Puis, n'en pouvant plus, il lâcha prise et coula. Ses tympans explosèrent et tout devint noir autour de lui. Enveloppé par les ténèbres, il comprit confusément que c'était sans doute la fin.

Car il n'y avait plus rien. Rien que ce noir froid et effrayant.

Du noir.

Du noir.

Puis, soudain...

Une lueur.

1

« Il en est qui naissent grands…
et d'autres qui conquièrent les grandeurs… »
Shakespeare

Manhattan
De nos jours
9 décembre

Comme tous les matins, Nathan Del Amico fut réveillé par deux sonneries simultanées. Il programmait toujours deux réveils : l'un branché sur le secteur, l'autre fonctionnant à piles. Mallory trouvait ça ridicule.

Après avoir avalé la moitié d'un bol de corn-flakes, mis la main sur un survêtement et une paire de Reebok usagées, il sortit pour son footing quotidien.

Le miroir de l'ascenseur lui renvoya le reflet d'un homme encore jeune, au physique agréable mais au visage fatigué.

Tu aurais bien besoin de vacances, mon petit Nathan, pensa-t-il en observant de plus près les fines ombres bleutées qui s'étaient logées sous son regard pendant la nuit.

Il remonta la fermeture Éclair de sa veste jusqu'au col puis enfila des gants fourrés et un bonnet de laine à l'effigie des *Yankees*.

Nathan habitait au 23e étage du San Remo Building, l'un

des luxueux immeubles de l'Upper West Side, qui donnait directement sur Central Park West. Dès qu'il mit le nez dehors, une buée blanche et froide s'échappa de ses lèvres. Il faisait encore presque nuit et les immeubles résidentiels qui bordaient la rue commençaient à peine à émerger de la brume. La veille, la météo avait annoncé de la neige mais il n'était encore rien tombé.

Il remonta la rue à petites foulées. Partout, les illuminations de Noël et les couronnes de houx accrochées aux entrées donnaient un air de fête au quartier. Nathan passa devant le Musée d'histoire naturelle et, au terme d'une course d'une centaine de mètres, pénétra dans Central Park.

À cette heure de la journée et vu le froid, le lieu n'était guère fréquenté. Un vent glacial en provenance de l'Hudson balayait la piste de jogging autour du *Reservoir*, le lac artificiel qui s'étendait au milieu du parc.

Même s'il n'était pas vraiment conseillé de s'aventurer sur cette piste lorsque le jour n'était pas entièrement levé, Nathan s'y engagea sans appréhension. Il courait ici depuis plusieurs années et jamais rien de fâcheux ne lui était arrivé. Nathan s'imposa un rythme de course soutenu. L'air était piquant mais pour rien au monde il n'aurait renoncé à son heure de sport quotidienne.

Au bout de trois quarts d'heure d'efforts, il fit une halte au niveau de Traverse Road et se désaltéra abondamment avant de s'asseoir un moment sur la pelouse.

Là, il pensa aux hivers cléments de Californie et au littoral de San Diego qui proposait des dizaines de kilomètres de plages idéales pour la course à pied. L'espace d'un instant, il se laissa envahir par les éclats de rire de sa fille Bonnie.

Elle lui manquait terriblement.

Le visage de sa femme Mallory et ses grands yeux d'océan

traversèrent également son esprit mais il se força à ne pas s'y attarder.

Arrête de remuer le couteau dans la plaie.

Pourtant, il demeura assis sur le gazon, toujours habité par ce vide immense qu'il avait ressenti lorsqu'elle était partie. Un vide qui le dévorait intérieurement depuis plusieurs mois.

Jamais il ne s'était douté que la douleur pourrait prendre cette forme.

Il se sentait seul et misérable. Un bref instant, des larmes lui réchauffèrent les yeux avant d'être balayées par le vent glacé.

Il avala une gorgée d'eau supplémentaire. Depuis qu'il s'était réveillé, il ressentait un élancement bizarre dans la poitrine, un peu comme un point de côté, qui entravait sa respiration.

Les premiers flocons commencèrent à tomber. Alors il se leva et regagna le San Remo en allongeant les foulées pour aller prendre une douche avant de partir travailler.

Nathan claqua la porte du taxi. En costume sombre et rasé de frais, il s'engouffra dans la tour de verre qui abritait les bureaux du cabinet Marble&March à l'angle de Park Avenue et de la 52e Rue.

De tous les cabinets d'avocats d'affaires de la ville, Marble était celui qui avait le vent en poupe. Il employait plus de neuf cents salariés à travers les États-Unis dont près de la moitié à New York.

Nathan avait commencé sa carrière au siège de San Diego, où il était très vite devenu la coqueluche de la maison, au point qu'Ashley Jordan, l'associé principal, avait proposé sa candidature comme associé. Le cabinet de New York était alors en plein développement, si bien qu'à trente et un ans Nathan avait fait ses bagages pour retourner dans la ville qui l'avait vu grandir et où l'attendait son nouveau poste de *responsable adjoint du département des fusions-acquisitions*.

Un parcours exceptionnel à son âge.

Nathan avait réalisé son ambition : devenir un *rainmaker*, un des avocats les plus renommés et les plus précoces de la profession. Il avait réussi dans la vie. Non pas en faisant fructifier de l'argent à la Bourse ou en profitant de relations familiales. Non, il avait gagné de l'argent par son travail. En défendant des individus et des sociétés et en faisant respecter des lois.

Brillant, riche et fier de lui.

Tel était Nathan Del Amico.

Vu de l'extérieur.

*

Nathan passa l'intégralité de la matinée à rencontrer les collaborateurs dont il supervisait le travail, pour faire le point sur les dossiers en cours. Vers midi, Abby lui apporta un café, des bretzels au sésame et du *cream cheese*.

Abby était son assistante depuis plusieurs années. Originaire de Californie, elle avait accepté de le suivre à New York en raison de leur bonne entente. Célibataire entre deux âges, elle s'investissait beaucoup dans son travail et avait toute la confiance de Nathan qui n'hésitait jamais à lui confier des responsabilités. Il faut dire qu'Abby possédait une capacité de travail peu commune qui lui permettait de suivre — voire d'accélérer — le rythme imposé par son patron, dût-elle pour cela se gaver en cachette de jus de fruits additionné de vitamines et de caféine.

Comme Nathan n'avait pas de rendez-vous dans l'heure qui suivait, il en profita pour dénouer sa cravate. Décidément, cette douleur à la poitrine persistait. Il se massa les tempes et s'aspergea le visage d'un peu d'eau froide.

Arrête de penser à Mallory.

— Nathan ?

Abby venait de rentrer sans frapper comme elle en avait l'habitude lorsqu'ils étaient seuls. La jeune femme fit le point sur son programme de l'après-midi, puis ajouta :

— Un ami d'Ashley Jordan a appelé dans la matinée, il voulait un rendez-vous d'urgence. Un certain Garrett Goodrich...

— Goodrich ? Jamais entendu parler.

— J'ai cru comprendre que c'était l'un de ses amis d'enfance, un médecin renommé.

— Et que puis-je pour ce monsieur ? demanda-t-il en fronçant les sourcils.

— Je ne sais pas, il n'a rien précisé. Il a seulement dit que, d'après Jordan, c'était vous le meilleur.

Et c'est vrai : pas un seul procès perdu de toute ma carrière. Pas un.

— Essayez de m'appeler Ashley, s'il vous plaît.

— Il est parti pour Baltimore il y a une heure. Vous savez, le dossier Kyle...

— Ah, oui, exact... À quelle heure doit venir ce Goodrich ?

— Je lui ai proposé dix-sept heures.

Elle avait déjà quitté la pièce lorsqu'elle passa la tête dans l'entrebâillement de la porte.

— Ce doit être pour un truc de poursuites médicales, hasarda-t-elle.

— Sans doute, approuva-t-il en se replongeant dans ses dossiers. Si c'est le cas, nous l'expédierons au département du quatrième étage.

Goodrich arriva un peu avant dix-sept heures. Abby l'introduisit dans le bureau sans le faire attendre.

C'était un homme dans la force de l'âge, grand et puissamment bâti. Son long manteau impeccable et son costume anthracite accentuaient encore sa grande stature. Il s'avança dans le bureau d'un pas assuré. Solidement planté au milieu de la pièce, sa carrure de lutteur lui conférait une forte présence.

D'un geste large de la main, il secoua son manteau avant de le tendre à Abby. Il passa les doigts dans ses cheveux poivre et sel savamment ébouriffés — il avait sans doute atteint la soixantaine mais était loin d'être dégarni — puis caressa lentement sa courte barbe, tout en plantant ses yeux vifs et pénétrants dans ceux de l'avocat.

Dès que le regard de Goodrich croisa le sien, Nathan se sentit mal à l'aise. Sa respiration s'accéléra bizarrement et, l'espace d'un instant, ses pensées se brouillèrent.

2

« Je vois un messager debout dans le soleil. »
Apocalypse, 19, 17.

— Vous vous sentez bien, monsieur Del Amico ?

Bon sang, qu'est-ce qui me prend ?

— Oui, oui… juste un étourdissement, répondit Nathan en retrouvant ses esprits. Un peu de surmenage sans doute…

Goodrich n'avait pas l'air convaincu.

— Je suis médecin, si vous désirez que je vous examine, je le ferai volontiers, proposa-t-il d'une voix sonore.

Nathan se força à sourire.

— Merci, ça va.

— Vraiment ?

— Je vous assure.

Sans attendre qu'on l'y invite, Goodrich se cala dans un des fauteuils en cuir et détailla attentivement la décoration du bureau. La pièce était tapissée de rayonnages de livres anciens avec, au centre, un imposant bureau encadré par une table de réunion en noyer massif et un élégant petit canapé qui dégageaient une atmosphère cossue.

— Alors, qu'attendez-vous de moi, docteur Goodrich ? demanda Nathan après un petit silence.

Le médecin croisa les jambes et se balança légèrement dans son fauteuil avant de répondre :

— Je n'attends rien de vous, Nathan... Vous permettez que je vous appelle Nathan, n'est-ce pas ?

Son ton ressemblait plus à une affirmation qu'à une véritable question.

L'avocat ne se laissa pas décontenancer :

— Vous venez me voir à titre professionnel, n'est-ce pas ? Notre cabinet défend certains médecins poursuivis par leurs clients...

— Ce n'est pas mon cas, fort heureusement, l'interrompit Goodrich. J'évite d'opérer lorsque j'ai bu un coup de trop. C'est bête d'amputer la jambe droite lorsque c'est la gauche qui est souffrante, n'est-ce pas ?

Nathan se força à sourire.

— Quel est votre problème alors, docteur Goodrich ?

— Eh bien, j'ai quelques kilos de trop mais...

— ... cela ne nécessite pas vraiment les services d'un avocat d'affaires, vous en conviendrez.

— D'accord.

Ce type me prend pour un imbécile.

Un lourd silence s'installa dans la pièce bien qu'il n'y régnât pas une grande tension. Nathan n'était pas facilement impressionnable. Son expérience professionnelle avait fait de lui un redoutable négociateur et il était difficile de le déstabiliser dans une conversation.

Il regarda son interlocuteur fixement. Où avait-il déjà vu ce front large et haut, cette mâchoire puissante, ces sourcils touffus et rapprochés ? Il n'y avait aucune trace d'hostilité dans les yeux de Goodrich mais cela n'empêcha pas l'avocat de se sentir menacé.

— Vous voulez boire quelque chose ? proposa-t-il d'un ton qui se voulait tranquille.

— Volontiers, un verre de San Pellegrino, si c'est possible.

— On doit pouvoir trouver ça, assura-t-il en décrochant son téléphone pour joindre Abby.

En attendant son rafraîchissement, Goodrich s'était levé de son siège et parcourait d'un œil intéressé les rayonnages de la bibliothèque.

C'est ça, fais comme chez toi, pensa Nathan, agacé.

En regagnant son siège, le médecin considéra attentivement le presse-papiers — un cygne en argent — posé sur le bureau devant lui.

— On pourrait presque tuer un homme avec un tel objet, dit-il en le soupesant.

— Ça ne fait aucun doute, admit Nathan avec un sourire crispé.

— On trouve beaucoup de cygnes dans les vieux textes celtiques, fit remarquer Goodrich comme pour lui-même.

— Vous vous intéressez à la culture celtique ?

— La famille de ma mère est originaire d'Irlande.

— La famille de ma femme également.

— Vous voulez dire votre *ex*-femme.

Nathan fusilla son interlocuteur du regard.

— Ashley m'a dit que vous étiez divorcé, expliqua tranquillement Goodrich tout en faisant pivoter son confortable fauteuil rembourré.

Ça t'apprendra à raconter ta vie à ce connard.

— Dans les textes celtiques, reprit Goodrich, les êtres de l'autre monde qui pénètrent sur terre empruntent souvent la forme d'un cygne.

— Très poétique, mais est-ce que vous pouvez m'expliquer ce que...

À ce moment, Abby entra dans la pièce avec un plateau

supportant une bouteille et deux grands verres d'eau pétillante.

Le médecin reposa le presse-papiers et but lentement tout le contenu de son verre — un peu comme s'il en appréciait chaque bulle avec gourmandise.

— Vous vous êtes blessé ? demanda-t-il en désignant une égratignure sur la main gauche de l'avocat.

Celui-ci haussa les épaules :

— C'est trois fois rien : une écorchure à un grillage en faisant mon footing.

Goodrich reposa son verre et prit un ton professoral.

— Au moment précis où vous parlez, des centaines de cellules de votre peau sont en train de se reconstituer. Lorsqu'une cellule meurt, une autre se divise pour la remplacer : c'est le phénomène d'homéostasie tissulaire.

— Ravi de l'apprendre.

— Parallèlement, de nombreux neurones de votre cerveau sont détruits chaque jour et ce depuis que vous avez vingt ans...

— C'est, je crois, le lot de tous les êtres humains.

— Exactement, c'est le balancier permanent entre la création et la destruction.

Ce type est dingue.

— Pourquoi me dites-vous cela ?

— Parce que la mort est partout. En tout être humain, à tous les stades de sa vie, existe une tension entre deux forces contraires : les forces de la vie et celles de la mort.

Nathan se leva et désigna la porte du bureau.

— Vous permettez ?

— Je vous en prie.

Il sortit de la pièce et se dirigea vers un des postes de travail inoccupés de la salle des secrétaires. Il se connecta rapidement à Internet et se rendit sur les sites des hôpitaux de New York.

L'homme qui était assis dans son bureau n'était pas un imposteur. Il ne s'agissait ni d'un prédicateur, ni d'un malade mental évadé d'une institution de soins. Il se nommait bien Garrett Goodrich, docteur en chirurgie oncologique, ancien interne au *Medical General Hospital* de Boston, médecin attaché au *Staten Island Hospital* et chef de l'unité de soins palliatifs de cet hôpital.

Cet homme était un ponte, une véritable sommité du monde de la médecine. Aucun doute possible : il y avait même sa photo et elle correspondait au visage soigné du sexagénaire qui attendait dans la pièce voisine.

Nathan examina plus attentivement le CV de son hôte : à sa connaissance, il n'était jamais allé dans aucun des hôpitaux qui jalonnaient la carrière du docteur Garrett Goodrich. Pourquoi donc son physique ne lui était-il pas inconnu ?

C'est avec cette question en tête qu'il regagna son bureau.

*

— Alors Garrett, vous me parliez de la mort, non ? Vous permettez que je vous appelle Garrett, n'est-ce pas ?

— Je vous parlais de la vie, Del Amico, de la vie et du temps qui passe.

Nathan profita de ces mots pour jeter ostensiblement un coup d'œil à sa montre, manière de faire comprendre qu'effectivement « le temps passait » et que le sien était précieux.

— Vous travaillez trop, se contenta de dire Goodrich.

— Je suis très touché que quelqu'un s'occupe de ma santé, vraiment.

À nouveau, il y eut ce silence entre eux. Un silence à la fois intime et pesant. Puis la tension monta :

— Pour la dernière fois, en quoi puis-je vous être utile monsieur Goodrich ?

— Je pense que c'est moi qui pourrais vous être utile, Nathan.

— Pour le moment, je ne vois pas très bien en quoi.

— Ça viendra, Nathan, ça viendra. Certaines épreuves peuvent être pénibles, vous verrez.

— À quoi faites-vous allusion, au juste ?

— À la nécessité d'être bien préparé.

— Je ne vous suis pas.

— Qui sait de quoi demain sera fait ? On a tout intérêt à ne pas se tromper de priorités dans la vie.

— C'est très profond comme pensée, se moqua l'avocat. Est-ce une sorte de menace ?

— Pas une menace, Nathan, un message.

Un message ?

Il n'y avait toujours pas d'hostilité dans le regard de Goodrich mais cela ne le rendait pas moins inquiétant.

Fous-le dehors, Nat. Ce type débloque. Ne rentre pas dans son jeu.

— Je ne devrais peut-être pas vous le dire mais si vous n'aviez pas été recommandé par Ashley Jordan, j'aurais appelé la sécurité et ordonné qu'on vous jette dehors.

— Je m'en doute bien, sourit Goodrich. Pour votre information, je ne connais pas Ashley Jordan.

— Je croyais que c'était l'un de vos amis !

— Ce n'était qu'un moyen d'arriver jusqu'à vous.

— Attendez, si vous ne connaissez pas Jordan, qui vous a dit que j'étais divorcé ?

— C'est écrit sur votre visage.

Ce fut la goutte d'eau... L'avocat se leva d'un bond et ouvrit la porte avec une violence mal contenue.

— J'ai du travail !

— Vous ne croyez pas si bien dire et c'est pourquoi je vais vous laisser... pour l'instant.

Goodrich quitta son siège. Sa silhouette massive se dessinait à contre-jour, donnant l'impression d'un colosse trapu indestructible. Il se dirigea vers la porte et franchit le seuil du bureau sans se retourner.

— Mais que me voulez-vous vraiment ? demanda Nathan d'un ton désemparé.

— Je crois que vous le savez, Nathan, je crois que vous le savez, lança Goodrich, déjà dans le couloir.

— Je ne sais rien ! dit l'avocat avec force.

Il claqua la porte de son bureau, puis la rouvrit aussitôt pour crier dans le couloir :

— Je ne sais pas qui vous êtes !

Mais Garrett Goodrich était déjà loin.

3

« Une carrière réussie est une chose merveilleuse mais on ne peut pas se blottir contre elle la nuit quand on a froid. »
Marilyn Monroe

Après avoir poussé la porte derrière lui, Nathan ferma les yeux et, pendant plusieurs secondes, pressa un verre d'eau fraîche contre son front. Il sentait confusément que cet incident ne resterait pas sans suite et qu'il n'avait pas fini d'entendre parler de Garrett Goodrich.

Il eut du mal à se remettre au travail. La bouffée de chaleur qui le submergeait et la douleur de plus en plus insistante dans sa poitrine l'empêchaient de fixer sa concentration.

Son verre d'eau à la main, il se leva de sa chaise, fit quelques pas en direction de la fenêtre, pour apercevoir les reflets bleutés du Helmsey Building. À côté de l'immense façade sans charme du Met Life, ce gratte-ciel à taille humaine passait pour un véritable joyau avec son élégante tour surmontée d'un toit en forme de pyramide.

Pendant quelques minutes, il regarda la circulation s'écouler vers le sud à travers les rampes des deux portails géants qui enjambaient l'avenue.

La neige continuait à tomber sans relâche, colorant la ville de nuances de blanc et de gris.

Il ressentait toujours un malaise en se mettant à cette fenêtre. Au moment des attentats du 11 septembre, il travaillait sur son ordinateur lorsque avait éclaté la première explosion. Jamais il n'oublierait cette épouvantable journée d'horreur, ces colonnes de fumée noire qui avaient pollué le ciel jusque-là limpide, puis ce monstrueux nuage de débris et de poussière lorsque les tours s'étaient effondrées. Pour la première fois, Manhattan et ses gratte-ciel lui avaient paru petits, vulnérables et éphémères.

Comme la plupart de ses collègues, il avait essayé de ne pas trop ressasser le cauchemar qu'ils avaient alors vécu. La vie avait repris son cours. *Business as usual.* Pourtant, ainsi que le disaient les gens d'ici, New York n'était jamais réellement redevenu New York.

Décidément, je n'y arriverai pas.

Il tria néanmoins quelques dossiers qu'il rangea dans sa mallette puis, au grand étonnement d'Abby, décida d'aller finir de les étudier chez lui.

Cela faisait une éternité qu'il n'avait pas quitté son bureau si tôt. D'ordinaire, il abattait près de quatorze heures de travail par jour, six jours par semaine et, depuis son divorce, venait même fréquemment au cabinet le dimanche. De tous les associés, c'est lui qui facturait le plus grand nombre d'heures. Il fallait ajouter à ça le prestige de son dernier coup d'éclat : alors que tout le monde jugeait la tâche délicate, il avait réussi à faire aboutir la fusion très médiatisée des entreprises Downey et NewWax, ce qui lui avait valu un article élogieux dans le *National Lawyer*, l'un des journaux les plus renommés de la profession. Nathan exaspérait la plupart de ses collègues. Il était trop exemplaire, trop parfait. Non content de bénéficier d'un physique avantageux, il n'oubliait jamais de dire bonjour aux secrétaires, remerciait le portier qui lui appelait une voiture et consacrait gratuitement quelques heures par mois à des clients nécessiteux.

L'air vif de la rue lui fit du bien. Il ne neigeait presque plus et les précipitations n'avaient pas été assez soutenues pour gêner la circulation. Tout en guettant un taxi, il écouta un chœur d'enfants, en aubes immaculées, qui chantaient l'*Ave verum corpus* devant l'église St. Bartholomew. Il ne put s'empêcher de trouver quelque chose d'à la fois doux et inquiétant dans cette musique.

Il arriva au San Remo juste après dix-huit heures, se fit un thé bien chaud et empoigna son téléphone.

Même s'il n'était que quinze heures à San Diego, Bonnie et Mallory seraient peut-être à la maison. Il devait mettre au point les détails de l'arrivée de sa fille qui le rejoindrait dans quelques jours à l'occasion des prochaines vacances.

Il composa le numéro avec appréhension. Le répondeur se déclencha au bout de trois sonneries.

« Vous êtes bien chez Mallory Wexler. Je ne peux vous répondre actuellement mais... »

Entendre le son de sa voix lui faisait du bien. C'était comme recevoir une ration d'oxygène dont il aurait trop longtemps été privé. Voilà à quoi il en était réduit, lui qui n'avait pourtant pas l'habitude de se contenter de peu.

Soudain, le message d'accueil s'interrompit.

— Allô ?

Nathan fit un effort surhumain pour prendre un air enjoué, adoptant ainsi son stupide et vieux réflexe : surtout ne jamais montrer ses faiblesses, fût-ce à une femme qui le connaissait depuis l'enfance.

— Salut, Mallory.

Depuis combien de temps ne l'avait-il plus appelée *mon amour* ?

— Bonjour, répondit-elle sans chaleur.

— Tout va bien ?

Elle prit un ton cassant :

— Qu'est-ce que tu veux, Nathan ?

Ça va, j'ai compris : ce n'est toujours pas aujourd'hui que tu consentiras à reprendre une conversation normale avec moi.

— J'appelais juste pour qu'on se mette d'accord sur le voyage de Bonnie. Elle est avec toi ?

— Elle est à son cours de violon. Elle sera rentrée dans une heure.

— Tu pourrais peut-être déjà me donner l'horaire de son vol, proposa-t-il. Je crois que son avion arrive en début de soirée...

— Elle sera rentrée dans une heure, répéta Mallory, pressée de mettre un terme à cette conversation.

— Très bien, bon, à tout à l'h...

Mais elle avait déjà raccroché.

Jamais il n'aurait pensé que leurs échanges pourraient atteindre un tel degré de froideur. Comment deux personnes qui avaient été si proches pouvaient-elles en arriver à se comporter en véritables étrangers ? Comment cela était-il possible ? Il s'installa dans le canapé du salon et laissa errer son regard au plafond. Quel naïf il était ! Bien sûr que c'était possible ! Il n'avait qu'à regarder autour de lui : divorces, tromperies, lassitude... Dans son métier, la concurrence était impitoyable. Seuls pouvaient espérer réussir ceux qui sacrifiaient une partie de leur vie familiale et de leurs loisirs. Chacun des clients du cabinet pesait plusieurs dizaines de millions de dollars, ce qui demandait une disponibilité totale de la part des avocats. C'était la règle du jeu, le prix à payer pour évoluer dans la cour des grands. Et Nathan l'avait accepté. En contrepartie, son salaire atteignait maintenant 45 000 dollars par mois, sans compter les avantages en nature. Cela signifiait aussi qu'à titre d'associé il touchait une prime annuelle de près d'un demi-million de dollars. Son compte en banque venait, pour la première fois, de passer la barre du million. Et ce n'était qu'un début.

Mais sa vie privée avait suivi la trajectoire inverse de celle de sa réussite professionnelle. Ces dernières années, son couple s'était défait. Progressivement, le cabinet était devenu toute sa vie. Au point de ne plus trouver de temps pour les petits déjeuners en famille ou pour faire réviser les devoirs de sa fille. Lorsqu'il avait réalisé l'ampleur des dégâts, il était trop tard pour revenir en arrière et le divorce avait été prononcé depuis quelques mois. Certes, il n'était pas le seul dans ce cas — au cabinet, plus de la moitié de ses collègues étaient également séparés de leurs épouses — mais cela n'était pas une consolation.

Nathan se faisait beaucoup de soucis pour Bonnie qui avait été très perturbée par ces événements. À sept ans, elle mouillait encore parfois son lit et, d'après sa mère, était sujette à de nombreuses crises d'angoisse. Nathan l'appelait tous les soirs mais il aurait aimé être plus présent.

Non, pensa-t-il en s'asseyant sur le canapé, *un homme qui dort sans personne à ses côtés et qui n'a pas vu sa petite fille depuis trois mois n'a pas réussi sa vie, fût-il par ailleurs millionnaire.*

Nathan retira de son annulaire l'alliance qu'il persistait à porter et lut à l'intérieur le passage du *Cantique des cantiques* que Mallory lui avait fait graver pour leur mariage

Notre amour est inexorable comme la mort.

Il savait ce que disait la suite du poème :

Les grandes eaux ne sauraient l'éteindre,
Et les fleuves ne le submergeraient pas.

Des conneries tout ça ! De la guimauve pour amoureux débutants. L'amour n'est pas cette chose absolue qui résiste au temps et aux épreuves.

Pourtant, pendant longtemps, il avait cru que son couple avait quelque chose d'exceptionnel, une dimension magique et irrationnelle qui s'était scellée dans l'enfance. Mallory et lui se connaissaient depuis l'âge de six ans. Dès le début, une sorte de fil invisible s'était tissé entre eux, comme si le destin avait voulu en faire des alliés naturels devant les difficultés de la vie.

Il regarda les cadres posés sur la commode, qui protégeaient les photos de son ex-femme. Il s'attarda plusieurs minutes sur la plus récente qu'il s'était procurée grâce à la complicité de Bonnie.

Certes, la pâleur du visage de Mallory témoignait de la période difficile qui avait entouré leur séparation mais elle n'altérait ni ses longs cils, ni son nez fin, ni ses dents blanches. Le jour où la photo avait été prise, lors d'une balade le long de *Silver Strand Beach*, la plage des coquillages argentés, elle s'était coiffée avec des tresses remontées et attachées à l'aide d'une pince en écaille. Des petites lunettes en acier la faisaient ressembler à la Nicole Kidman de *Eyes Wide Shut*, même si Mallory n'aimait pas cette comparaison. Il ne put s'empêcher de sourire car elle était vêtue d'un de ses éternels pulls en patchwork qu'elle fabriquait elle-même et qui lui donnaient un air tout à la fois chic et insouciant.

Titulaire d'un Ph.D.[1] en économie de l'environnement, elle avait enseigné à l'université mais depuis qu'elle avait emménagé dans l'ancienne maison de sa grand-mère, près de San Diego, elle avait abandonné ses cours pour s'engager pleinement dans diverses associations aidant les plus défavorisés. Elle s'occupait de chez elle du site web d'une organisation non gouvernementale et faisait également des aquarelles et des petits meubles décorés de coquillages qu'elle vendait l'été aux touristes lorsqu'elle prenait ses vacances à Nantucket. Ni l'argent, ni la réussite sociale n'avaient jamais été une motivation pour Mallory. Elle aimait à répéter qu'une balade en forêt ou sur la plage ne coûtait pas un dollar mais Nathan n'adhérait pas complètement à ces discours simplistes.

Trop facile quand on n'a jamais manqué de rien !

Mallory était issue d'une famille aisée et prestigieuse. Son père avait été associé principal dans l'un des cabinets juridiques les plus prospères de Boston. Elle n'avait pas besoin de la réussite professionnelle pour acquérir un statut social qu'elle possédait de naissance.

Pendant un moment, Nathan se remémora l'emplacement exact des grains de beauté éparpillés sur tout son corps. Puis

1. L'équivalent du doctorat français.

il se força à chasser ce souvenir et ouvrit un des dossiers qu'il avait apportés. Il alluma son ordinateur portable, prit des notes et dicta quelques lettres à l'attention d'Abby.

Enfin, vers dix-neuf heures trente, il reçut le coup de fil qu'il attendait.

— Salut p'pa.

— Salut, petit écureuil.

Bonnie lui raconta sa journée dans le détail, comme elle en avait l'habitude lors de leurs conversations quotidiennes. Elle lui parla des tigres et des hippopotames qu'elle avait vus lors d'une visite scolaire au zoo de Balboa Park. Il l'interrogea sur son école et sur le match de *soccer* auquel elle avait participé la veille. Paradoxalement, il n'avait jamais autant discuté avec sa fille que depuis qu'elle vivait à 3 000 kilomètres de lui.

Soudain, elle prit une voix plus inquiète :

— J'ai quelque chose à te demander.

— Tout ce que tu voudras, ma chérie.

— J'ai peur de prendre l'avion toute seule. Je voudrais que tu viennes me chercher, samedi.

— C'est stupide, Bonnie, tu es une grande fille maintenant.

Il avait surtout un rendez-vous professionnel important ce samedi-là : les derniers réglages d'un rapprochement entre deux firmes sur lequel il travaillait depuis des mois. C'était lui-même qui avait insisté pour fixer cette date !

— Je t'en prie, p'pa, viens me chercher !

Au bout du fil, il devinait les larmes qui montaient dans la gorge de sa fille. Bonnie n'était pas une petite fille capricieuse. Son refus de prendre l'avion toute seule témoignait d'une véritable angoisse de sa part. Pour rien au monde

Nathan n'aurait voulu lui causer du chagrin. Et encore moins en ce moment.

— O.K., pas de problème, chérie. Je serai là. Promis.

Elle retrouva son calme et ils discutèrent encore quelques minutes. Pour l'apaiser et la faire rire, il lui raconta une petite histoire et renouvela à plusieurs reprises son imitation très réussie de Winnie l'Ourson réclamant un pot de miel.

Je t'aime, mon bébé.

Après avoir raccroché, il réfléchit quelques minutes sur les conséquences du report de la réunion du samedi. Bien sûr, il y avait toujours la solution de payer quelqu'un pour aller chercher sa fille en Californie. Mais il abandonna très vite cette idée stupide. C'était le genre de chose que Mallory ne lui pardonnerait jamais. Et puis, il avait promis à Bonnie qu'*il* serait là. Il était hors de question de la décevoir. Tant pis, il trouverait bien une solution, pour une fois.

Il dicta encore quelques notes sur son magnéto puis finit par s'endormir sur le canapé, sans ôter ses chaussures ni éteindre les lumières.

*

Il fut réveillé en sursaut par la sonnerie de l'interphone.

C'était Peter, le gardien, qui l'appelait depuis son poste du *lobby*.

— Quelqu'un pour vous, monsieur : le docteur Garrett Goodrich.

Il regarda sa montre : *Nom d'un chien, déjà vingt et une heures !* Il n'avait pas l'intention d'être harcelé par ce type jusque chez lui.

— Ne le laissez pas entrer, Peter, je ne connais pas ce monsieur.

— Ne jouez pas au con, cria Goodrich qui avait manifestement empoigné le combiné du gardien, c'est important !

Bon sang ! Qu'est-ce que j'ai fait au Seigneur pour mériter ça ?

Il marqua une pause et se massa les paupières. Au fond de lui, il savait qu'il ne retrouverait sa sérénité qu'après en avoir fini avec Goodrich. Ce qui supposait d'abord de comprendre ce que lui voulait vraiment cet homme.

— C'est bon, concéda-t-il, vous pouvez le laisser monter, Peter.

Nathan reboutonna sa chemise, ouvrit la porte d'entrée de l'appartement et sortit sur le palier pour attendre de pied ferme le médecin qui ne fut pas long à atteindre le 23e étage.

— Qu'est-ce que vous foutez là, Garrett ? Vous avez vu l'heure ?

— Bel appartement, fit l'autre en jetant un coup d'œil à l'intérieur.

— Je vous ai demandé ce que vous faites là.

— Je crois que vous devriez venir avec moi, Del Amico.

— Allez vous faire foutre ! Je ne suis pas à vos ordres.

Garrett essaya de le rassurer.

— Et si vous me faisiez confiance ?

— Qu'est-ce qui me prouve que vous n'êtes pas dangereux ?

— Absolument rien, admit Goodrich en haussant les épaules. Tout homme est potentiellement dangereux, je vous l'accorde.

*

Les mains dans les poches et emmitouflé dans son grand manteau, Goodrich descendait tranquillement l'avenue, flanqué de Nathan qu'il dépassait d'une bonne tête et qui gesticulait à ses côtés.

— Il fait un froid glacial !

— Vous vous plaignez toujours comme ça ? demanda Garrett. En été cette ville est étouffante. C'est en hiver que New York donne sa vraie mesure.

— Foutaises !

— D'ailleurs, le froid conserve et tue les microbes et puis…

Nathan ne lui laissa pas le temps de développer son propos.

— Prenons au moins un taxi.

Il s'avança sur la chaussée et leva le bras pour héler une voiture.

— Hep ! Hep !

— Arrêtez de hurler, vous êtes ridicule.

— Si vous croyez que je vais me geler les couilles pour votre bon plaisir, vous vous mettez le doigt dans l'œil.

Deux taxis passèrent devant eux sans ralentir. Un *yellow cab* s'arrêta enfin au niveau des Century Appartements. Les deux hommes s'y engouffrèrent et Goodrich indiqua une destination au chauffeur : à l'intersection de la 5e Avenue et de la 34e Rue.

Nathan se frotta les mains l'une contre l'autre. La voiture était bien chauffée. Une vieille chanson de Sinatra passait à la radio.

Broadway grouillait de monde. En raison des fêtes de fin d'année, de nombreuses boutiques restaient ouvertes toute la nuit.

— Nous aurions fait plus vite à pied, ne put s'empêcher de remarquer Goodrich avec un plaisir évident, alors que le véhicule était coincé dans les embouteillages.

Nathan lui jeta un regard peu amène.

Au bout de quelques minutes, le taxi parvint à s'engager dans la 7e Avenue où la circulation était moins dense. Le véhicule descendit jusqu'à la 34e Rue, tourna à gauche puis roula encore sur une centaine de mètres avant de s'arrêter.

Goodrich paya la course et les deux hommes descendirent du véhicule.

Ils se trouvaient au pied de l'une des silhouettes les plus célèbres de Manhattan : l'Empire State Building.

4

« L'ange au glaive de feu, debout derrière toi,
te met l'épée aux reins
et te pousse aux abîmes ! »
Victor Hugo

Nathan leva les yeux vers le ciel. Depuis la destruction des Twin Towers, le vieil Empire State Building était redevenu le gratte-ciel le plus haut de Manhattan. Solidement assis sur son socle massif, le bâtiment dominait Midtown dans un mélange d'élégance et de puissance. Ses trente derniers étages rayonnaient de rouge et de vert comme il est d'usage à la période de Noël.

— Vous tenez vraiment à monter là-haut ? demanda l'avocat en désignant la flèche lumineuse qui semblait trouer le voile de la nuit.

— J'ai déjà des tickets, répondit Goodrich en tirant de sa poche deux petits rectangles de carton bleu. D'ailleurs, vous me devez 6 dollars...

Nathan secoua la tête en signe d'agacement puis, comme résigné, emboîta le pas du médecin.

Ils pénétrèrent dans le hall d'entrée de style Art déco. Derrière le bureau d'accueil, une pendule marquait dix heures trente tandis qu'une pancarte prévenait les visiteurs que la vente des tickets se poursuivrait pendant encore une heure, le building pouvant se visiter jusqu'à minuit. À côté, une reproduction géante de l'immeuble étincelait comme un soleil de cuivre. Noël était une période fortement touristique à New York et, malgré l'heure tardive, beaucoup de gens se massaient encore près des guichets décorés de photos de célébrités qui, au fil des ans, étaient venues admirer le gratte-ciel.

Les billets achetés par Goodrich permirent aux deux hommes d'éviter de faire la queue. Ils se laissèrent guider jusqu'au deuxième étage d'où partaient les ascenseurs vers l'observatoire. Même s'il ne neigeait plus, le panneau indicateur annonçait une visibilité réduite, à cause des nuages qui stagnaient sur la ville.

En moins d'une minute, un ascenseur ultrarapide les conduisit au 80ᵉ étage. De là, ils en prirent un autre pour le belvédère du 86ᵉ étage, situé à 320 mètres de haut, et pénétrèrent dans une salle d'observation couverte, protégée par des vitrages.

— Si vous n'y voyez pas d'inconvénient, je vais rester dans cette pièce bien chauffée, fit Nathan en resserrant la ceinture de son manteau.

— Je vous conseille plutôt de me suivre, répondit Goodrich d'un ton qui n'admettait guère la contestation.

Ils débouchèrent sur la terrasse ouverte de l'observatoire. Un vent d'une froideur polaire en provenance de l'East River fit regretter à l'avocat de ne pas avoir emporté une écharpe et un bonnet.

— Ma grand-mère disait toujours : « Vous ne connaissez pas New York avant d'avoir mis les pieds au sommet de l'Empire State Building », cria Goodrich pour dominer le bruit du vent.

L'endroit était vraiment magique. Près de l'ascenseur, le

fantôme de Cary Grant attendait une Deborah Kerr qui ne viendrait jamais. Plus loin, accoudé à la rambarde, un couple de Japonais s'amusait à imiter Tom Hanks et Meg Ryan dans la dernière scène de *Nuits blanches à Seattle*.

Nathan se rapprocha à petits pas du bord du belvédère et se pencha en avant.

La nuit, le froid et les nuages donnaient à la ville un air mystérieux et il ne fallut pas longtemps pour qu'il s'émerveille du spectacle qui s'ouvrait devant lui. Grâce à sa localisation centrale, le bâtiment offrait sans doute l'un des panoramas les plus impressionnants de Manhattan.

D'ici, on avait une vue imprenable sur la flèche du Chrysler Building et sur Times Square que l'on devinait grouillant d'agitation.

— Je n'ai plus mis les pieds ici depuis mon enfance, avoua l'avocat en glissant un *quarter* dans la fente d'une des jumelles à longue portée.

Les voitures qui se pressaient 86 étages en dessous étaient à ce point minuscules que le flux de la circulation semblait très éloigné, comme appartenant à une autre planète. À l'inverse, le pont de la 59e Rue paraissait incroyablement proche et reflétait son architecture brillante dans les eaux noires de l'East River.

Pendant un long moment, Nathan et Garrett n'échangèrent aucune parole, se contentant d'admirer les lumières de la ville. Le vent continuait à souffler son haleine glacée et le froid mordait les visages. Une bonne humeur communicative s'était répandue parmi la petite faune qui, le temps d'une soirée, régnait à plus de trois cents mètres au-dessus du sol. Deux jeunes amoureux s'embrassaient avec ardeur, tout émerveillés de sentir leurs lèvres crépiter d'électricité statique. Un groupe de touristes français faisait des comparaisons avec la tour Eiffel pendant qu'un couple du Wyoming racontait à qui voulait l'entendre les détails de leur première rencontre à ce même endroit, vingt-cinq ans auparavant. Quant aux enfants, emmitouflés dans d'épaisses parkas, ils jouaient à se cacher derrière des forêts de jambes adultes.

Au-dessus de leur tête, le vent faisait défiler les nuages à une vitesse incroyable, dévoilant par-ci, par-là, un bout de ciel où brillait une étoile solitaire. C'était vraiment une belle nuit.

Ce fut Goodrich qui, le premier, rompit le silence :

— Le garçon à l'anorak orange, annonça-t-il à l'oreille de Nathan.

— Pardon ?

— Regardez le garçon à l'anorak orange.

Nathan plissa les yeux et observa attentivement l'individu que lui désignait Goodrich : un jeune homme d'une vingtaine d'années qui venait de pénétrer sur la plate-forme. Une fine barbe blonde recouvrait le bas de son visage et des dreadlocks pendaient de ses cheveux longs et sales. Il fit deux fois le tour du belvédère, passant tout près de l'avocat qui put croiser son regard fiévreux et inquiétant. Il était manifestement tourmenté et son visage, marqué par la souffrance, contrastait avec les rires et la bonne humeur des autres visiteurs.

Nathan pensa qu'il était peut-être sous l'influence de drogues.

— Son nom est Kevin Williamson, lui précisa Goodrich.

— Vous le connaissez ?

— Pas personnellement, mais je connais son histoire. Son père s'est jeté du haut de cette plate-forme à l'époque où il n'y avait pas encore de grillages antisuicides. Il vient régulièrement ici depuis une semaine.

— Comment savez-vous tout ça ?

— Disons que j'ai fait ma petite enquête.

L'avocat laissa passer un silence puis demanda :

— Mais en quoi cela me concerne-t-il ?

— Tout ce qui touche à l'existence de nos semblables nous concerne, répondit le médecin comme s'il s'agissait là d'une évidence.

À ce moment, une bourrasque de vent s'abattit sur le belvédère. Nathan se rapprocha encore de Goodrich :

— Bon sang, Garrett, pourquoi voulez-vous que je regarde cet homme ?

— Parce qu'il va mourir, répondit gravement Goodrich.

— Vous êtes... vous êtes cinglé mon vieux ! s'exclama l'avocat. Mais, tout en disant ces mots, il ne put empêcher son regard de rester collé à la silhouette de Kevin et une sourde inquiétude monta en lui.

Il ne se passera rien. Une chose comme ça ne peut pas arriver...

Mais il s'écoula moins d'une minute entre la prédiction inattendue de Goodrich et le moment où le jeune homme sortit un revolver de la poche de son anorak. Pendant quelques secondes, il regarda avec effroi l'arme qui tremblait dans sa main.

D'abord, personne ne sembla remarquer son étrange comportement puis, soudain, une femme poussa un hurlement.

— Cet homme est armé !

Tous les regards se focalisèrent instantanément sur le jeune garçon.

Comme pris de panique, Kevin retourna alors le revolver contre lui. Ses lèvres tremblaient de terreur. Des larmes de rage roulèrent sur son visage, suivies d'un cri de souffrance qui se perdit dans les ténèbres de la nuit.

— Ne faites pas ça ! cria un père de famille alors que se mettait en branle une incroyable bousculade en direction de la salle couverte.

Nathan restait immobile devant le jeune garçon. Tout à la fois fasciné et terrifié par ce qu'il avait devant les yeux, il n'osait pas esquisser le moindre mouvement, de peur de précipiter l'irréparable. Il n'avait plus du tout froid. Il se sentait au contraire envahi par une décharge brûlante qui se répandit d'un trait dans tout son corps.

Pourvu qu'il ne tire pas...

Ne tire pas. Ne tire pas, gamin...

Mais Kevin leva les yeux, regarda une dernière fois le ciel sans étoiles puis appuya sur la détente.

La détonation creva la nuit new-yorkaise. Le jeune homme s'écroula brusquement, ses jambes se dérobant sous son poids.

Pendant un moment, ce fut comme si le temps était suspendu.

Puis il y eut des cris de panique et une grande agitation envahit la plate-forme. La foule s'agglutina devant les ascenseurs. Affolés, les gens se poussaient et couraient dans tous les sens. Certains avaient déjà allumé leur portable... vite... prévenir sa famille... prévenir ses proches. Depuis ce fameux matin de septembre, la plupart des New-Yorkais étaient habités par un sentiment presque palpable de vulnérabilité. Tout le monde ici avait été traumatisé à un certain degré et les touristes eux-mêmes savaient bien qu'en visitant Manhattan, tout pouvait arriver.

En compagnie de quelques autres, Nathan était resté sur le belvédère. Un cercle s'était formé autour du corps de Kevin.

Le couple d'amoureux était maintenant tout éclaboussé de sang et pleurait en silence.

— Poussez-vous ! Laissez-le respirer ! cria un garde de la sécurité, penché sur le jeune homme.

Il empoigna son talkie-walkie et demanda de l'aide au *lobby*.

— Appelez les pompiers et une ambulance ! On a un blessé par balle au 86e étage.

Puis il se pencha à nouveau sur Kevin pour constater que les secours seraient malheureusement inutiles si ce n'est pour le transporter à la morgue.

À moins de un mètre de la victime, Nathan ne pouvait pas faire autrement que de regarder le cadavre de Kevin. Son visage, marqué par la douleur, s'était figé à tout jamais au milieu d'un cri de terreur. Ses yeux, exorbités et vitreux, ne regardaient plus que le vide. Derrière l'oreille, on pouvait voir un trou béant, brûlé et cramoisi. Une partie de son crâne avait été réduite en bouillie et ce qui en restait baignait dans un mélange de sang et de cervelle. Immédiatement, l'avocat sut qu'il ne pourrait jamais se défaire de cette image, qu'elle reviendrait le hanter, encore et encore, au détour de ses nuits et dans les moments d'extrême solitude.

Les curieux commençaient peu à peu à refluer. Un petit garçon avait perdu ses parents et restait là, interdit, à trois mètres du corps, le regard hypnotisé par la mare de sang.

Nathan le prit dans ses bras pour le détourner de ce spectacle morbide.

— Viens avec moi, bonhomme. T'en fais pas, ça va aller. Ça va aller.

En se relevant, il aperçut Goodrich qui se noyait dans la masse. Il s'élança vers lui.

— Garrett ! Attendez-moi, bon sang !

Avec l'enfant toujours accroché à son cou, Nathan joua des coudes pour rejoindre le médecin au milieu de la bousculade.

— Comment pouviez-vous savoir ? cria-t-il en le tirant par l'épaule.

Les yeux dans le vague, Goodrich ignora la question.

Nathan essaya de le retenir mais il fut happé par les parents du petit garçon, profondément soulagés d'avoir retrouvé leur fils.

— Oh, James, tu nous as fait si peur, mon bébé !

L'avocat se dégagea avec peine de ces effusions. Il allait rattraper le médecin lorsque celui-ci s'engouffra de justesse dans le premier ascenseur disponible.

— Pourquoi n'avez-vous rien fait, Garrett ?

Pendant une fraction de seconde leurs regards se croisèrent mais c'est devant les portes coulissantes qui se refermaient que Nathan hurla sa dernière question :

— Pourquoi n'avez-vous rien fait puisque *vous saviez* qu'il allait mourir ?

5

« Nous sommes lents à croire ce qui fait mal à croire. »
Ovide

10 décembre

Nathan dormit peu cette nuit-là.

Le lendemain, il se réveilla tard, trempé de sueurs froides et la première chose qu'il éprouva fut cette douleur à la poitrine qui n'avait pas disparu. Il se massa le côté droit et crut ressentir un élancement plus aigu.

Pour ne rien arranger, il avait fait à nouveau ce rêve de noyade, signe d'anxiété chez lui. Sans doute parce que Goodrich lui avait parlé de cygne.

Il sortit de son lit et sentit ses jambes flageoler. Il était même tellement fébrile qu'il se mit un thermomètre sous le bras.

37,8. Rien d'alarmant.

Pourtant, vu son manque de forme et l'heure tardive, il renonça à aller courir. Ce serait donc une très mauvaise journée.

Dans l'armoire à pharmacie, il prit un comprimé de Prozac et l'avala avec une gorgée d'eau. Il en prenait régulièrement depuis que... depuis qu'il ne se sentait plus en harmonie avec rien.

Il ramassa les dossiers qui traînaient sur le canapé. Hier soir, il n'avait pas fait grand-chose. Il avait intérêt à mettre les bouchées doubles aujourd'hui. D'autant plus qu'il était sur le point d'aboutir à un accord dans l'affaire Rightby's. La célèbre maison de vente aux enchères dont il assurait la défense était accusée d'avoir violé la loi antitrust en s'entendant avec sa principale concurrente pour fixer des taux de commission comparables sur les ventes d'œuvres d'art. C'était un dossier délicat et les heures ne se facturaient pas toutes seules. Mais s'il réussissait à obtenir un bon accord, sa réputation augmenterait encore d'un cran.

Malgré son retard, il resta de longues minutes sous la douche chaude, se repassant mentalement le suicide de Kevin Williamson. Il se remémora aussi certaines des paroles de Goodrich : « Je pense que c'est moi qui pourrais vous être utile, Nathan. Certaines épreuves peuvent être pénibles, vous verrez. » Il avait aussi évoqué « la nécessité de se préparer ».

Que lui voulait ce type, bon sang ? Tout cela commençait à devenir inquiétant. Fallait-il qu'il prévienne quelqu'un ? La police ? Après tout, il y avait eu un mort hier soir et ce n'était pas rien.

Oui, mais c'était un suicide. Des dizaines de personnes pouvaient en témoigner. Pourtant Goodrich avait forcément une part de responsabilité dans cette histoire. En tout cas, il détenait des informations qu'il n'aurait pas dû garder pour lui.

Il sortit de la cabine de douche et se sécha énergiquement.

Le mieux était peut-être de ne plus penser à ça. Il n'en avait pas le temps. Il ne devait plus jamais accepter de rencontrer Goodrich. Plus jamais...

Comme ça, tout finirait par rentrer dans l'ordre.

Avant de sortir, il avala encore deux aspirines et un comprimé de vitamine C.

Il fallait qu'il mette la pédale douce sur tous ces médicaments, il le savait. Mais pas aujourd'hui. Il n'était pas encore prêt.

*

Il mit un bon moment avant d'attraper un taxi. La voiture tourna au niveau de Columbus Circle et dépassa Grand Army Plaza.

Je ne vais pas être en avance, pensa-t-il tout en échangeant quelques propos convenus avec le chauffeur pakistanais. Pour ne rien arranger, un camion de livraison venait de caler devant le GM Building, déclenchant un début d'embouteillage sur Madison. Nathan abandonna le taxi et s'engagea à pied dans le corridor de métal et de verre que formaient les gratte-ciel de Park Avenue. Toute l'agitation de la ville lui explosa alors au visage, depuis les éclats de voix des hommes-sandwichs jusqu'au concert de klaxons que lui adressa une limousine aux vitres fumées en manquant de le renverser. Il se sentit soudain trop à l'étroit, broyé dans cet espace hostile et c'est avec soulagement qu'il retrouva la spectaculaire entrée de l'immeuble de Marble&March, dominée par une voûte en mosaïque d'inspiration byzantine. Nathan s'arrêta d'abord au trentième étage où les associés disposaient d'une vaste salle de repos et d'une petite cafétéria. Il lui arrivait parfois de rester dormir ici, lorsque sa masse de travail était vraiment trop importante. Il récupéra quelques documents dans son casier et monta à l'étage supérieur où se trouvait son bureau.

Comme il était anormalement tard, il put lire une interrogation dans le regard de sa secrétaire.

— Vous voulez bien m'apporter mon courrier et un triple café, Abby, s'il vous plaît ?

Elle fit tourner sa chaise pivotante et lui lança un regard réprobateur :

— Le courrier vous attend sur votre bureau depuis une heure. Quant au café, est-ce que vous êtes sûr qu'un triple...

— Je le veux très fort et sans lait, merci.

Il entra dans son bureau, consacra vingt minutes à parcourir son courrier puis consulta sa messagerie électronique en terminant sa dernière tasse de café. Il avait reçu un mail d'un collaborateur qui sollicitait son aide sur un point de jurisprudence concernant le dossier Rightby's. Il s'apprêtait à lui répondre lorsque...

Non, impossible de se concentrer. Il ne pouvait pas faire comme si tout cela n'avait jamais existé. Il fallait qu'il règle cette affaire.

En moins de deux secondes, il ferma son ordinateur portable, attrapa son manteau et quitta son bureau.

— Abby, demandez au portier de m'appeler un taxi et annulez tous mes rendez-vous pour la matinée.

— Mais, vous deviez voir Jordan à midi...

— Essayez de reporter le rendez-vous en début de soirée, s'il vous plaît, je crois qu'il a du temps à cette heure.

— Je ne sais pas s'il va apprécier.

— Ça, c'est *mon* problème.

Elle le rattrapa dans le couloir pour lui crier :

— Vous avez besoin de repos, Nathan, ce n'est pas la première fois que je vous le dis !

*

— South Ferry Terminal, ordonna-t-il en refermant la portière du taxi.

Grâce aux 20 dollars promis au chauffeur, il réussit de justesse à se glisser parmi les derniers passagers du ferry de dix heures pour *Staten Island*. En moins de vingt-cinq minutes, le bateau le conduisit dans ce quartier de New York en pleine expansion. La traversée était spectaculaire mais ni la vue de Lower Manhattan ni celle de la statue de la Liberté ne lui donnèrent de plaisir, tant il était pressé d'arriver.

À peine débarqué, il héla un nouveau taxi qui le déposa rapidement au *Staten Island Public Hospital*.

Le centre de soins s'étendait sur un vaste site près de St. George, le chef-lieu du district situé à la pointe nord-est de l'île.

Le taxi s'arrêta devant le *Surgery Center*. Il n'avait plus neigé depuis la veille mais le ciel était gris de nuages.

Nathan pénétra dans le bâtiment au pas de course. Une réceptionniste le freina dans son élan.

— Monsieur, les visites ne commencent qu'à...

— Je voudrais voir le docteur Goodrich, la coupa-t-il.

Il était remonté comme un roquet. Le Prozac avait parfois de drôles d'effets sur lui.

Elle fit quelques manipulations sur son écran d'ordinateur pour afficher le tableau des opérations.

— Le professeur vient juste de terminer une biopsie et doit enchaîner avec une exérèse et un curage ganglionnaire. Vous ne pouvez pas le voir maintenant.

— Prévenez-le tout de même, demanda Nathan. Dites-lui que M. Del Amico est ici. C'est une urgence.

La réceptionniste promit d'essayer et l'invita à patienter dans une salle d'attente.

Goodrich se présenta un quart d'heure plus tard. Il portait une blouse médicale bleue et un bandana sur la tête.

Nathan se jeta sur lui.

— Bon Dieu, Garrett, est-ce que vous voulez bien m'expliquer ce que...

— Dans un moment. Je ne suis pas libre pour l'instant.

— Je ne vous lâcherai pas ! Vous vous pointez dans mon bureau puis chez moi et me faites assister à un suicide épouvantable sans rien dire d'autre que « méditez sur la brièveté de la vie ». Ça commence à devenir éprouvant !

— Nous parlerons plus tard. Il y a une pièce à l'étage où un homme attend qu'on lui enlève une tumeur...

Nathan fit un grand effort pour garder son calme. Il se sentait capable des pires violences envers le médecin.

— ... mais vous pouvez toujours venir avec moi si le cœur vous en dit, proposa Goodrich en tournant les talons.

— Hein ?

— Venez donc assister à l'opération, c'est très instructif.

Nathan soupira. Il sentait bien que Garrett était en train de prendre l'ascendant sur lui mais il ne put s'empêcher de le suivre. De toute façon, au point où il en était...

*

Il respecta à la lettre le protocole de stérilisation. Il se savonna et se frotta les mains et les avant-bras avec une mousse antibactérienne avant de s'attacher un masque en tissu sur la bouche et le nez.

— Qu'y a-t-il au programme ? demanda-t-il en prenant un air détaché.

— Œsophagectomie par laparotomie et thoracotomie, répondit Goodrich en poussant la porte à battants.

Nathan ne fit même pas l'effort de chercher une repartie spirituelle et rejoignit le médecin dans la salle d'opération où l'attendaient une infirmière et un chirurgien assistant.

Dès qu'il pénétra dans la pièce sans fenêtre, à l'éclairage trop cru, il comprit qu'il n'allait pas aimer ce qu'il allait voir.

Quelle horreur ! Comme la plupart des gens, il détestait ces odeurs médicales qui lui rappelaient de mauvais souvenirs.

Il se plaça dans un coin très en retrait et n'ouvrit plus la bouche.

— C'est un mauvais cancer, expliqua Goodrich à son collègue. Homme de cinquante ans, gros fumeur, diagnostic un peu tardif. La muqueuse est atteinte. Présence de quelques métastases dans le foie.

On lui présenta un plateau sur lequel reposaient toutes sortes d'instruments chirurgicaux. Il prit un scalpel et donna le signal du départ.

— Très bien, nous commençons.

Nathan suivit toutes les étapes de l'opération sur un petit écran de télévision fixé à la verticale de la tête du patient.

Section du ligament triangulaire… libération de l'hiatus œsophagien…

Après quelques manipulations, il ne vit plus sur l'écran qu'un amas d'organes sanguinolents. Comment faisaient les chirurgiens pour se repérer ? Il n'avait jamais été hypocondriaque mais, à ce moment précis, il ne put s'empêcher de penser à la douleur qui lui barrait la poitrine. Il regardait avec angoisse Goodrich qui s'activait, tout entier absorbé dans sa tâche.

Non, ce n'est pas un fou. C'est un médecin compétent. Un

homme qui se lève le matin pour sauver des vies. Mais alors, que me veut-il ?

À un moment, le médecin qui assistait Goodrich tenta d'amener la conversation sur la *Base-Ball League* mais Garrett le fusilla immédiatement du regard et l'homme ne broncha plus.

Puis, à nouveau, Nathan détourna les yeux de l'écran tandis que l'opération suivait son cours.

Tubulisation gastrique... drainage thoracique et abdominal...

Il se sentait humble. À ce moment précis, ses dossiers, ses réunions de travail et ce million de dollars sur son compte en banque lui parurent futiles.

Tandis que l'opération touchait à sa fin, le rythme cardiaque du malade s'emballa d'un coup.

— Merde ! cria l'assistant, il tachycardise.

— Ça arrive, dit calmement Goodrich, il supporte mal le refoulement du cœur.

Au moment où Garrett demandait à l'infirmière de faire une injection, Nathan sentit un filet de bile lui monter dans la gorge. Il sortit en courant de la salle d'opération et se précipita au-dessus de la cuvette des toilettes pour y vomir longuement.

Il se rappela alors qu'il n'avait absorbé aucune nourriture depuis près de vingt-quatre heures.

Goodrich le rejoignit dix minutes plus tard.

— Il vivra ? demanda Nathan avec angoisse, en s'essuyant le front.

— Plus longtemps que si on n'avait rien tenté. Il pourra au moins s'alimenter et digérer normalement. Pour un temps du moins.

— L'opération s'est bien déroulée, expliqua Goodrich à l'épouse du patient. Bien entendu, certaines complications post-opératoires sont toujours possibles mais je suis optimiste.

— Merci, docteur, fit la femme avec gratitude, vous l'avez sauvé.

— Nous avons fait de notre mieux.

— Merci à vous aussi, fit-elle en serrant la main de Nathan.

Elle le prenait pour le chirurgien assistant. L'avocat avait tellement l'impression d'avoir participé à l'opération qu'il ne la détrompa pas.

*

La cafétéria de l'hôpital était située au premier étage et dominait le parking.

Assis face à face, Goodrich et Nathan avaient commandé du café. Une petite corbeille de pâtisseries était posée sur la table.

— Vous voulez un *donut* ? Ils sont un peu gras mais...

Nathan secoua la tête.

— J'ai encore un goût d'amertume au fond de la bouche, si vous voulez tout savoir.

Un imperceptible sourire éclaira le visage du médecin.

— Très bien. Je vous écoute.

— Non, non, pas de ça, Garrett, c'est *moi* qui vous écoute : pourquoi êtes-vous venu me trouver et comment saviez-vous que Kevin avait l'intention de se mettre une balle dans la tête ?

Goodrich se servit une tasse de café et ajouta beaucoup de lait et de sucre. Il fronça les sourcils.

— Je ne sais pas si vous êtes déjà prêt, Nathan.

— Prêt à quoi ?

— À entendre ce que je vais vous dire.

— Oh, je m'attends à tout mais si vous pouviez juste accélérer la cadence...

Goodrich ne l'entendait pas de cette oreille.

— Vous voulez me faire plaisir ? Cessez de regarder l'heure toutes les deux minutes.

Nathan poussa un soupir.

— O.K., prenons notre temps, fit-il en dénouant son nœud de cravate et en retirant sa veste.

Garrett avala une bouchée de beignet puis une gorgée de café.

— Vous me prenez pour un fou n'est-ce pas ?

— J'avoue que je me pose des questions, répondit l'avocat sans sourire.

— Vous avez déjà entendu parler des unités de soins palliatifs ?

— J'ai lu que vous étiez responsable de celle de cet hôpital.

— Exact. Comme vous le savez, ce sont des services qui accueillent des malades condamnés par la médecine.

— Et vous leur apportez un soutien psychologique...

— Oui. Ils n'ont plus que quelques semaines à vivre et ils en sont conscients. C'est une situation très dure à accepter.

Il était déjà deux heures de l'après-midi. La grande salle de la cafétéria n'était qu'à moitié pleine. Nathan sortit une cigarette mais ne l'alluma pas.

— Notre mission est de les accompagner vers la mort, continua Goodrich. De faire en sorte qu'ils utilisent le peu de temps qu'il leur reste pour essayer de partir en paix.

Il laissa passer quelques secondes et précisa :

— En paix avec eux-mêmes et avec les autres.

— Très bien, mais en quoi cela me…

Goodrich explosa :

— En quoi cela vous concerne-t-il ? Toujours la même question à propos de votre petit ego ! En quoi Nathan Del Amico, le grand avocat qui facture 400 dollars de l'heure, est-il concerné par toute la misère du monde ? Vous ne pouvez pas oublier votre petite personne pendant un moment ?

Cette fois, c'en était trop. L'avocat abattit son poing sur la table.

— Écoutez-moi bien, espèce de trou du cul ! Personne ne s'est adressé à moi sur ce ton depuis l'école primaire et j'ai bien l'intention que ça continue !

Il se leva brusquement et, pour se calmer, partit commander une petite bouteille d'Évian au comptoir.

Dans la pièce, les autres conversations s'étaient arrêtées et tout le monde le regardait avec un air de reproche.

Maîtrise-toi. Tu es dans un hôpital tout de même !

Il ouvrit la bouteille, en but la moitié. Une minute s'écoula avant qu'il retourne s'asseoir à sa table.

Il planta son regard dans celui de Goodrich, manière de lui faire comprendre qu'il ne l'impressionnait pas.

— Poursuivez, demanda-t-il d'un ton plus calme mais où perçait une hostilité latente.

La tension entre les deux hommes était palpable. Malgré ça, le médecin reprit son propos là où il l'avait laissé.

— Les unités de soins palliatifs sont destinées à des gens dont la médecine a déjà prévu la mort. Mais il existe aussi tout un tas de décès qu'il est impossible de prévoir à l'avance.

— Comme les accidents ?

— Oui, les accidents, les morts violentes, les maladies

que la médecine ne sait pas déceler ou qu'elle décèle trop tard.

Nathan comprit qu'on arrivait au moment important de l'explication. Il ressentait toujours cette douleur qui lui barrait la poitrine comme un étau.

— Comme je vous l'ai déjà fait comprendre, reprit Goodrich, il est plus facile d'aborder la mort lorsqu'on a pu conduire ses aspirations à leur terme.

— Mais ça n'est pas possible dans le cas de morts imprévisibles !

— Pas toujours.

— Comment ça, pas toujours ?

— En fait, c'est l'une des missions des *Messagers*.

— Les *Messagers* ?

— Oui, Nathan, il existe des gens qui préparent ceux qui vont mourir à faire le grand saut dans l'autre monde.

L'avocat secoua la tête.

L'autre monde ! On nage en plein délire.

— Vous voulez me dire que certains savent *à l'avance* qui va mourir ?

— C'est à peu près ça, confirma gravement Garrett. Le rôle des *Messagers* est de faciliter la séparation paisible des vivants et des morts. Ils permettent à ceux qui vont mourir de mettre en ordre leur vie avant de disparaître.

Nathan soupira.

— Je crois que vous tombez mal avec moi : je suis plutôt du genre cartésien et ma vie spirituelle est aussi développée que celle du ver de terre.

— J'ai bien conscience que c'est dur à croire.

Nathan haussa les épaules et tourna la tête en direction de la fenêtre.

Qu'est-ce que je fais ici ?

Des nuées de flocons cotonneux traversaient à nouveau le gris du ciel pour venir effleurer la baie vitrée donnant sur le parking.

— Et si je comprends bien, vous seriez l'un de ces...

— ... de ces Messagers, oui.

— C'est pour ça que vous saviez pour Kevin ?

— Voilà.

Il ne fallait pas qu'il rentre dans ce jeu. Il n'avait rien à gagner à écouter les délires de ce dingue et, pourtant, il ne put s'empêcher de demander :

— Mais vous n'aviez rien fait pour lui ?

— Que voulez-vous dire ?

— En quoi l'avez-vous préparé à faire le grand saut ? En quoi avez-vous « facilité la séparation paisible des vivants et des morts » ? Kevin ne paraissait pas très serein au moment de partir...

— Nous ne pouvons pas agir chaque fois, reconnut Goodrich. Ce gosse était trop perturbé pour faire un travail sur lui-même. Heureusement, il n'en va pas toujours ainsi.

Mais même en acceptant cette hypothèse, quelque chose gênait Nathan.

— Vous pouviez l'empêcher de mourir. Vous auriez dû prévenir quelqu'un de la sécurité ou la police...

Garrett l'arrêta tout de suite :

— Ça n'aurait pas changé grand-chose. Personne n'a de prise sur l'heure de la mort. Et on ne peut pas remettre en cause la décision finale.

La décision finale ; les Messagers ; l'autre monde... Pourquoi pas le purgatoire et l'enfer pendant qu'on y est ?

Nathan prit quelques secondes pour encaisser ces informations et dit avec un sourire crispé :

— Vous vous imaginez vraiment que je vais vous croire ?

— Ces choses-là n'ont pas attendu que vous croyiez en elles pour exister.

— Encore une fois, vous perdez votre temps, je ne suis pas un homme religieux.

— Cela n'a rien à voir avec la religion.

— Je pense très sincèrement que vous avez perdu la raison et même, qu'il serait de mon devoir de signaler vos propos au directeur de l'hôpital.

— Dans ce cas, ça fait plus de vingt ans que je suis fou.

Le ton de Garrett se fit plus convaincant.

— Ne vous avais-je pas prévenu pour Kevin ?

— Ce n'est pas une preuve. Il y a quantité d'autres raisons qui peuvent expliquer que vous ayez deviné son suicide.

— Je ne vois pas très bien lesquelles.

— Un endoctrinement, le pouvoir d'une secte, la drogue...

— Croyez-moi, je ne veux pas vous entraîner sur ce terrain, Nathan. Je vous dis simplement que j'ai la capacité d'anticiper la mort de certaines personnes. Je sais qu'elles vont mourir avant que ne surviennent les premiers signes avant-coureurs et je m'efforce de les préparer à ce qui les attend.

— Et d'où tiendriez-vous ce pouvoir ?

— C'est compliqué, Nathan.

L'avocat se leva, enfila sa veste et son manteau.

— J'en ai assez entendu pour aujourd'hui.

— Je le crois aussi, approuva Garrett, compréhensif.

L'avocat prit la direction de la sortie mais, au moment de franchir les portes automatiques, il fit brusquement demi-tour et revint vers Goodrich en le pointant du doigt :

— Excusez-moi de revenir à ma petite personne, docteur,

mais est-ce que vous n'essayez pas de me faire comprendre que vous êtes ici *pour moi ?*

— ...

— Vous êtes ici pour moi, Goodrich, c'est ça ? C'est ça que je dois comprendre ? Mon heure est venue ? C'est déjà la « fin du business » ?

Goodrich semblait embarrassé. Il donnait l'impression qu'il aurait préféré se passer de cette conversation mais qu'il savait aussi qu'elle constituait un passage obligé.

— Ce n'est pas vraiment ce que j'ai dit.

Mais Nathan ne tint pas compte de cette remarque. Il s'énervait et parlait vite et fort.

— C'est comme ça que vous procédez alors ? Une fois que vous avez eu votre « anticipation », vous débarquez chez les gens pour leur dire : « Attention, il y a des priorités, vous n'en avez plus que pour une semaine, alors dépêchez-vous d'effectuer les derniers ajustements. »

Garrett essaya de le calmer.

— Je n'ai jamais rien dit à ceux qui vont mourir. Je le sais, c'est tout.

— Eh bien, allez vous faire voir, Messager !

Cette fois Nathan quitta la pièce pour de bon.

Resté seul à la table, Goodrich termina son café et se frotta les paupières en silence.

À travers la vitre, il aperçut la silhouette de Del Amico qui s'éloignait dans la neige et le froid.

Des flocons glacés s'agrippaient aux cheveux et au visage de l'avocat mais il semblait les ignorer.

Dans la pièce, près du comptoir, les accords jazz du piano de Bill Evans s'élevaient d'un poste de radio.

C'était un air triste.

6

« Ne fait-il pas plus froid ? Ne vient-il pas toujours des nuits, de plus en plus de nuits ? Ne faut-il pas dès le matin allumer des lanternes ? »
Nietzsche

— Combien de jours de congé ai-je pris ces trois dernières années ?

Il était six heures du soir. Assis dans le bureau d'Ashley Jordan, Nathan essayait de convaincre l'associé principal de lui accorder deux semaines de vacances. Ils entretenaient tous les deux des relations complexes. Au départ, Nathan avait été le protégé de Jordan au sein du cabinet mais, au fil des affaires, ce dernier avait fini par s'agacer légèrement de l'ambition de son jeune confrère à qui il reprochait de tirer trop souvent la couverture à lui. De son côté, Nathan s'était vite rendu compte que Jordan n'était pas le genre de type à mélanger le business et l'amitié. Il savait donc pertinemment que, s'il avait un jour des problèmes sérieux, ce ne serait pas à sa porte qu'il faudrait aller sonner.

Nathan soupira. Inutile de se voiler la face : sa passe d'armes avec Garrett et le suicide de Kevin l'avaient profondément ébranlé. Sans parler de cette douleur qui lui écrasait toujours la poitrine.

À vrai dire, il ne savait plus quoi penser des délires de Goodrich à propos des Messagers. Mais une chose était sûre : il avait besoin de faire une pause, de prendre son temps et de profiter des prochaines vacances pour s'occuper davantage de sa fille.

Il reposa sa question :

— Combien de jours de congé ai-je pris ces trois dernières années ?

— Quasiment aucun, reconnut Jordan.

— Nous n'allons pas souvent jusqu'au procès, mais les fois où nous y sommes allés, combien d'affaires ai-je perdues ?

Jordan soupira et ne put retenir un léger sourire. Il connaissait ce refrain par cœur. Nathan était un avocat doué mais pas précisément modeste.

— Tu n'as perdu *aucune* affaire ces dernières années.

— Je n'ai perdu *aucune* affaire de *toute* ma carrière, corrigea Nathan.

Jordan approuva puis demanda :

— C'est à cause de Mallory ? C'est ça ?

Nathan répondit à côté :

— Écoute, je garderai mon portable et mon pager pour être toujours joignable s'il y a un problème.

— O.K., prends tes jours de congés si c'est ce que tu veux. Tu n'as pas besoin de ma permission pour ça. Je superviserai moi-même le dossier Rightby's.

Considérant que la discussion était terminée, il se replongea dans les chiffres qui défilaient sur l'écran de son ordinateur.

Mais Nathan ne l'entendait pas comme ça. Il haussa le ton pour faire remarquer :

— Je réclame un peu de temps à consacrer à ma fille, je ne vois pas en quoi ça pose un problème.

— Ça n'en pose pas, dit Jordan en levant les yeux. Le seul ennui c'est que ce n'était pas *prévu* et tu sais bien que dans notre métier nous devons *tout* prévoir.

*

11 décembre

Le réveil sonna à cinq heures trente.

Malgré quelques heures de sommeil, la douleur n'avait pas disparu. Bien au contraire, elle lui écrasait toujours le thorax, comme un feu qu'on aurait attisé derrière son sternum. Il avait même l'impression qu'elle irradiait maintenant dans son épaule gauche et commençait à se diffuser le long de son bras.

Aussi n'eut-il pas le courage de se lever tout de suite. Il resta couché et respira profondément en essayant de se calmer. Au bout de quelques instants, la douleur finit par s'évanouir mais il resta allongé dix minutes de plus, en se demandant ce qu'il allait faire de la journée. Enfin, il prit une décision.

Bon sang ! Je ne vais pas subir les événements sans rien faire. Il faut que je sache !

Il mit un pied hors du lit et passa rapidement sous la douche. Il avait très envie d'un café mais sut résister à la tentation : il devait être à jeun s'il voulait faire une prise de sang.

Il s'habilla chaudement, descendit par l'ascenseur puis traversa d'un pas pressé les motifs Art déco qui tapissaient le *lobby* et les entrées de l'immeuble. Il s'arrêta un court moment pour saluer le portier dont il appréciait la gentillesse.

— Bonjour, monsieur.

— Bonjour, Peter, qu'ont fait les Knicks hier soir ?

— Ils ont gagné de vingt points contre Seattle. Ward a mis quelques beaux paniers...

— Tant mieux, j'espère qu'on fera aussi bien à Miami !

— Pas de jogging ce matin, monsieur ?

— Non, la machine est un peu rouillée en ce moment.

— Rétablissez-vous vite alors...

— Merci, Peter, bonne journée.

Dehors, il faisait nuit et le petit matin était glacial.

Il traversa la rue puis leva les yeux vers les deux tours du San Remo. Il repéra la fenêtre de son appartement, au 23e étage de la tour nord. Comme chaque fois, il se fit la même réflexion : *Pas mal quand même.*

Pas mal d'en être arrivé là pour un gosse élevé dans un sale quartier au sud du Queens.

Il avait eu une enfance difficile, c'est vrai. Une enfance marquée par la pauvreté et les économies de bouts de chandelle. Une vie pauvre mais pas misérable même si, avec sa mère, ils avaient parfois mangé grâce aux *food stamps*, les tickets d'alimentation distribués aux plus nécessiteux.

Oui, pas mal quand même.

Car le 145 Central Park West était sans conteste l'une des adresses les plus prestigieuses du *Village*. Juste en face du parc et à deux blocs du métro que les gens d'ici ne devaient, à l'évidence, pas prendre souvent. Dans les 136 appartements que comptait l'immeuble on trouvait des hommes d'affaires, des stars de la finance, des vieilles familles new-yorkaises et des vedettes du cinéma ou de la chanson. Rita Hayworth avait vécu ici jusqu'à sa mort. On disait que Dustin Hoffman et Paul Simon y possédaient encore un appartement.

Il regardait toujours le sommet du building divisé en deux

tours jumelles surmontées chacune d'un petit temple romain donnant à l'immeuble de faux airs de cathédrale médiévale.

Pas mal quand même.

Pourtant, il devait bien reconnaître que, tout grand avocat qu'il était, il n'aurait jamais pu se payer cet appartement s'il n'y avait pas eu cette histoire avec son beau-père. Enfin, son ex-beau-père, Jeffrey Wexler.

Pendant longtemps, cet appartement du San Remo avait été le pied-à-terre de Wexler lorsqu'il venait à New York pour ses affaires. C'était un homme strict et intransigeant, un pur produit de l'élite bostonienne. Ce logement appartenait à la famille Wexler depuis toujours. C'est-à-dire depuis la crise économique de 1930, date de la construction de l'immeuble par Emery Roth, l'architecte prodige qui avait déjà à son actif plusieurs autres immeubles prestigieux situés autour de Central Park.

Pour veiller à l'entretien de l'appartement, Wexler avait engagé une femme d'origine italienne : elle s'appelait Eleanor Del Amico et vivait dans le Queens avec son fils. Au début, Wexler l'avait engagée contre l'avis de son épouse qui trouvait inconvenant d'employer une mère célibataire. Mais comme Eleanor donnait satisfaction, ils lui demandèrent également de s'occuper de leur maison de vacances de Nantucket.

Ainsi, plusieurs étés de suite, Nathan avait accompagné sa mère sur l'île. Et c'est là que s'était produit l'événement qui avait changé sa vie : sa rencontre avec Mallory.

Le travail de sa mère lui avait offert une place aux premières loges pour contempler avec envie cette Amérique des WASP sur laquelle le temps semblait ne pas avoir de prise. Lui aussi aurait voulu une enfance pleine de cours de piano, de balades en voilier dans le port de Boston et de portières de Mercedes qui claquent. Bien entendu, il n'avait jamais rien eu de tout cela : il n'avait pas de père, pas de frère, pas d'argent. Il ne portait pas d'écusson piqué au revers de l'uniforme d'une école privée ni de pull marine tricoté à la main et griffé d'une grande marque.

Mais grâce à Mallory, il avait pu goûter avec avidité quelques miettes de cet art de vivre intemporel. Il était parfois invité à des pique-niques somptueux et compliqués dans les coins ombragés de Nantucket. Plusieurs fois, il avait accompagné Wexler dans des parties de pêche qui se terminaient immanquablement par la dégustation d'un café glacé et d'un *brownie* frais. Et même la très distinguée Elizabeth Wexler le laissait parfois emprunter des ouvrages dans la bibliothèque de cette grande maison où tout était lisse, propre et serein.

Pourtant, malgré cette apparente bienveillance, les Wexler avaient toujours été gênés que le fils de la femme de ménage ait sauvé leur fille de la noyade un jour de septembre 1972.

Et cette gêne ne s'était jamais atténuée. Bien au contraire, elle n'avait fait que croître au fil du temps pour se transformer en franche hostilité lorsque Mallory et lui leur avaient fait part de leur intention de se mettre en ménage puis de se marier.

Les Wexler avaient alors usé de tous les moyens pour éloigner leur fille de celui qu'elle disait aimer. Mais rien n'y avait fait : Mallory avait tenu bon. Elle avait su être plus forte que les prétendus appels à la raison. Plus forte que les menaces et les repas de famille où régnaient désormais plus de silences que de conversations.

Le bras de fer avait duré jusqu'à ce fameux Noël 1986, lors

de la soirée de réveillon dans la grande maison familiale qui réunissait une partie du gratin de l'aristocratie bostonienne. Mallory avait débarqué avec Nathan à son bras et l'avait présenté à tout le monde comme son « futur mari ». Jeffrey et Lisa Wexler avaient alors compris qu'ils ne pourraient pas s'opposer éternellement à la décision de leur fille. Que ce serait comme ça et pas autrement et qu'il faudrait que, d'une façon ou d'une autre, ils acceptent Del Amico s'ils tenaient à garder Mallory.

Nathan avait été sincèrement épaté par la détermination de sa femme à imposer son choix et il ne l'en avait aimée que davantage. Aujourd'hui encore, lorsqu'il repensait à cette soirée mémorable, il ne pouvait s'empêcher d'avoir des frissons. Pour lui, ça resterait à jamais le soir où Mallory lui avait dit oui. Oui aux yeux des autres. Oui devant la terre entière.

Mais même une fois leur union célébrée, les Wexler ne l'avaient pas véritablement reconnu comme un des leurs. Même après qu'il eut décroché son diplôme de Columbia; même après son embauche dans un prestigieux cabinet d'avocats. Ce n'était plus une question d'argent mais d'origine sociale. Un peu comme si, dans ce milieu, la naissance vous assignait dès le départ une certaine position dont vous ne pourrez de toute façon pas vous défaire quelles que soient par ailleurs vos actions ou votre fortune.

Pour eux, il serait toujours le fils de la femme de ménage, quelqu'un qu'ils avaient dû se résoudre à accepter pour ne pas s'éloigner de leur fille mais qui n'appartenait pas pour autant au véritable cercle de famille. Et qui n'y appartiendrait jamais.

Puis, il y avait eu ce procès. En 1995.

À dire vrai, cette affaire ne concernait pas directement son champ de compétence. Mais lorsqu'il avait vu passer le dossier chez Marble&March, Nathan avait insisté pour s'en occuper.

L'affaire n'était pas difficile à comprendre : après le rachat de son entreprise par une grande société d'informatique, l'un des membres fondateurs de la firme SoftOnline estimait avoir été renvoyé de façon abusive par les nouveaux actionnaires et réclamait une indemnité de 20 millions de dollars. Le refus, par la compagnie, de payer une telle somme avait entraîné la menace d'un procès. C'est à ce stade que le client avait contacté Marble&March.

Pendant ce temps, les actionnaires (dont la firme se trouvait à Boston) avaient à leur tour saisi leurs avocats : ceux du cabinet Branagh&Mitchell dont l'un des associés principaux était... Jeffrey Wexler.

Mallory avait presque supplié son mari de renoncer à cette affaire. Ça ne pourrait rien amener de bon pour eux. Ça ne ferait que compliquer les choses, d'autant que c'était Wexler lui-même qui supervisait cette affaire pour son cabinet.

Mais Nathan ne l'avait pas écoutée. Il voulait leur montrer de quoi était capable le voyou du caniveau. Il avait contacté Jeffrey pour le prévenir : non seulement il allait conserver l'affaire, mais en plus il avait bien l'intention de la gagner.

Wexler l'avait envoyé paître.

Dans ce genre d'affaires, on ne va presque jamais jusqu'au procès. Tout se règle généralement par un *deal* entre les deux parties et le job des avocats se résume à essayer d'obtenir l'arrangement le plus favorable.

Sur les conseils de Wexler, la firme avait fait une offre à 6,5 millions. C'était une proposition honnête. La plupart des avocats auraient accepté cet accord. Pourtant, contre toutes les règles de prudence, Nathan avait convaincu son client de ne pas céder.

À quelques jours du procès, Branagh&Mitchell avaient fait une dernière offre de 8 millions de dollars. Cette fois, Nathan avait bien pensé renoncer. Puis Wexler avait eu cette phrase. Ces mots qu'il n'oublierait jamais :

— Vous avez déjà eu ma fille, Del Amico. Ça ne vous suffit pas comme trophée ?

— Je n'ai pas précisément « eu » votre fille comme vous dites. J'ai toujours aimé Mallory mais cela, vous refusez de le comprendre.

— Je vais vous écraser comme un cafard !

— Toujours votre mépris, mais dans cette affaire, il ne vous servira pas à grand-chose.

— Réfléchissez-y à deux fois. Si vous faites perdre 8 millions à ce type, votre notoriété en prendra un coup. Et vous savez combien la réputation d'un avocat est fragile.

— Préoccupez-vous de *votre* réputation, mon vieux.

— Vous n'avez pas une chance sur dix de gagner ce procès. Et vous le savez.

— Jusqu'où êtes-vous prêt à parier ?

— Je veux bien être pendu si je me trompe.

— Je ne vous en demande pas tant.

— Quoi alors ?

Nathan réfléchit un instant.

— L'appartement du San Remo.

— Vous êtes fou !

— Je croyais que vous étiez joueur, Jeffrey.

— De toute façon, vous n'avez *aucune* chance…

— Tout à l'heure vous disiez une sur dix…

Wexler était tellement sûr de lui qu'il avait fini par se laisser prendre au jeu :

— Eh bien, soit. Si vous gagnez, je vous laisse l'appartement. Nous ferons passer ça comme un cadeau pour fêter la naissance de Bonnie. Notez que je ne vous demande rien en cas de défaite : vous aurez assez de mal à vous en remettre et je ne souhaite pas que le mari de ma fille termine sur la paille.

C'est ainsi que s'était poursuivie leur bataille d'hommes. Un tel pari n'était pas très professionnel (Nathan avait bien conscience qu'il ne se grandissait pas en se servant du sort d'un client pour régler un problème personnel) mais l'occasion était trop belle.

C'était une affaire relativement simple mais à l'issue indécise, soumise à la sensibilité et à l'appréciation du juge. En ayant refusé l'arrangement proposé par Wexler, le client de Nathan prenait le risque de tout perdre.

Jeffrey était un avocat expérimenté et rigoureux. Objectivement, il n'avait pas tort en disant que les chances de victoire de son adversaire étaient minces.

Mais Nathan avait fini par gagner.

Ainsi en avait décidé le juge Frederick J. Livingston de New York en donnant tort à SoftOnline et en ordonnant à la firme de verser les 20 millions qu'elle devait à son ancien salarié.

Il fallait lui reconnaître cela : Wexler avait accepté sa défaite sans broncher et, un mois plus tard, l'appartement du San Remo avait été vidé de toutes ses affaires.

Mallory ne s'était cependant pas trompée : ce procès n'arrangea pas les rapports de Nathan avec ses beaux-parents. Entre Jeffrey et lui la rupture était consommée puisqu'ils ne s'étaient plus adressé la parole depuis maintenant sept ans. Nathan soupçonnait même les Wexler de s'être secrètement réjouis du divorce de leur fille. Il ne pouvait en être autrement.

Nathan baissa la tête et pensa à sa mère.

Elle n'était jamais venue lui rendre visite dans cet appartement. Elle était morte d'un cancer trois ans avant le fameux procès.

Il n'empêche : c'était quand même bien son fils qui dormait au 23e étage du 145 Central Park West.

Là où elle avait fait le ménage pendant près de dix ans.

*

La vie n'avait jamais été facile pour Eleanor.

Ses parents, originaires de Gaète, un port de pêche au nord de Naples, avaient émigré aux États-Unis lorsqu'elle avait neuf ans. Ce déracinement avait gravement perturbé sa scolarité car elle n'avait jamais réussi à parler anglais convenablement, si bien qu'elle avait dû abandonner l'école très tôt.

À vingt ans, elle avait rencontré Vittorio Del Amico, un ouvrier du bâtiment qui travaillait sur les chantiers du Lincoln Center. Il était beau parleur et avait un sourire enjôleur. Au bout de quelques mois, elle s'était retrouvée enceinte et ils avaient décidé de se marier. Mais au fil du temps, Vittorio s'était révélé être un homme violent, infidèle et peu responsable qui avait fini par quitter son foyer sans laisser d'adresse.

Après le départ de son mari, Eleanor s'était débrouillée toute seule pour élever son enfant, enchaînant parfois deux ou trois emplois pour joindre les deux bouts. Femme de ménage, serveuse, réceptionniste dans des hôtels minables : elle ne rechignait pas à la tâche et prenait sur elle d'endurer les fréquentes humiliations liées à ces emplois subalternes. Sans vrais amis, sans parents proches, elle n'avait eu personne sur qui s'appuyer.

Chez eux, il n'y avait ni lave-linge ni magnétoscope mais ils avaient toujours mangé à leur faim. Ils vivaient chichement mais dignement. Nathan avait des habits propres et toutes les fournitures scolaires dont il avait besoin pour réussir à l'école.

Malgré la fatigue que sa mère accumulait, il ne l'avait jamais vue prendre suffisamment de temps pour s'occuper d'elle ou s'accorder quelques petits plaisirs. Elle ne partait pas en vacances, n'ouvrait jamais un livre et n'allait ni au cinéma ni au restaurant.

Car la seule préoccupation d'Eleanor Del Amico était d'élever correctement son fils. En dépit d'un manque d'éducation et de culture, elle avait fait le maximum pour suivre son parcours scolaire et l'aider de son mieux. Elle n'avait pas de diplôme mais elle avait de l'amour. Un amour inconditionnel et indéfectible. Elle répétait souvent à son fils qu'elle se sentait rassurée d'avoir eu un garçon plutôt qu'une fille : « Tu te débrouilleras plus facilement dans ce monde encore dominé par les hommes », lui assurait-elle.

Pendant les dix premières années de sa vie, sa mère avait été le soleil qui illuminait son quotidien, la magicienne qui lui caressait le front avec un linge humide pour chasser ses cauchemars, celle qui, avant de partir travailler le matin, lui laissait des mots gentils et parfois quelques pièces de monnaie qu'il trouvait en se levant près de son bol de cacao.

Oui, sa mère avait été son idole avant qu'une sorte de distance sociale commence à les séparer peu à peu.

Il avait d'abord découvert l'univers si fascinant des Wexler puis, à douze ans, il avait eu la chance d'être admis à la Wallace School, une école privée de Manhattan qui accueillait chaque année une dizaine d'élèves boursiers recrutés parmi les meilleurs éléments des écoles des quartiers difficiles. Plusieurs fois, il avait été invité chez des copains qui habitaient dans les immeubles chics de l'East Side ou de Gramercy Park. Il avait alors commencé à avoir un peu honte de sa mère. Honte de ses fautes de grammaire et de sa mauvaise maîtrise de l'anglais. Honte que son statut social soit à ce point visible dans son langage et dans ses manières.

Pour la première fois, l'amour qu'elle lui portait lui avait semblé envahissant et il s'en était peu à peu affranchi.

Pendant ses années d'université, leurs liens s'étaient encore relâchés et son mariage n'avait rien arrangé. Mais ce n'était pas la faute de Mallory qui avait toujours insisté pour qu'il s'occupe de sa mère. Non, la faute n'incombait qu'à lui seul. Il avait été trop occupé à gravir les échelons du succès pour se rendre compte que sa mère avait davantage besoin de son amour que de son argent.

Et puis, il y avait eu un matin sombre de novembre 1991 où l'hôpital l'avait appelé pour lui annoncer sa mort et cet amour lui était alors revenu en pleine figure. Comme bien des fils avant lui, il était à présent rongé par le remords, hanté par tous les moments où il s'était montré ingrat et indifférent.

Désormais, il ne se passait plus une seule journée sans qu'il pense à elle. Chaque fois qu'il croisait dans la rue une femme simplement vêtue, usée par le travail, déjà fatiguée avant d'avoir commencé la journée, il revoyait sa mère et regrettait de ne pas avoir été un meilleur fils. Mais il était trop tard. Tous les reproches qu'il pouvait s'adresser aujourd'hui ne serviraient plus à rien. Les actes qu'il exécutait pour se faire pardonner, comme fleurir sa tombe toutes les semaines, ne remplaceraient jamais le temps qu'il n'avait pas passé avec elle lorsqu'elle était encore en vie.

Dans le tiroir de son lit d'hôpital, il avait trouvé deux photographies.

La première datait de 1967. Elle avait été prise un dimanche après-midi, près de la mer, au parc d'attractions de Coney Island. Nathan a trois ans. Il tient une glace italienne dans ses petites mains et regarde émerveillé les montagnes russes. Sa mère le porte fièrement dans ses bras. C'est l'une des rares photos où elle a le sourire.

L'autre cliché lui est plus familier puisqu'il s'agit de la remise de son diplôme de droit à l'université de Columbia. Avec sa toge et son beau costume, il semble toiser le monde. C'est sûr, l'avenir lui appartient.

Avant d'être hospitalisée, sa mère avait retiré cette photo du cadre doré qui trônait dans son salon. Au moment de mourir, elle avait tenu à emporter avec elle le symbole de la réussite de son fils qui était aussi la marque de son éloignement.

*

Nathan essaya de chasser ces idées qui le rendaient trop vulnérable.

Il était maintenant un peu plus de six heures.

Il pénétra dans le parking souterrain d'un immeuble voisin dans lequel il louait deux places de stationnement. Sur l'une d'elles était garé un coupé Jaguar et sur l'autre un luxueux 4x4 de couleur bleu foncé.

Ils en avaient fait l'acquisition lorsqu'ils avaient décidé d'avoir un deuxième enfant. C'était un choix de Mallory. Elle aimait l'impression de sécurité et de hauteur qui se dégageait de ce genre de voiture. Elle veillait toujours à ce que sa famille soit protégée. C'était sa priorité pour toutes les décisions qu'elle avait à prendre.

Quel besoin d'avoir deux voitures maintenant ? se demanda Nathan en ouvrant la portière du coupé. Ça faisait plus d'un an qu'il pensait à vendre le 4x4 mais il n'avait jamais trouvé le temps. Il allait démarrer lorsqu'il se dit qu'il serait peut-être préférable de prendre le tout-terrain car les routes risquaient d'être glissantes.

L'odeur de Mallory flottait encore à l'intérieur du véhicule. En mettant le contact, il décida qu'il vendrait la voiture de sport et garderait le 4x4.

Il remonta les deux étages du parking, inséra une carte magnétique pour ouvrir la barrière et sortit dans la ville encore noire.

Il ne neigeait plus. Décidément, même le temps était bizarre, oscillant constamment entre froid et redoux.

Il fouilla dans la boîte à gants, trouva un vieux CD de Leonard Cohen. Un des préférés de son ex-femme. Il enfila le disque dans le lecteur. Mallory aimait les chanteurs de folk en particulier et la contestation en général. Il y a quelques années, elle était allée en Europe, à Gênes, pour manifester contre les méfaits de la mondialisation et l'omnipotence des multinationales. Lors de la dernière élection présidentielle, elle avait participé activement à la campagne de Ralph Nader et lorsqu'elle vivait sur la côte est, elle n'avait raté aucune des manifestations de Washington contre le FMI et la Banque mondiale. Mallory était contre tout : contre la dette et la misère des pays pauvres, contre la dégradation de l'environnement, contre le travail des enfants... Ces dernières années, elle avait combattu avec force le danger constitué par les aliments génétiquement modifiés. Elle avait consacré beaucoup de son temps à une association militant pour une agriculture sans engrais ni pesticide. Deux ans avant leur séparation, il l'avait accompagnée quelques jours en Inde où l'association avait monté un programme ambitieux de distribution de semences saines à des paysans afin de les inciter à maintenir leur mode d'agriculture traditionnel.

Nathan avait toujours été très critique à l'égard de la générosité des riches mais, au fil du temps, il avait fini par reconnaître que, par rapport à lui qui ne faisait rien, c'était déjà ça.

Aussi, même s'il se moquait parfois du militantisme de sa femme, il l'admirait secrètement car il savait bien que, si le monde ne devait compter que sur des types comme lui pour aller mieux, il n'avait pas fini d'attendre.

*

La circulation était encore fluide à cette heure-ci. Dans une demi-heure ce ne serait plus le cas. Il prit la direction de Lower Manhattan puis ne pensa plus à rien, se laissant bercer par la voix rocailleuse de Cohen.

Un peu avant Foley Square, il jeta un coup d'œil dans le rétroviseur. L'un des sièges arrière était recouvert d'un plaid avec un motif de Norman Rockwell qu'ils avaient acheté à Bloomingdale's au début de leur mariage et dans lequel Bonnie aimait s'emmitoufler lorsqu'ils voyageaient tous les trois.

Non, il ne rêvait pas : la voiture était encore imprégnée

du parfum de Mallory. Une odeur de vanille et de fleurs coupées. Dans ces moments-là, elle lui manquait terriblement. Il la sentait tellement présente dans son esprit qu'à plusieurs reprises il eut l'impression d'être assis à côté d'une ombre. Elle était là, sur le siège à côté, comme une revenante.

Les choses auraient pu être si différentes avec elle s'il n'y avait pas eu tout ça : l'argent, la différence de milieu social, le besoin de se surpasser pour montrer qu'il la méritait. Très tôt, il avait dû se forger une personnalité fondée sur le cynisme et l'individualisme et enfouir tout ce qu'il y avait de fragile en lui. Pour être un des meilleurs, pour ne pas avoir à s'excuser de ses faiblesses.

En se remémorant tout ça, il fut saisi par la peur de ne plus jamais revoir Mallory. Hormis sa fille, il n'avait plus de proche famille ni de véritable ami. S'il venait à mourir, qui s'inquiéterait de lui ? Jordan ? Abby ?

Il arriva au bas de Lafayette Street et se sentit soudain accablé par une grande vague de tristesse.

Lorsqu'il s'engagea sur la passerelle de Brooklyn Bridge, il eut l'impression d'être happé par le berceau de câbles d'acier qui suspendaient le pont. Les deux arches lui faisaient toujours penser à l'entrée mystérieuse d'un bâtiment gothique et contrastaient avec les formes modernes de la ligne de gratte-ciel à jamais défigurée par la disparition des tours jumelles. C'était idiot mais, chaque fois qu'il passait par là, les jours de brouillard, il s'attendait presque à les voir réapparaître au détour d'un virage avec leurs façades scintillantes et leurs sommets qui tutoyaient le ciel.

Tout à coup, il fut dépassé par un cortège d'ambulances qui, gyrophare hurlant, fonçaient vers Brooklyn. Un grave accident avait dû se produire quelque part dans la nuit glacée. Bon Dieu, c'était ça New York ! Il aimait et détestait cette ville tout à la fois. C'était difficile à expliquer.

Distrait dans sa conduite, il loupa un embranchement à la sortie de la passerelle et se retrouva dans les rues étroites de Brooklyn Heights. Il navigua quelques instants dans ce quartier tranquille avant de trouver un passage vers Fulton Street. Là, il tira son téléphone portable de sa poche et composa un numéro qu'il avait rentré en mémoire quelque temps auparavant. Ce fut une voix déjà bien réveillée qui lui répondit :

— Docteur Bowly, je vous écoute.

La clinique du docteur Bowly était un établissement renommé pour la qualité de ses soins. C'est là que le cabinet envoyait ses nouvelles recrues passer l'examen médical nécessaire à l'officialisation de leur embauche. Depuis quelque temps, la clinique avait développé ses activités et faisait aussi office de centre de désintoxication pour toute une clientèle très sélect de la côte est.

— Nathan Del Amico, du cabinet Marble&March. Je voudrais faire un check-up complet.

— Je vous passe le standard, répondit l'autre, furieux d'être personnellement dérangé si tôt le matin pour un simple rendez-vous.

— Non, docteur, c'est à vous que je veux parler.

Le médecin marqua un silence surpris mais demeura courtois.

— Très bien... je vous écoute.

— Je voudrais le grand jeu, prévint Nathan : analyse de sang, radio, examens cardiaques...

— Rassurez-vous : tout est compris dans notre forfait.

Nathan entendit qu'à l'autre bout du fil le médecin tapotait quelques touches sur un clavier d'ordinateur.

— Nous pouvons fixer une date pour... dans dix jours, proposa Bowly.

— Dans dix minutes plutôt, répondit Nathan du tac au tac.

— Vous... vous plaisantez ?

Nathan arrivait dans le district de Park Slope. Il négocia un tournant en direction d'un élégant quartier résidentiel situé à l'ouest de Prospect Park. Il prit une voix très professionnelle pour dire :

— Le cabinet vous a défendu dans une affaire fiscale. C'était il y a trois ans si je me souviens bien...

— C'est exact, reconnut Bowly, de plus en plus surpris. Et vous avez bien fait votre boulot puisque j'ai été blanchi.

On le sentait néanmoins sur la défensive.

— Je sais, reprit Nathan, c'est un de mes collaborateurs qui s'est occupé de votre dossier et je crois savoir que vous avez dissimulé quelques documents aux services fiscaux.

— Mais où... où voulez-vous en venir ?

— Disons que j'ai quelques amis dans l'administration du Trésor qui seraient peut-être intéressés par ces informations.

— C'est contraire à toutes les pratiques de votre métier ! protesta le médecin.

— Bien sûr, admit Nathan, mais vous ne me laissez pas vraiment le choix.

En s'engageant dans Penitent Street, l'avocat fut ébloui par le faisceau des phares d'une voiture qui venait en sens inverse.

Quel abruti !

Il laissa tomber son mobile, consacrant toute son attention à tourner violemment le volant vers la droite. Il évita de justesse l'autre véhicule.

— Allô ? reprit-il après avoir ramassé son téléphone.

L'espace d'un instant il crut que Bowly avait raccroché mais, après avoir laissé passer un long silence, le médecin affirma d'une voix qui se voulait assurée :

— Il est hors de question que je cède à un tel chantage. Si vous croyez que je vais me laisser impressionner par...

— Je ne vous demande pas grand-chose, soupira Nathan. Un bilan complet dès aujourd'hui. Je vous paierai le prix fort, bien entendu.

Il trouva une place non loin de la clinique. La nuit était devenue bleue et le jour commençait à se lever.

Il claqua la portière, activa la fermeture automatique des portes et remonta la rue bordée de lampadaires en fer forgé.

Dans le combiné, le docteur Bowly marqua un nouveau silence avant de céder :

— Écoutez, je n'aime pas vos méthodes mais je vais voir si je peux vous trouver un créneau. À quelle heure aimeriez-vous venir ?

— Je suis déjà là, dit Nathan en poussant la porte de la clinique.

7

« Les morts sont invisibles, ils ne sont pas absents. »
Saint Augustin

On le fit entrer dans une pièce froide et sombre, baignée de lumière pâle. Sur le lit, bien en évidence, se trouvait une fiche plastifiée récapitulant les différentes étapes du check-up. Nathan suivit les instructions à la lettre : il se déshabilla, enfila une blouse en coton, se lava les mains et urina dans un bocal avant de prévenir un manipulateur qui lui fit une prise de sang.

La visite se déroulait sur presque toute la surface de la clinique. Muni d'une carte magnétique, le patient devait se déplacer dans des pièces successives où il était reçu par différents spécialistes.

Les réjouissances commencèrent par un bilan clinique complet effectué par un quinquagénaire sec et grisonnant qui répondait au doux nom de docteur Blackthrow.

Après l'avoir examiné sous toutes les coutures, il interrogea l'avocat sur ses antécédents personnels et familiaux.

Non, il n'avait jamais eu de problèmes de santé particuliers, hormis des rhumatismes articulaires à l'âge de dix ans et une mononucléose à dix-neuf ans.

Non, pas de MST non plus.

Non, il ne savait pas de quoi son père était mort. Ni même s'il était mort d'ailleurs.

Non, sa mère n'était pas morte d'une maladie cardio-vasculaire.

Elle n'avait pas de diabète, non plus.

Ses grands-parents ? Il ne les avait pas connus.

Puis il eut droit à des questions sur son mode de vie.

Non, il ne buvait pas et il ne fumait plus depuis la naissance de sa fille. Oui, c'était bien un paquet de cigarettes qui dépassait de la poche de sa veste (*ils ont fouillé mon costume !*) mais il n'en allumait jamais : elles n'étaient là que pour occuper ses mains.

Oui, il prenait parfois des antidépresseurs. Et des anxiolytiques aussi. Comme la moitié des gens qui ont une vie bousculée.

On l'envoya ensuite chez un spécialiste des états de stress où il passa des tests compliqués afin de mesurer son angoisse professionnelle et familiale.

Oui, il avait connu une séparation conjugale.

Non, il n'avait pas été licencié.

Oui, il avait subi récemment la mort d'un proche.

Non, il n'avait pas d'hypothèque.

Oui, sa situation financière avait changé récemment... mais en bien.

Un changement dans ses habitudes de sommeil ? Ma foi, il n'avait pas vraiment d'habitude en la matière et c'était peut-être ça le problème. *Je ne me livre pas au sommeil, j'y succombe, comme disait l'autre.*

Au terme de cette évaluation, le médecin lui prodigua toute une série de conseils à trois sous, censés l'aider à mieux gérer ce qu'il appelait des « situations psycho-émotionnellement angoissantes ».

Nathan écouta toutes ces recommandations mais il bouillait intérieurement :

Je ne veux pas me transformer en maître zen, je veux seulement savoir si, oui ou merde, ma vie est en danger à court terme.

Puis les choses sérieuses commencèrent avec l'examen cardiologique.

Il fut soulagé de voir que le cardiologue avait l'air humain et compréhensif. Nathan évoqua avec lui la douleur à la poitrine qui le faisait souffrir depuis plusieurs jours. Le médecin l'écouta attentivement, lui posant des questions complémen taires sur les circonstances et l'intensité précises de sa douleur.

Il prit sa tension puis lui demanda de courir sur un tapis roulant incliné pour mesurer son rythme cardiaque après effort.

Il passa ensuite un électrocardiogramme, une échographie cardiaque et un échodoppler : s'il avait quelque chose au cœur, on ne pourrait pas le manquer.

La visite se poursuivit par un examen ORL. Là, un oto-rhino-laryngologiste lui examina la gorge, le nez, les sinus, les oreilles.

Il refusa de pratiquer un audiogramme : non, il n'avait pas de troubles de l'audition.

En revanche, il fut obligé de subir une fibroscopie laryngée et une radiographie pulmonaire : son explication sur le tabac n'avait pas convaincu.

— Oui, bon d'accord, il m'arrive encore d'en griller une de temps en temps, vous savez ce que c'est...

Il n'était pas très chaud non plus pour un examen endoscopique du rectum. Mais on lui assura que c'était indolore.

Lorsqu'il poussa la porte de l'urologue, il devina qu'on allait parler de la prostate. Et c'est bien ce que l'on fit.

Non, il ne se levait pas encore trois fois par nuit pour aller pisser. Non, il ne ressentait pas de gêne urinaire. D'un autre côté, il était un peu jeune pour un adénome de la prostate, non ?

La visite se termina par un examen échographique qui consista à lui passer une sonde sur diverses parties du corps. Il put ainsi voir sur un petit écran de belles photographies de son foie, son pancréas, sa rate et sa vésicule.

*

Il regarda sa montre : deux heures de l'après-midi. Ouf ! C'était fini. La tête lui tournait et il avait envie de vomir. Il venait de passer plus d'examens ces dernières heures que pendant sa vie entière.

— Vous recevrez les résultats dans une quinzaine de jours, l'avertit une voix derrière lui.

Il se retourna pour voir le docteur Bowly qui le regardait sévèrement.

— Comment ça, « dans une quinzaine de jours » ! gronda-t-il. Je n'ai pas le temps d'attendre une « quinzaine de jours ». Je suis épuisé, je suis malade ! J'ai besoin de savoir de quoi je souffre !

— Calmez-vous, fit le médecin, je plaisantais : nous pourrons faire un premier bilan dans un peu plus d'une heure.

Il regarda l'avocat plus attentivement et s'inquiéta :

— C'est vrai que vous avez l'air très fatigué. Si vous voulez vous reposer un moment en attendant les résultats, il y a une chambre libre au deuxième étage. Je peux demander à une infirmière de vous apporter un plateau-repas ?

Nathan accepta. Il récupéra ses habits, monta à l'étage et se rhabilla dans la pièce indiquée, avant de s'écrouler sur le lit.

*

La première chose qu'il vit, ce fut le sourire de Mallory.

Mallory était lumière. Mallory était solaire. Toujours pleine d'énergie et de gaîté. Très sociable, alors que Nathan avait un problème de ce côté-là. À une époque, ils avaient fait repeindre leur appartement et il était resté plusieurs jours sans adresser la parole au peintre alors qu'il avait fallu moins d'une heure à Mallory pour connaître l'essentiel de sa vie : depuis la ville dans laquelle il était né jusqu'au prénom de ses enfants. Nathan ne méprisait pas les gens, au contraire, mais la plupart du temps il ne savait pas leur parler. C'est vrai qu'il n'était pas précisément un « marrant ». Mallory était, par nature, quelqu'un de positif qui faisait confiance aux autres. Lui, n'était pas positif. À la différence de sa femme, il ne se faisait pas d'illusions sur la nature de l'homme.

Malgré des caractères opposés, leur couple avait connu des années de bonheur profond. Ils avaient tous les deux su faire des compromis. Bien sûr, Nathan consacrait beaucoup de temps à son travail mais Mallory l'acceptait. Elle comprenait son besoin de gravir les échelons de l'échelle sociale. En échange, Nathan ne critiquait jamais les engagements militants de sa femme, même s'il les jugeait parfois très naïfs ou folkloriques. La naissance de Bonnie avait encore prolongé et amplifié leur entente.

Au fond de lui, il avait toujours pensé que son mariage serait à jamais préservé d'une séparation. Pourtant, ils avaient fini par s'éloigner l'un de l'autre.

Le travail y était pour beaucoup, de plus en plus prenant avec les nouvelles responsabilités qu'il avait obtenues. La grande faille dans leur couple avait été le manque de disponibilité, il le savait bien.

Mais surtout, il y avait eu la mort de Sean, leur deuxième enfant, à l'âge de trois mois.

Ça s'était passé trois ans auparavant, pendant l'hiver, au tout début de février.

Pour des raisons obscures, Mallory refusait d'employer quelqu'un pour s'occuper des enfants. Il aurait pourtant été si facile de faire garder Bonnie et Sean par une de ces nourrices philippines, si nombreuses en Amérique. Tous ses collègues le faisaient. Mais Mallory vous aurait expliqué que, pour venir élever les gosses des riches américains, ces femmes étaient obligées de quitter leur pays et leurs propres enfants. Si la libération de la femme du Nord passait par l'asservissement de celle du Sud, alors elle, Mallory Wexler, préférait encore s'en passer. C'était aux parents de s'occuper de leurs enfants et à personne d'autre. Les pères n'avaient qu'à participer davantage à l'éducation, voilà tout. Si vous aviez le malheur de protester, en montrant par A + B que la nourrice philippine en question recevait pour ses services une somme non négligeable qu'elle pourrait renvoyer dans son pays pour financer les études de ses enfants, vous passiez alors pour un horrible néocolonisateur et elle se mettait à développer d'autres discours engagés qui vous faisaient regretter de vous être aventuré sur ce terrain.

Cet après-midi-là, il avait quitté son bureau plus tôt. Mallory avait prévu de faire sa visite mensuelle à ses parents. Généralement, elle emmenait Bonnie avec elle mais comme la petite souffrait d'une angine, il avait été décidé qu'elle serait dispensée du voyage et resterait à New York avec son père.

Mallory prenait l'avion de six heures du soir. Nathan l'avait croisée sur le pas de la porte. Elle l'avait rapidement embrassé après lui avoir lancé quelque chose du genre : « Je t'ai tout préparé ; tu n'auras qu'à réchauffer les biberons au micro-ondes. Et n'oublie pas de lui faire faire son rot... »

Il s'était donc retrouvé seul avec les deux enfants. Pour Bonnie, il avait son arme secrète : une cassette vidéo de *La Belle et le Clochard*. Dans une de ses lubies, Mallory avait en effet décidé de boycotter la firme Disney sous le prétexte que Mickey Mouse faisait fabriquer ses produits dérivés en Chine ou en Haïti par des sous-traitants qui ne se gênaient pas pour exploiter des enfants. Mais cet acte citoyen n'était pas du goût de Bonnie qui se voyait privée de beaucoup de dessins animés.

Son père lui avait donc donné la cassette après lui avoir fait jurer qu'elle ne dirait rien à sa mère et elle s'en était allée toute contente visionner son film dans le salon.

Nathan avait installé Sean dans son berceau qu'il avait placé à côté de son bureau. C'était un bébé tranquille et en bonne santé. Il avait bu un biberon vers dix-neuf heures puis s'était rendormi. En temps normal, Nathan adorait s'occuper des enfants. L'ennui c'est que, ce soir-là, il n'avait pas vraiment le temps d'apprécier. Il travaillait sur une affaire importante et difficile. On ne lui confiait plus que les affaires importantes et difficiles d'ailleurs, ce qui l'obligeait à ramener de plus en plus de dossiers à la maison. Il s'en sortait, mais difficilement.

Après son dessin animé, Bonnie avait réclamé à manger (des spaghettis bien entendu : après *La Belle et le Clochard* que pouvait-on manger d'autre ?). Il lui avait préparé son repas mais n'avait pas pu dîner avec elle. Ensuite, elle était allée se coucher sans faire d'histoires.

Il avait travaillé à plein régime pendant les quatre heures suivantes puis avait donné un dernier biberon à Sean sur le coup de minuit, avant d'aller lui-même se coucher. Il était fourbu et voulait se lever tôt le lendemain. Sean était une véritable horloge. À son âge il faisait déjà ses nuits, si bien que Nathan était persuadé qu'il pourrait dormir au moins jusqu'à six heures.

Oui mais voilà, le lendemain matin, c'est le corps sans vie de son fils, couché sur le ventre, qu'il avait retrouvé dans le berceau. Au moment de soulever ce petit être encore si léger, il avait remarqué le drap taché d'un peu de mousse rose. Une sensation d'horreur l'avait traversé et il avait compris immédiatement.

La mort avait été silencieuse, il en était persuadé. Nathan avait le sommeil léger et il n'avait entendu aucun pleur, aucun cri.

Aujourd'hui, la mort subite du nourrisson est bien connue. Comme tous les parents, Mallory et lui avaient été prévenus des méfaits de la position ventrale sur le sommeil des enfants et ils avaient toujours suivi les recommandations du pédiatre de coucher Sean sur le dos...

Ils avaient aussi veillé à ce que le visage du bébé reste dégagé et à l'air libre, à ce que la température de la chambre ne soit jamais trop élevée (Mallory avait fait installer un thermostat sophistiqué qui maintenait la température à 20 °C), à ce que le matelas soit ferme (ils avaient acheté le plus cher, avec toutes les normes de sécurité). Comment être de meilleurs parents ?

On lui avait posé la question plusieurs fois : avait-il bien couché le bébé sur le dos ? Mais oui ! Oui ! Comme d'habitude. C'était ce qu'il avait dit. Mais en fait, il ne se souvenait pas précisément du moment où il l'avait couché. Il ne revoyait pas la scène mentalement. Tout ce dont il se souvenait avec précision, c'était que, lors de cette soirée maudite, il avait été complètement absorbé par son travail. Par ce putain de dossier à propos d'un rapprochement financier entre deux compagnies aériennes.

De sa vie de père, il n'avait jamais couché un de ses enfants sur le ventre ou même sur le côté. Pourquoi l'aurait-il fait ce soir-là ? C'était impossible. Il savait qu'il ne l'avait pas fait, mais il n'avait pas le souvenir précis du moment où il avait couché son fils. Et cette incertitude le rongeait et augmentait son sentiment de culpabilité.

Puis, à son tour, Mallory s'était inventé une chimère en culpabilisant parce qu'elle n'avait pas allaité son deuxième enfant. Comme si cela aurait changé quelque chose !

Pourquoi son couple avait-il explosé après cette épreuve au lieu de se renforcer ? Il était incapable de répondre clairement à cette question qu'il se posait jour après jour. D'expliquer ce besoin d'éloignement qui les avait saisis l'un et l'autre.

Ça s'était fait comme ça. Relativement vite. Être avec elle était tout à coup devenu insupportable. Comment vivre sous son regard qui, inconsciemment, l'accusait peut-être de la mort de Sean ? Rentrer chez soi pour parler de quoi ? Revenir encore sur le passé ? « Tu te souviens comme il était beau ? Tu te souviens comme on l'a attendu ? Comme on en était fier ? Tu te souviens de l'endroit où on l'a conçu ? Dans le chalet de cette station de ski des White Mountains... Tu te souviens... Tu te souviens... »

Il ne savait plus quoi répondre à ses questions : « Est-ce

que tu crois qu'il est quelque part au ciel, Nathan ? Est-ce que tu crois qu'il y a autre chose après ? »

Il n'en savait rien. Il ne croyait en rien.

Il ne restait plus en lui que cette plaie béante, ce chagrin sans fin, ce sentiment terrifiant d'avoir abandonné son enfant.

Il avait été désemparé, brisé. Pendant longtemps, sa détresse avait été si intense qu'il n'avait plus eu de goût pour rien, puisque rien ne pourrait jamais ressusciter son bébé.

Pour continuer à vivre, il s'était alors retranché dans le travail. Mais au bureau, partout où il mettait les pieds, on lui posait toujours la même question : comment va *ta femme* ?

Toujours sa femme.

Et lui ? Sa peine à lui. Qui s'en souciait ? Jamais on ne lui avait demandé comment il allait, *lui*. Comment il vivait tout ça. On le croyait fort. A *tough man*. C'était bien ce qu'il était dans sa profession, non ? Un dur, un carnassier, un impitoyable qui n'avait pas droit aux larmes et au désespoir.

*

Nathan ouvrit les yeux et se leva en sursaut.

Il savait qu'il ne guérirait jamais de cette déchirure.

Certains jours, bien sûr, il lui arrivait de passer des moments précieux avec sa fille, de prendre plaisir à faire du sport, de sourire à une blague d'un collaborateur. Mais, même dans ces moments-là, la blessure du souvenir de Sean ne le quittait pas.

*

Une heure plus tard

Assis dans un fauteuil en face du docteur Bowly, Nathan contemplait un cadre doré qui protégeait une espèce de parchemin avec une traduction latine d'une phrase d'Hippocrate :

Vita brevis, ars longa, experimentum periculosum, judicium difficile.

— La vie est brève, l'art est long, l'expérience dangereuse, le jugement difficile, traduisit le médecin. Ça veut dire que...

— Je comprends très bien ce que ça veut dire, le coupa Nathan. Je suis diplômé en droit, pas l'une des pop-stars à la mode qui viennent ici pour se faire désintoxiquer.

— Bon, bon, très bien, fit le médecin, échaudé.

Il lui tendit un petit document d'une trentaine de pages qui portait la mention RAPPORT MÉDICAL.

Nathan feuilleta quelques pages sans les lire vraiment, leva la tête vers Bowly et demanda avec appréhension :

— Alors ?

Le médecin respira plusieurs fois pour faire durer le suspense.

Ce type est un vrai sadique.

Il se racla la gorge et avala sa salive.

Alors vas-y, dis-le-moi que je vais crever !

— Ma foi, vous n'allez pas mourir demain matin. Il n'y a rien d'alarmant dans votre bilan.

— Vous... vous êtes sûr ? Mais mon cœur...

— Vous n'avez pas d'hypertension artérielle.

— Mon taux de cholestérol ?

Bowly secoua la tête.

— Rien de grave : votre dosage en LDL, le mauvais cholestérol, n'est pas inquiétant.

— Et cette douleur à la poitrine ?

— Pas grand-chose : le cardiologue pencherait, au pire, pour une angine de poitrine larvée due à un stress intense.

— Il n'y a pas de risque d'infarctus ?

— C'est très improbable. Je vous laisse quand même un spray à base de trinitrine, au cas où. Mais ça devrait cesser avec du repos.

Nathan s'empara du médicament que lui tendait Bowly. Il était à deux doigts de l'embrasser. Il se sentait comme délesté d'un poids de trois tonnes.

Le médecin lui détailla longuement tous les résultats des différents examens mais Nathan ne l'écoutait plus. Il savait l'essentiel : il n'allait pas mourir tout de suite.

Une fois dans la voiture, il relut attentivement toutes les conclusions de chacune des parties du rapport médical. Pas de doute : il était en parfaite santé. Il s'était même rarement senti aussi bien. En quelques minutes, son moral était remonté en flèche.

Il regarda sa montre. Avait-il réellement besoin de ces jours de congé ? Maintenant qu'il était rassuré, ne ferait-il pas mieux de retourner au travail ? *Nathan Del Amico revient aux commandes. Abby, apportez-moi le dossier Rightby's et réactivez tous mes rendez-vous. Est-ce que vous pourrez rester un peu plus tard ce soir, on va en mettre un bon coup !*

Non. Ça allait mieux mais il ne fallait pas griller les étapes. Il était suffisamment lucide pour voir que quelque chose ne tournait pas rond. Et il voulait vraiment aller chercher Bonnie.

Il démarra le 4x4 et prit la direction de Central Park West.

Il avait envie d'alcool et de cigarettes. Il fouilla dans la poche de son costume et mit la main sur son paquet d'où il sortit deux cigarettes. « Je n'en allume jamais, elles ne sont là que pour occuper mes mains », s'imita-t-il maladroitement. Sur ce, il alluma les deux cigarettes en même temps et partit dans un grand éclat de rire. La mort n'était pas encore pour aujourd'hui.

8

« Nous sommes donc tout seuls dans
l'obscurité de cette vie ? »
Dialogue du film *Abyss*,
de James Cameron

Une fois chez lui, il se prépara des pâtes. Des *penne rigatte* au basilic et au parmesan qu'il accompagna d'une bouteille de vin californien. Après avoir mangé, il prit à nouveau une douche, enfila un pull en cachemire à col roulé et mit un costume élégant.

Il retourna au garage, laissa le 4x4 à sa place pour reprendre son coupé. Ah, il revivait ! Demain, il retournerait courir dans le parc, puis il demanderait à Peter de lui trouver des places pour un bon match de basket au Madison Square Garden. Dans la boîte à gants, il fouilla parmi une dizaine de CD qu'il aimait bien écouter en conduisant. Il mit dans le lecteur un album d'Eric Clapton et apprécia en connaisseur le riff inoubliable de *Layla*.

Ça, c'était de la vraie musique !

Voilà ce qu'il allait faire pendant ces quelques jours de vacances : consacrer du temps à des choses qu'il aimait vraiment. Il avait de l'argent, il vivait dans l'une des plus belles villes du monde, la vie aurait pu être pire.

Nathan était soulagé. Vraiment. Il n'était pas hypocondriaque mais là, il devait avouer qu'il avait eu peur. À présent il ne ressentait plus la moindre douleur. Voilà. C'était seulement un peu de stress. Le tribut qu'il avait dû payer à la vie moderne, et c'est tout.

Après avoir augmenté le volume de la radio, il ouvrit la fenêtre et lança un petit cri vers le ciel pendant que le V6 vrombissait. Bien conscient d'avoir un peu abusé du chardonnay californien, il s'obligea à ralentir. Ce n'était pas le moment d'avoir un accident.

Il mit sa voiture sur le ferry et gagna le centre chirurgical qu'il avait visité la veille. Mais le docteur Goodrich était absent.

— À cette heure-ci, vous le trouverez dans l'unité de soins palliatifs, le renseigna l'hôtesse de l'entrée en lui griffonnant une adresse sur un Post-it.

Nathan ressortit en trombe. Il tenait absolument à ce que Garrett soit au courant des résultats de son check-up.

Cinq minutes plus tard, il était devant le bâtiment de l'unité de soins, un bel immeuble de granite rose entouré de verdure.

En poussant la porte du rez-de-chaussée, il ressentit une impression étrange. En fait, l'endroit ne ressemblait pas vraiment à une structure médicale. Il n'y avait ici ni appareils de soins compliqués ni l'agitation qui règne traditionnellement dans les hôpitaux. Un grand sapin avec des décorations traditionnelles trônait dans le hall d'entrée. Au pied de l'arbre, quelques paquets cadeaux commençaient à s'accumuler. Nathan s'avança vers une large porte-fenêtre qui donnait sur un petit parc tout illuminé et recouvert de neige. La nuit était déjà tombée et quelques flocons blancs virevoltaient dans l'air. Il s'éloigna de la fenêtre pour emprunter un couloir menant à une grande salle commune aux murs tapissés d'étoffes pourpres et dorées. De petites bougies étaient posées un peu partout à travers la pièce, comme des balises, tandis que des chants sacrés d'une beauté inouïe étaient diffusés en sourdine. Autant d'éléments qui contribuaient à créer en ce lieu un environnement apaisé et sécurisant.

Du côté du personnel, tout le monde semblait affairé à une tâche, si bien que personne ne fit vraiment attention à lui.

Nathan s'abîma un moment dans la contemplation d'une femme encore jeune, assise dans un fauteuil roulant. Son corps était décharné et sa tête penchait sur le côté dans une position désespérément figée. Un membre du personnel médical lui donnait de petites cuillerées de potage tout en lui commentant le programme qui passait à la télé. C'était un dessin animé.

Nathan sentit une main s'abattre sur son épaule.

— Salut, Del Amico, fit simplement Goodrich sans être plus surpris que ça de le voir. Alors, vous venez nous rendre une petite visite ?

— Ça a l'air impressionnant, Garrett. Je n'étais jamais venu dans une structure de ce genre.

Le médecin lui fit visiter les lieux. L'établissement comptait une centaine de lits qui accueillaient des patients atteints de maladies incurables, le plus souvent un cancer en phase terminale, le sida ou des maladies neurologiques. Beaucoup étaient dégradés physiquement et au début l'avocat eut du mal à soutenir leur regard.

Au détour d'un couloir, il osa demander à Goodrich :

— Est-ce que les malades savent que... ?

— Qu'ils vont mourir ? Bien entendu. Ici, nous ne leur mentons pas : la dernière heure ne doit pas être celle du mensonge.

Avec Nathan dans son sillage, Garrett termina sa tournée du soir. Il était enjoué et rassurant, prenant chaque fois le temps d'échanger quelques propos personnels avec chacun des malades. Le plus souvent, la discussion ne tournait pas autour de la maladie : il demandait des nouvelles de la famille ou des amis pour ceux qui avaient reçu de la visite. Avec les autres, il était prêt à commenter — parfois longuement — les derniers résultats sportifs, la météo ou les événements internationaux. C'était un orateur hors pair qui maniait l'humour avec beaucoup d'aisance. Même les malades les moins faciles finissaient généralement par se dérider et il était rare qu'il quitte une chambre sans recevoir un sourire.

Ce type aurait fait un avocat redoutable, pensa Nathan.

La visite dans le service de soins était bouleversante, mais l'atmosphère lui sembla moins morbide qu'il ne l'aurait imaginé, comme si on avait pu congédier la mort temporairement, tout en sachant pertinemment qu'elle reviendrait rôder d'ici peu.

Goodrich lui présenta quelques-uns des nombreux bénévoles qui intervenaient dans le service. Nathan était sincèrement admiratif devant ces gens qui donnaient une partie de leur temps aux autres et il ne put s'empêcher de penser à sa femme. Il la connaissait bien, il savait qu'elle aurait été à l'aise ici, qu'elle aurait été capable d'insuffler de la lumière et de l'optimisme aux malades. Il aurait voulu ressentir lui aussi cette empathie avec les gens, mais il n'avait jamais su aller vers les autres.

Malgré tout, pour ne pas être la seule personne oisive de l'établissement, il parcourut différentes chambres en proposant timidement son aide : il discuta d'une émission de télé avec un jeune photographe atteint du sida et aida un vieil homme qui avait subi une trachéotomie à prendre son repas.

À la dernière cuillère de compote, Nathan se rendit compte que sa main était agitée d'un léger tremblement. Les quintes de toux et les raclements de gorge du patient l'effrayaient et le mettaient mal à l'aise. Il était incapable de maîtriser son émotion devant tant de souffrance. Il faillit s'excuser auprès du vieil homme mais celui-ci fit semblant de ne pas remarquer sa gêne. Il le remercia d'un sourire puis ferma les yeux.

Goodrich entra dans la pièce à ce moment-là. Il remarqua le trouble de Nathan.

— Vous vous en sortez, Del Amico ?

L'avocat ignora la question. Son regard restait rivé sur le visage étonnamment paisible du mourant.

— Pourquoi cet homme semble-t-il ne pas avoir peur ? demanda-t-il tout bas en s'éloignant.

Garrett ôta ses lunettes et se massa les yeux tout en réfléchissant à la réponse qu'il pourrait bien donner à une telle question.

— Gil est l'un de nos plus anciens pensionnaires. Il est déjà relativement âgé et a accepté lucidement sa maladie. Ça lui a laissé le temps d'entreprendre des démarches pour faire ses adieux et se mettre en paix.

— Je ne serai jamais comme ça, constata Nathan.

— Vous connaissez la maxime : « Tu cesseras de craindre si tu as cessé d'espérer » ? Eh bien, elle s'applique ici : la peur de la mort diminue lorsqu'on en a fini avec les projets.

— Comment peut-on ne plus rien attendre ?

— Disons que Gil n'attend plus qu'*une dernière* chose, répondit le médecin d'un ton fataliste. Mais ne vous y trompez pas : tous les mourants ne partent pas aussi apaisés que lui. Nombreux sont ceux qui meurent en colère, totalement révoltés contre leur maladie.

— Ceux-là, je les comprends mieux, affirma Nathan sans surprise.

Un voile de tristesse recouvrit soudain son visage. Garrett l'apostropha :

— Allez, ne faites pas cette tête, Del Amico ! Ces gens-là ont besoin d'un amour inconditionnel et de compréhension, pas d'apitoiement. N'oubliez pas que c'est une période un peu spéciale : la plupart des malades qui sont ici savent que ce sera leur dernier Noël.

— Est-ce que vous me comptez dans le lot ? demanda l'avocat de façon provocante.

— Qui peut le dire ? fit Goodrich en haussant les épaules.

Nathan préféra ne pas s'attarder sur le sujet. Une question lui trottait dans la tête :

— N'est-ce pas frustrant pour un médecin comme vous ?

— Vous voulez dire... de ne pas pouvoir guérir ces gens ?

Nathan hocha la tête.

— Non, répondit Goodrich. Au contraire : c'est stimulant parce que c'est difficile. Ce n'est pas parce qu'on ne peut plus guérir qu'on ne peut plus soigner. La chirurgie est quelque chose qui requiert beaucoup de technique mais qui ne fait pas appel au cœur. Ici c'est différent. Nous accompagnons les malades dans leurs derniers instants. Ça peut paraître dérisoire mais c'est déjà beaucoup, vous savez. Et à vrai dire, il est plus facile de charcuter une personne sur la table d'opération que de cheminer avec elle vers des endroits obscurs.

— Mais en quoi consiste cet accompagnement ?

Goodrich écarta les bras :

— C'est à la fois très compliqué et très simple : vous pouvez faire la lecture au malade, l'aider à se coiffer, lui remonter son oreiller, l'emmener se promener dans le parc... Mais le plus souvent vous ne faites rien. Vous restez là avec lui pour partager sa souffrance et sa peur. Vous êtes simplement disponible et à l'écoute.

— Je ne comprends toujours pas comment on peut se résoudre à accepter la fin.

— Nier la mort n'est pas une solution ! En supprimant la plupart des rites de passage vers l'autre monde, notre société en a fait un sujet tabou. C'est pour ça que les gens se retrouvent désemparés lorsqu'ils y sont confrontés !

Le médecin laissa passer quelques secondes avant d'ajouter :

— Pourtant, la mort n'est pas une anomalie.

Il avait prononcé ces dernières paroles avec force, comme s'il essayait de se convaincre lui-même.

*

Les deux hommes étaient maintenant de retour dans le hall d'entrée. Nathan commença à boutonner son manteau. Mais avant de partir, il avait une dernière chose à dire.

— Que ce soit bien clair, Garrett : je ne vous crois absolument pas.

— Pardon ?

— Tout ce que vous m'avez dit, tout votre baratin à propos de la mort et des Messagers. Je n'en crois pas un mot.

Goodrich ne parut pas surpris.

— Oh, je vous comprends : quelqu'un qui pense maîtriser son existence n'a pas envie qu'on le bouscule dans ses certitudes.

— Par ailleurs, je tenais à vous faire savoir que je suis en excellente santé. Désolé pour vous, mais je crois que vous vous êtes gouré : je ne suis pas du tout mourant.

— Ravi de l'apprendre.

— J'ai même pris quelques jours de vacances.

— Profitez-en bien.

— Vous m'agacez, Garrett.

Nathan appuya sur le bouton pour appeler l'ascenseur. Goodrich était toujours à côté de lui et le regardait comme s'il cherchait à l'évaluer. Enfin, il se décida :

— Je pense que vous devriez rendre visite à Candice.

Nathan soupira.

— Qui est Candice ?

— Une jeune femme de *Staten Island*. Elle travaille comme serveuse au *Dolce Vita*, un *coffee shop* du centre de St. George où je m'arrête parfois pour prendre un café le matin.

L'avocat haussa les épaules.

— Et alors ?

— Vous m'avez très bien compris, Nathan.

D'un seul coup, ce fut comme si le souvenir de Kevin lui sautait au visage.

— Vous voulez dire qu'elle va...

Garrett approuva d'un signe de tête.

— Je ne vous crois pas. Vous êtes passé devant cette femme et d'un seul coup, comme ça, vous avez eu une révélation ?

Garrett ne répondit rien. Del Amico continua sur sa lancée :

— Et comment ça se passe, concrètement ? Est-ce que sa tête se met à clignoter au milieu de la foule sur l'air de *La Marche funèbre* ?

— Vous ne croyez pas si bien dire, opina Goodrich d'un air triste. Il y a parfois une espèce de lumière blanche que vous êtes le seul à percevoir. Mais ce n'est pas le plus important.

— Qu'est-ce qui est le plus important ?

— C'est ce que vous sentez au fond de vous. D'un seul coup, vous *savez* ; vous êtes persuadé que cette personne n'a plus que quelques semaines à vivre.

— Je pense que vous êtes dangereux.

— Et moi, je pense que vous devriez rendre visite à Candice, répéta simplement Garrett.

9

« Vois comme cette petite chandelle répand au loin sa lumière ! Ainsi rayonne une bonne action dans un monde malveillant. »
Shakespeare

12 décembre

Le *Dolce Vita Cafe* était situé dans l'une des rues les plus commerciales de St. George.

À huit heures du matin, l'endroit était très animé. Devant le comptoir, deux files s'étiraient sur une bonne longueur mais, comme le service était rapide, l'attente ne s'éternisait pas. À cette heure-ci, la plupart des clients étaient des habitués, le plus souvent des personnes travaillant dans le quartier, qui venaient en coup de vent commander un cappuccino ou un *donut*.

Nathan choisit de s'installer à une table près de la fenêtre et attendit qu'on vienne prendre sa commande. Il repéra d'un coup d'œil les membres du personnel : deux employées s'occupaient des commandes à emporter et deux autres des clients en salle. Laquelle était Candice ? Goodrich avait parlé d'une jeune femme mais sans donner plus de précisions.

— Qu'est-ce que je vous sers, monsieur ?

La serveuse qui venait de lui poser cette question était une femme rousse au visage fatigué. Elle avait largement dépassé la quarantaine et le badge épinglé sur sa poitrine indiquait qu'elle s'appelait Ellen.

Il opta pour la formule petit déjeuner complet qu'elle lui apporta presque instantanément.

Tout en sirotant son café, il détailla les serveuses du comptoir. La première, une brune aux lèvres siliconées et au maquillage gothique, devait avoir à peine vingt ans. Elle attirait beaucoup de regards masculins avec sa poitrine opulente qu'elle s'appliquait à mettre en avant. On sentait bien qu'elle jouait avec son image, en donnant à chacun de ses gestes une sorte de lascivité provocante. L'autre était plus discrète, sans doute un peu plus âgée, de petite taille avec des cheveux blonds coupés court. Rapide et efficace, elle était capable de servir deux clients quand sa voisine n'en satisfaisait qu'un. Il n'y avait rien d'aguichant dans sa tenue. C'était une fille sympathique, d'allure ordinaire sans être vulgaire.

D'instinct, Nathan sut que c'était elle. Pour en avoir confirmation, il alla prendre des serviettes en papier dans un présentoir chromé près des caisses. Il s'approcha le plus près possible, assez près en tout cas pour avoir le temps de lire à la dérobée le badge de la serveuse blonde.

Elle s'appelait Candice Cook.

*

Il resta dans le *coffee shop* pendant une demi-heure puis commença à se demander ce qu'il faisait là. Hier, il avait pris la ferme résolution d'oublier les élucubrations de Goodrich. Et pourtant, ce matin, il n'avait pas hésité longtemps avant de revenir vers *Staten Island*. Quelque chose d'inconnu en lui l'y avait poussé. Était-ce la curiosité ? L'euphorie de se savoir en bonne santé ? Ou la crainte que Goodrich soit plus fort que les médecins ? Un mélange de tout ça sans doute. Garrett avait le chic pour le mettre dans de beaux draps ! Il faut dire que depuis le suicide de Kevin, une certaine gravité s'était emparée de lui. Il sentait planer partout l'imminence d'un danger, pour lui et pour les autres. C'était pour cela qu'il voulait garder un œil sur Candice. Mais il ne pouvait pas rester ici toute la matinée. Il avait terminé son petit déjeuner depuis longtemps et on allait finir par repérer son manège. De toute façon, que pouvait-il vraiment arriver à la jeune femme dans ce quartier tranquille ?

Il sortit dans la rue. Machinalement, il acheta le *Wall Street Journal* puis traîna dans quelques magasins du centre. Il en profita pour faire ses courses de Noël, loin de l'agitation de Manhattan. Cela se résumait en fait à peu de choses : quelques partitions et un logiciel de musique pour Bonnie, une bouteille de bon vin français pour Abby et un coupe-cigare pour cet enfoiré de Jordan. Inutile d'acheter quelque chose pour Mallory : elle ne l'accepterait pas et cela créerait une nouvelle gêne entre eux.

Il regagna le 4×4 — moins voyant que la Jaguar — garé en face du café. En passant, il jeta un œil à travers les baies vitrées : pas de problème, le flux de clients s'était ralenti mais Candice était toujours à son poste.

Bon, il n'allait pas attendre ici toute la matinée. Il inséra la clef de contact pour démarrer, mais se ravisa. Il n'arrivait pas à se décider, comme si quelque chose d'irrationnel lui conseillait de ne pas s'éloigner. Il écouta donc son instinct et déplia son journal. Il avait tout d'un détective en planque.

À onze heures trente, son téléphone cellulaire sonna.

— Salut p'pa.

— Bonnie ? Tu n'es pas à l'école ?

— Y'a pas classe aujourd'hui. Ils utilisent l'école pour un exercice de sécurité.

— Qu'est-ce que tu fais ?

— Je suis en train de prendre mon petit déj', répondit-elle en bâillant. N'oublie pas qu'il n'est que huit heures ici.

— Où est maman ?

— Encore sous la douche.

Bonnie avait la permission d'appeler son père quand elle en avait envie. C'était une règle établie entre Mallory et lui. Il l'entendit à nouveau bâiller au bout du fil.

— Tu t'es couchée tard ?

— Ouais, Vince nous a emmenées au cinéma hier soir.

Cela lui fit l'effet d'une décharge électrique. Depuis quelques mois, sa femme revoyait occasionnellement un ancien copain, Vince Tyler, avec qui elle était plus ou moins sortie pendant sa première année de fac. Vince était le fils d'une riche famille californienne qui fréquentait les Wexler depuis longtemps. D'après ce qu'en avait compris Nathan, il vivait des dividendes que lui rapportaient les actions d'une entreprise de cosmétiques héritée de ses parents. Divorcé depuis quelques années, il avait recommencé à croire en ses chances auprès de Mallory lorsqu'elle s'était installée à San Diego.

Nathan détestait tout ce que représentait Tyler. Et c'était réciproque.

Pourtant, chaque fois que sa fille lui en parlait, il prenait soin de ne pas le déprécier, au cas où Mallory eût vraiment l'intention de refaire sa vie avec lui. Bonnie, qui avait mal vécu la séparation de ses parents, avait tendance à devenir très agressive dès qu'un homme approchait de sa mère. Ce n'était pas la peine d'en rajouter avec des querelles d'adultes.

— Tu as passé une bonne soirée ? demanda-t-il.

— Tu sais bien que je n'aime pas Vince.

Tu as cent fois raison, ma chérie.

— Écoute Bonnie, si un jour maman voulait se remarier, il ne faudrait pas que tu sois triste.

— Pourquoi ?

— Maman a besoin de sécurité et peut-être que quelqu'un comme Vince pourrait s'occuper de vous.

— J'ai déjà maman et toi pour s'occuper de moi.

— Bien sûr, mais dans la vie, on ne sait jamais ce qui peut arriver.

Il repensa aux paroles de Goodrich. Et si ce qu'il lui avait laissé entendre était vrai ? Et si la mort frappait déjà à sa porte ?

— Que veux-tu qu'il arrive ?

— Je ne sais pas.

— Vince n'est pas mon père.

— Bien sûr que non, ma chérie.

Au prix d'un effort insurmontable, il finit par lâcher :

— Vince n'est peut-être pas un mauvais gars. Maman pourrait très bien être heureuse avec lui.

— Avant, tu trouvais que c'était un connard !

— Ne sois pas grossière, Bonnie ! C'est un mot que tu ne dois jamais prononcer.

— C'est toi qui disais ça quand tu en parlais avec maman !

— Je ne l'aime pas beaucoup c'est vrai, fut obligé de reconnaître Nathan. Mais c'est peut-être parce que nous ne sommes pas du même milieu. Tu sais, les gens comme Vince sont nés avec une cuillère en argent dans la bouche.

Elle marqua un étonnement :

— Une cuillère en argent ?

— C'est une expression, chérie. Ça veut dire que leur

famille a toujours été riche. Vince n'a pas eu à travailler pour payer ses études.

Alors que moi j'ai dû laver des voitures et trimer dans des entrepôts pourris de Brooklyn.

— Maman et Vince sortaient ensemble quand ils étaient jeunes ?

— Parle moins fort, chérie, maman ne serait pas contente si elle t'entendait parler de ça.

Comme pour le rassurer, elle murmura :

— Tout va bien, je suis montée dans ma chambre. Je me réchauffe près du radiateur.

Il imaginait sans difficulté sa fille, avec son pyjama en coton à l'effigie de Jack O'Lantern et ses petits pieds emmitouflés dans des chaussons Harry Potter. Il adorait partager des secrets avec elle.

— Ils sont sortis ensemble juste quelques fois, avoua Nathan mais ce n'était pas sérieux.

Bonnie laissa passer un silence, signe qu'elle réfléchissait, puis, pleine de bon sens, fit remarquer :

— Mais maman aussi est née avec une cuillère en or dans la bouche !

— En *argent*, chérie. Eh bien oui, si tu veux. Mais elle, c'est différent : elle ne méprise pas les gens qui ne sont pas de son milieu. Elle est honnête.

— Ça, je sais.

— Et tu dois l'être aussi, tu m'entends ? Tu ne dois pas mépriser ceux qui nettoient ton école ou qui te servent à la cantine. On peut être très respectable même si l'on ne gagne pas beaucoup d'argent, tu comprends ?

Comme elle était intelligente, elle le renvoya à ses contradictions :

— Pourtant... pourtant, tu as toujours dit qu'en Amérique

ceux qui veulent gagner de l'argent finissent toujours par y arriver.

— Eh bien, parfois je dis des bêtises moi aussi, comme tout le monde.

— Est-ce que je dois mépriser les riches ?

— Non plus ! Tu ne dois pas juger les gens en fonction de leur argent mais en fonction de leur comportement. Compris ?

— Compris, p'pa.

Puis elle lui dit, sur le ton de la confidence :

— Tu sais, je ne crois pas que maman aime Vince.

Surpris par cette remarque, il laissa passer un silence avant de reprendre :

— Parfois, il n'y a pas besoin d'amour pour vivre avec quelqu'un.

Pourquoi lui dis-je des choses comme ça ? Ce n'est qu'une toute petite fille. Elle ne peut pas comprendre.

— Mais moi, je crois que maman, elle a besoin d'amour dans sa vie.

Il entendit la voix de Mallory qui appelait sa fille depuis la cuisine.

— Faut que j'y aille, dit Bonnie en entrouvrant la porte de sa chambre.

— O.K., mon bébé.

Mais avant, elle chuchota :

— Tu sais, je suis *certaine* que maman n'aime pas Vince.

— Et comment le saurais-tu ?

— Les femmes savent ce genre de choses.

Elle était tellement touchante. Pour cacher son émotion, il se força à prendre un air presque sévère :

— Tu n'es pas une femme, tu n'es qu'une petite fille qui

doit aller finir ses céréales en vitesse. Mais je t'aime beaucoup, écureuil. Plus que tout au monde.

— Je t'aime aussi.

*

Nathan remonta le chauffage du 4×4, tout en pensant à ce que venait de lui affirmer sa fille.

À dire vrai, il ne comprenait pas du tout ce que sa femme pouvait trouver à ce connard de Tyler : il était suffisant et arrogant, le genre d'homme à être encore convaincu que son ascendance lui donnait une supériorité sur le monde qui l'entourait.

Mais après tout, Vince avait peut-être raison de croire en ses chances. Il était sur place, pouvait voir Mallory tous les jours et, surtout, il était disponible. Pour la première fois de sa vie, Nathan se dit qu'il avait peut-être perdu Mallory à tout jamais.

C'était bizarre car, même au moment du divorce, il avait toujours pensé qu'elle lui reviendrait un jour ou l'autre ; qu'il ne s'agissait en fait que d'un éloignement temporaire. Si bien que de son côté, il n'avait jamais réellement pensé à recommencer quelque chose avec une autre femme. Depuis son divorce, il avait bien fait deux ou trois rencontres mais elles n'avaient débouché que sur de brèves aventures restées sans lendemain. De toute façon, personne ne pourrait faire le poids à côté de Mallory.

Comme un chasseur d'épaves, il était allé la chercher au plus profond des eaux boueuses du lac de Sankaty Head.

Et cela rendait son amour inaltérable.

*

Candice termina son service à deux heures de l'après-midi.

Vêtue d'un jean délavé et d'une veste en cuir, elle monta dans un vieux pick-up cabossé garé non loin du *coffee shop*. Nathan fit démarrer le 4×4 et vint se coller derrière elle. À cette heure-ci, la circulation était encore assez soutenue. Comme dans les films, il profita du premier feu rouge pour laisser s'intercaler deux voitures entre Candice et lui. Il n'avait jamais suivi personne de sa vie et craignait de se faire repérer.

Le pick-up quitta le centre et prit la direction du sud. Candice roula une vingtaine de minutes avant d'arriver dans un quartier résidentiel, populaire mais tranquille. Elle se gara devant un pavillon, à l'entrée d'un petit lotissement.

Est-ce qu'elle habite là ?

Après qu'elle eut sonné, une grosse femme au visage jovial vint lui ouvrir la porte. Candice entra dans la maison pour en ressortir cinq minutes plus tard en tenant dans ses bras un petit garçon d'environ un an, perdu dans un blouson d'aviateur trop grand pour lui.

— Merci encore, Tania, lança-t-elle joyeusement en s'éloignant.

Elle tenait l'enfant dans ses bras, bien serré contre elle. Elle lui avait couvert la tête avec un bonnet rouge flamboyant.

Candice attacha le bébé avec précaution sur le siège arrière de la voiture et prit la direction de la grande surface voisine. Une fois sur le parking, elle mit son fils dans un chariot et fila à l'intérieur du magasin. Nathan la suivit dans les rayons.

Elle faisait ses courses lentement, prenant sans doute garde de ne pas dépasser son budget. Choisissant presque systématiquement les produits les moins chers, elle donnait néanmoins l'impression de prendre plaisir à cette activité. Elle s'arrêtait souvent pour murmurer quelque chose à l'oreille de son fils, l'embrasser tout en lui montrant du doigt des produits originaux.

— Regarde le gros poisson, Josh ! Et là, tu as vu le bel ananas ?

Le bébé était tout sourire et ouvrait de grands yeux, curieux de ce qui l'entourait. Candice lui répéta plusieurs fois qu'il était très beau et très gentil puis, pour le récompenser, lui acheta un petit paquet de marshmallows.

Nathan vit tout de suite que cette femme était bien dans sa peau et que son bonheur n'était pas feint.

Il se demanda si elle vivait avec quelqu'un ou s'il s'agissait d'une mère célibataire. Il aurait parié sur cette seconde option mais n'en fut plus très sûr après que Candice se fut arrêtée dans le local qui vendait des alcools pour acheter un pack de Budweiser.

C'est bizarre, il ne l'imaginait pas en train de boire de la bière.

Dans le parking, il passa tout près d'elle. Elle avait un visage serein. Il regarda le bébé et eut une pensée pour son propre fils.

Elle remonta dans le pick-up et, à nouveau, il la suivit à travers la petite île.

Parsemée de minuscules collines, *Staten Island* était plus proche du New Jersey que de New York. Ici, on était loin du stress qui régnait dans le *Village*. Il y avait beaucoup plus de maisons particulières et l'ambiance était moins violente et plus familiale qu'à Manhattan.

La population de cette banlieue était en forte progression depuis que certains habitants des quartiers délabrés de Brooklyn étaient venus chercher ici plus de calme et de sécurité. Mais les habitants de Manhattan continuaient à trouver cet endroit plouc et campagnard. Quant aux résidents de *Staten Island*, ils avaient manifesté leur désir de faire sécession, en demandant leur séparation administrative d'avec Manhattan, lassés de payer des impôts élevés qui ne profitaient qu'à leur dépensier voisin.

Candice continua sa route jusqu'au lotissement où elle avait fait garder son fils, mais cette fois elle ne s'arrêta pas devant le pavillon de Tania. Elle tourna à droite pour emprunter un chemin goudronné qui la mena à l'une des dernières maisons de la résidence.

L'avocat arrêta son véhicule à une cinquantaine de mètres de l'habitation. Il se rappela avoir acheté une paire de jumelles, l'année précédente, lors d'un week-end à Stowe Mountain avec Bonnie. Où diable pouvaient-elles être ? Il fouilla à l'arrière et finit par les retrouver sous l'un des sièges. Il s'en empara d'un geste vif et les pointa vers la maison de Candice Cook.

La jeune femme était en train de rire avec un homme.

C'était un grand type, droit et sec, la soixantaine passée, avec une casquette de base-ball vissée sur la tête et une cigarette coincée derrière l'oreille. Nathan lui trouva une lointaine ressemblance avec Clint Eastwood.

Peut-être son père.

L'homme s'était interrompu dans sa tâche — repeindre la véranda — pour aider Candice à sortir les sacs en papier brun du coffre. Ils avaient l'air de bien s'entendre tous les deux.

« Clint » sortit l'enfant de la voiture. Le bébé fouilla dans son sac de bonbons et mit un marshmallow dans la bouche de son grand-père alors que Candice conduisait la voiture dans un petit garage.

Apparemment, elle habite là.

Candice emmena Josh à l'intérieur de la maison pendant que l'homme à la cigarette finissait de nettoyer ses pinceaux. Elle lui apporta ensuite une des bouteilles de Budweiser qu'elle venait d'acheter. « Clint » la remercia, lui mit la main sur l'épaule et ils rentrèrent.

La journée avait été grise et le jour commençait à tomber.

Une lumière s'alluma dans le salon et les trois silhouettes se découpèrent en ombres chinoises. Il y eut des rires mêlés à des bruits de télé. Nathan se demanda vaguement pourquoi cette fille vivait encore avec son père.

Immobile dans sa voiture, il resta ainsi un long moment, spectateur passif du bonheur des autres.

Les gens avaient des choses à faire lorsqu'ils rentraient chez eux : raconter leur journée à leurs proches, partager un quotidien, parler de leur prochain week-end...

Lui n'avait plus rien de tout cela.

Il se sentit un peu misérable et monta encore le chauffage du 4×4. Puis il se décida à ranger ses jumelles, soudain conscient de son voyeurisme.

Il allait repartir lorsque son téléphone cellulaire sonna à nouveau. Il pensa à un appel du cabinet mais c'était un simple Texto :

Regardez vos mails.
Garrett Goodrich.

Que lui voulait-il encore ? Après quelques secondes de réflexion, Nathan alluma la lumière intérieure du 4×4, tira son ordinateur portable de sa mallette et le mit en route. Pendant le chargement du système d'exploitation, il activa le port infrarouge de son cellulaire puis le connecta à l'ordinateur pour vérifier sa messagerie électronique. Il avait en fait trois mails.

Le premier était un mot d'Abby : « Passez de bonnes vacances. Joyeux Noël, à vous et à votre fille. » Comme à son habitude, elle avait rajouté une citation à son message : « Un homme qui ne passe pas du temps avec sa famille ne sera jamais un vrai homme. » Nathan esquissa un sourire. C'était un jeu entre eux qui consistait à retrouver de quel film étaient issues les répliques qu'ils se proposaient régulièrement. Ce coup-ci, c'était facile. Il appuya sur l'icône « répondre à l'expéditeur » et tapa simplement « Vito Corleone dans *Le Parrain* ».

Le deuxième mail était une photo de Bonnie. Elle tenait Bugs, son lapin nain, collé contre sa joue.

Depuis que Mallory lui avait acheté une web cam perfectionnée, sa fille lui envoyait régulièrement certaines de ses mises en scène. Dans une feuille de carton, elle avait découpé une forme ovale semblable à une bulle de bande dessinée qu'elle maintenait au-dessus de sa tête. Elle y avait écrit au marqueur :

BUGS ET MOI
ON T'ATTEND POUR SAMEDI PROCHAIN.

Il regarda longtemps le cliché et, comme chaque fois, fut touché par le beau visage de sa fille : ses longs cheveux en bataille, ses yeux malicieux — qui étaient aussi ceux de Mallory — et ses petites dents, légèrement écartées, qui lui donnaient un sourire si attachant.

Sans comprendre vraiment pourquoi, il se sentit à la fois très heureux et très triste.

Il mit un temps fou à rapatrier le dernier mail qui se présentait sous la forme d'un fichier attaché contenant une petite séquence MPEG. Il connaissait bien cette technologie : à l'aide d'un caméscope numérique, il était aujourd'hui possible de filmer une séquence vidéo et de l'enregistrer sur une carte mémoire avant de l'envoyer par mail grâce à un ordinateur.

Nathan vérifia l'adresse de l'expéditeur. Il émanait de la boîte aux lettres professionnelle de Goodrich. Il attendit que le film soit complètement chargé puis il le lança sur son écran. L'image était plutôt nette mais marquée de plusieurs coupes.

Il regarda la date inscrite en chiffres numériques en bas de l'écran : l'enregistrement datait d'à peine plus de trois mois.

La première image avait été prise depuis la fenêtre d'un véhicule. D'après les panneaux routiers, on était au Texas. À Houston, plus exactement. On voyait la voiture quitter le centre historique pour emprunter l'autoroute urbaine jusqu'au premier anneau périphérique. Nathan n'était allé qu'une fois dans la capitale texane mais il en avait gardé un souvenir assez désagréable. Il se souvenait d'une vaste étendue urbaine, gangrenée par les embouteillages et écrasée par la chaleur et la pollution. Il avait d'ailleurs entendu dire que certains cabinets avaient du mal à recruter des avocats, en raison de l'image peu flatteuse de la ville qui semblait avoir fait l'impasse sur l'environnement et la qualité de vie.

Au milieu d'un système de circulation complexe, le véhicule s'engagea dans une zone périphérique où le prix des loyers ne devait pas être bien élevé. La caméra balaya des entrepôts industriels et la voiture finit par s'arrêter sur le parking d'une résidence minable en briques sales.

Était-ce Goodrich qui avait tourné ces images ? En tout cas, le réalisateur s'était si bien appliqué à filmer les panneaux de circulation qu'on aurait pu remonter facilement jusqu'à cet endroit.

Le plan suivant présentait l'intérieur d'un minuscule appartement.

C'était un petit studio jaunâtre, dépouillé mais propre, avec une télé vieillotte posée sur une table en Formica et un petit Frigo près d'un évier ébréché. En bruit de fond, on pouvait entendre des éclats de voix et des cris d'encouragement qui venaient de la fenêtre : sans doute le bruit des gosses jouant au basket sur le bitume.

L'image tremblait mais on apercevait clairement un mur couvert de photos, au-dessus d'un petit bureau.

Le caméscope se rapprocha très près de la plus grande des photographies, une image ancienne qui avait perdu ses couleurs.

Elle représentait une petite fille blonde, cheveux au vent, debout sur une balançoire. Elle riait aux éclats, tandis qu'un homme en bras de chemise lui donnait de l'élan par l'arrière.

Il avait une cigarette coincée derrière l'oreille.

10

« Ne cherche pas à faire que les événements arrivent comme tu veux, mais veuille les événements comme ils arrivent. »
Épictète

Nathan alluma ses phares, avant de faire démarrer le 4×4. Tout en conduisant, il prit son portable et appuya sur la touche automatique des renseignements. Il demanda à être mis en communication avec le *Staten Island Hospital* car il avait la ferme intention de parler à Goodrich.

— Le docteur a quitté l'hôpital en fin d'après-midi, expliqua la standardiste. Comme il ne travaille pas demain, je suppose qu'il a dû partir se reposer dans sa maison du Connecticut.

— J'aimerais avoir son adresse.

— Désolée monsieur, nous ne sommes pas autorisés à donner ce genre de renseignements, fit-elle d'un ton méfiant.

— Je suis un ami et c'cst assez urgent.

— Si vous êtes un ami, il vous a sûrement communiqué son adresse...

— Écoutez, la coupa-t-il brutalement, je suis venu hier et il y a trois jours aussi. Peut-être vous souvenez-vous de moi ? Je suis avocat et...

— Je regrette.

— Donnez-moi cette putain d'adresse ! hurla Nathan dans le combiné.

Il avait les nerfs à vif.

À l'autre bout du fil, la standardiste poussa un profond soupir. Sally Graham allait finir son service dans moins de trente minutes. L'hôpital la payait 7 dollars de l'heure. Ni les médecins, ni les infirmières ne lui témoignaient la moindre considération. Elle n'avait pas l'intention de se laisser embêter par ce fou furieux et la meilleure solution pour s'en débarrasser était encore de lui donner ce fichu renseignement. Elle consulta donc ses fichiers informatiques et finit par lui indiquer l'adresse exacte.

— Euh... merci, bredouilla Nathan, navré de m'être emporté.

Mais elle avait déjà raccroché.

Il donna un brusque coup de volant et attrapa de justesse la direction du Verrazano Bridge pour rejoindre Brooklyn sans emprunter le ferry.

Au loin, les lumières du Financial District se reflétaient dans les eaux noires de la baie de l'Hudson.

*

Les 285 chevaux du Range Rover collaient bien à la chaussée. Il quitta Manhattan par la route 95 puis prit la direction du Connecticut. Les images du film qu'il venait de voir se télescopaient dans son esprit. Il roulait vite, trop vite : en jetant un coup d'œil au compteur, il s'aperçut qu'il était largement au-dessus de la limite autorisée et il se força à ralentir.

Il aimait la Nouvelle-Angleterre avec ses villages intemporels tout droit sortis des illustrations de Norman Rockwell. Pour lui, c'était l'Amérique authentique, celle des pionniers et des traditions, celle de Mark Twain et de Stephen King.

Il roula pendant plus d'une heure avant d'arriver dans la bourgade de Mystic, un ancien centre de pêche à la baleine qui abritait désormais la fidèle réplique d'un port du XIXe siècle.

Il était déjà passé par ce village l'été dernier — ou l'été d'avant ? — en se rendant à Philadelphie. Il se souvenait très bien des demeures distinguées des anciens capitaines de baleiniers. À la belle saison, c'était un coin très fréquenté, mais en hiver l'activité touristique était réduite. Ce soir, tout semblait calme et mort, un peu comme si le vent froid et salé de l'océan avait cristallisé Mystic pour en faire une ville fantôme.

Il continua sur quelques kilomètres à l'est par la route numéro 1. Peu avant Stonington, il s'arrêta devant une maison assez isolée sur la côte. Si les renseignements de la standardiste étaient exacts, c'est ici qu'il devrait trouver Goodrich.

Il descendit de voiture et traversa la bande de sable séparant la route de la maison. À plusieurs reprises, il dut protéger ses yeux des nuages de sable soulevés par le vent. L'océan était tout près et le roulement des vagues, mélangé aux cris stridents des mouettes, faisait un bruit surprenant, presque irréel.

La maison avait un aspect vaguement mystérieux. Avec ses trois niveaux, elle était très haute mais plutôt étroite et repliée sur elle-même. Chaque étage comprenait un petit balcon peu profond mais de taille différente, ce qui contribuait à donner à l'ensemble une forme biscornue et cabossée.

La porte n'avait pas de sonnette. Il frappa violemment plusieurs coups pour couvrir le bruit du vent.

Bon, calme-toi Nathan, ce n'est pas le motel Bates[1] *quand même !*

Garrett vint lui ouvrir assez rapidement. Ses yeux brillaient. Il regarda l'avocat avec un sourire inhabituel chez lui, puis dit simplement :

— Je vous attendais, Nathan.

Il avait remonté les manches de sa chemise et enfilé par-dessus un tablier taché.

Sans rien dire, Nathan le suivit dans la cuisine.

C'était une pièce accueillante et conviviale dont les murs avaient été recouverts de carreaux dépareillés de couleur marine. Un long plan de travail en bois patiné occupait toute la longueur de la salle et sur le mur au-dessus, on avait accroché une impressionnante batterie de casseroles en cuivre récemment astiquées.

— Mettez-vous à l'aise, lui dit Goodrich en lui tendant une bouteille. Goûtez-moi ce vin blanc chilien, c'est un délice.

Puis il l'abandonna quelques instants pour s'activer devant les plaques de cuisson d'un fourneau à l'ancienne. Des odeurs de fruits de mer flottaient dans la pièce. Pendant plusieurs minutes, le médecin ne prononça pas un mot, absorbé par la préparation d'un plat sophistiqué.

Nathan l'observait avec perplexité. Décidément ce type l'intriguait. Qui était-il vraiment ? Que lui voulait-il ? Garrett semblait animé par une étrange gaieté dont la cause n'était sans doute pas étrangère à la bouteille de vin déjà

1. Demeure du psychopathe Norman Bates dans le film *Psychose*.

bien entamée que l'avocat venait de poser sur une table de bistrot.

Je l'ai déjà vu. Je sais que j'ai déjà vu cet homme. C'était il y a longtemps mais...

Il essaya un instant de l'imaginer sans la barbe. Pourtant l'inspiration ne lui vint pas. Il avait seulement l'impression d'avoir, à un moment ou à un autre de sa vie, essayé d'oublier ce visage.

Goodrich prit deux bols en faïence dans un vaisselier en bois peint.

— Vous dînez avec moi, j'espère. J'ai préparé une *chowder* dont vous me direz des nouvelles.

— Écoutez, Garrett, je ne suis pas vraiment là pour servir de cobaye à vos expériences culinaires. Je crois qu'on devrait parler de...

— Je n'aime pas manger seul, le coupa Garrett en remplissant les bols d'une soupe crémeuse à base de palourdes et d'oignons.

— Vous n'êtes pas marié, Goodrich ? demanda Nathan en prenant une première cuillère du breuvage.

— Vous sentez les miettes de bacon grillé ? Elles croustillent.

L'avocat eut un petit rire.

— Je vous ai posé une question, Garrett : est-ce que vous vivez seul ?

— Oui, inspecteur : ma première femme est morte il y a plus de vingt ans. J'ai fait ensuite une expérience malheureuse qui s'est soldée par un divorce. J'ai donc eu la sagesse de ne pas insister.

Nathan déplia une grande serviette en toile de lin.

— C'était il y a longtemps, n'est-ce pas ?

— Pardon ?

— Nous deux. On s'est déjà rencontrés mais c'était il y a longtemps ?

Encore une fois, Goodrich éluda la question.

— Que dites-vous de ma garçonnière ? Charmant, n'est-ce pas ? Vous savez qu'il y a par ici quelques coins fameux pour les amateurs de pêche ? Je ne travaille pas demain matin et j'ai bien l'intention d'aller y faire un tour. Si le cœur vous en dit, libre à vous de m'accompagner...

Avec un plaisir évident, Garrett servit ensuite des noix de Saint-Jacques poêlées, du riz sauvage et du beurre à l'ail. Ils ouvrirent une nouvelle bouteille de vin chilien puis une autre encore.

Pour la première fois depuis longtemps, Nathan eut l'impression que quelque chose se relâchait en lui. Un bien-être envahit son corps et il se trouva tout à coup en parfaite harmonie avec le médecin.

Garrett lui parla de cette réalité terrible qu'il avait à affronter dans son travail : des malades incurables qu'il côtoyait tous les jours, de la mort qui giclait par surprise en éclaboussant des individus non préparés à ce passage dans l'inconnu et de cette nécessité, jamais rassasiée, de soigner ses semblables et d'apaiser leurs douleurs.

Il évoqua aussi sa passion pour la cuisine et pour la pêche qui l'aidait à se ressourcer le week-end.

— C'est très difficile de tenir le coup, vous savez. Il ne faut pas fusionner avec son patient tout en restant assez proche de lui pour le soutenir et pouvoir compatir. Ce n'est pas toujours évident de trouver la juste mesure.

Nathan repensa à la détresse physique et morale des patients de l'unité de soins palliatifs qu'il avait visitée la veille. Comment continuer à soigner lorsque la partie est perdue d'avance ? Comment pouvait-on insuffler de l'espoir et donner du sens à la vie jusqu'au bout ?

« Non, ce n'est pas facile de trouver la juste mesure », répéta Goodrich comme pour lui-même.

Puis il y eut un long silence.

C'est alors que Nathan demanda :

— Et si vous me parliez de Candice Cook ?

*

La cuisine communiquait avec le salon par une grande arcade. Sur le sol, les dalles en terre cuite, communes à toutes les pièces, unifiaient l'espace et rendaient imprécise la séparation entre les deux salles.

Le salon était sans doute l'une des pièces les plus agréables de la maison et Nathan l'apprécia immédiatement. C'était le genre d'endroit où il aurait aimé passer une soirée avec Bonnie et Mallory.

Ici, tout semblait agencé pour créer une atmosphère chaleureuse, depuis les poutres apparentes du plafond jusqu'aux murs lambrissés qui réchauffaient la pièce. Sur la cheminée, la maquette d'un trois-mâts voisinait avec un vieux sextant tandis que dans un coin de la pièce reposaient, à même le sol, plusieurs corbeilles en corde tressée contenant toute une collection de souvenirs de pêche.

Nathan prit place dans un fauteuil en rotin couleur de miel pendant que Garrett maniait avec précaution une cafetière ancienne, finement cannelée.

— Donc, vous l'avez rencontrée ?

Nathan soupira :

— Vous ne m'avez pas vraiment laissé le choix.

— C'est une chic fille, vous savez.

Un voile de tristesse recouvrit le regard de Goodrich. Del Amico s'en aperçut :

— Que va-t-il lui arriver ?

Immédiatement, il regretta cette remarque car elle laissait croire qu'il admettait le pouvoir du médecin.

— L'inéluctable, répondit Goodrich en lui tendant une tasse de café.

— Rien n'est inéluctable, affirma l'avocat avec force.

— Vous savez bien que si.

Nathan tira une cigarette de son paquet et l'alluma à la flamme vacillante d'une bougie. Il aspira une longue bouffée et se sentit à la fois plus paisible et plus faible.

— C'est une maison non fumeur, précisa Goodrich.

— Vous plaisantez : vous venez de descendre l'équivalent de deux litres d'alcool, alors épargnez-moi vos leçons de morale et parlez-moi plutôt d'elle. Parlez-moi de Candice.

Garrett se laissa tomber dans un canapé en toile de voile puis croisa ses bras robustes sur sa poitrine.

— Candice est née dans un quartier populaire de Houston, d'une famille d'origine modeste. Ses parents se sont séparés alors qu'elle avait trois ans. Elle a suivi sa mère à New York tout en continuant à voir son père régulièrement, jusqu'à l'âge de onze ans.

— Une histoire comme il y en a tant d'autres, remarqua l'avocat.

Goodrich secoua la tête.

— Je ne crois pas que vous auriez fait un bon médecin : chaque vie est singulière.

La tension venait de monter brusquement. Nathan réagit du tac au tac.

— Je suis un bon avocat. Ça me suffit.

— Vous êtes un défenseur efficace des intérêts de certaines grandes firmes. Ça ne fait pas forcément de vous un bon avocat.

— Je me fous de votre jugement.

— Vous manquez d'humanité...

— C'est ça !

— ... et d'humilité.

— Je ne désire pas en débattre avec vous, mais poursuivez, Garrett. Candice a continué à voir son père jusqu'à onze ans et puis... ?

— ... et puis, subitement, ce dernier n'a plus donné signe de vie.

— Pourquoi ?

— Pour la bonne et simple raison qu'il se trouvait... en prison.

— C'est l'homme que j'ai vu tout à l'heure et qui habite actuellement avec elle ?

— Exact, c'est un ancien taulard. Il a été condamné en 1985 pour un cambriolage qui a mal tourné.

— On l'a libéré ?

Goodrich posa sa tasse sur un coffre en bois ciré qui servait de table basse.

— Oui. Il est sorti de prison il y a deux ans. Il a trouvé un poste comme ouvrier d'entretien dans un aéroport de Houston et il a habité dans le petit appartement que vous avez vu sur le film.

— C'est vous qui l'avez retrouvé ?

Goodrich approuva de la tête.

— Il n'avait pas le courage de reprendre contact avec sa fille. Il lui avait écrit des lettres en prison mais il n'avait jamais osé les lui envoyer.

— Et vous avez joué le rôle de l'ange gardien ?

— Épargnez-moi ce terme. J'ai tout simplement forcé la

porte de son logement alors qu'il était absent pour voler les lettres que j'ai envoyées à sa fille en ajoutant mon petit film pour que Candice puisse remonter jusqu'à lui.

Nathan lui lança un regard outré.

— Mais au nom de quoi vous permettez-vous d'intervenir comme ça dans la vie des gens ?

— Candice avait besoin de ces retrouvailles. Elle avait toujours vécu dans l'idée que son père l'avait abandonnée. Elle a été réconfortée de savoir que celui-ci n'avait jamais cessé de l'aimer.

— C'était si important ?

— L'absence du père ne permet pas toujours de construire sa personnalité dans de bonnes conditions, vous savez.

— Ça dépend, fit Nathan, le mien a cogné sur ma mère jusqu'à ce qu'il se tire à l'autre bout du pays. De ce point de vue-là, son absence ne m'a pas beaucoup gêné...

Un silence empreint de malaise flotta dans l'air.

— Cet homme a eu sa vie brisée. Il s'est reconstruit peu à peu. Il a parfaitement le droit de retrouver sa fille et de connaître enfin son petit-fils.

— Mais, bordel, si vous savez que Candice va mourir, protégez-la ! Faites en sorte que cela n'arrive pas !

Goodrich ferma les yeux et répondit avec fatalisme :

— Je me suis borné à rapprocher les membres de cette famille, Nathan, à leur procurer un peu de réconfort mais je vous l'ai déjà dit : personne ne peut changer le cours des choses. Il faut que vous l'acceptiez.

L'avocat se leva d'un bond.

— Si, dans ma vie, j'avais accepté tout ce qu'on voulait m'imposer, j'en serais encore à empiler des caisses dans une usine !

Goodrich se leva à son tour et étouffa un bâillement.

— Vous avez une fâcheuse tendance à tout ramener à votre personne.

— C'est ce que je connais le mieux.

Le médecin empoigna la rampe d'un petit escalier qui partait du milieu du salon.

— Vous pouvez dormir ici, si ça vous chante. J'ai une chambre d'ami au premier avec des draps propres.

Dehors, on entendait le grondement du vent et le bruit des vagues qui se déversaient sur la plage. On sentait que l'océan était là, tout proche.

Déprimé par la perspective de retrouver son appartement vide et froid et conscient d'avoir un peu trop bu, Nathan accepta l'invitation sans se faire prier.

11

« *She's like a rainbow*[1]... »
The Rolling Stones

13 décembre

Lorsque Nathan descendit au salon, tôt le lendemain, Goodrich était déjà parti à la pêche à la truite. Le médecin avait laissé un mot sur la table :

« En partant, fermez la porte et jetez les clés dans la boîte aux lettres. »

Nathan reprit sa voiture et mit le cap vers *Staten Island.* Tout en conduisant, il ne cessa de s'interroger sur le mélange de rejet et de fascination qu'il éprouvait envers Garrett. Bien sûr, cet homme le mettait souvent mal à l'aise mais, par moments, il se sentait aussi en communion parfaite avec lui, comme avec un parent, et il s'expliquait mal ces sentiments contraires.

Nathan passa la journée à surveiller Candice et sa famille. Il fit de nombreux aller et retour entre le *coffee shop* et la petite maison.

1. Elle ressemble à un arc-en-ciel.

Cette fois, le bébé resta avec son grand-père. Du dehors, Nathan ne pouvait qu'entrevoir ce qui se passait à l'intérieur de l'habitation. En revanche, il nota que « Clint » prenait soin de sortir sur la terrasse chaque fois qu'il fumait. Le sexagénaire bricola tranquillement pendant toute la matinée puis emmena son petit-fils en balade l'après-midi. Il était à l'aise avec l'enfant, le couvrant pour qu'il ne prenne pas froid et manœuvrant la poussette d'un geste sûr.

Nathan les regarda, de loin, en train de se promener entre les parterres à l'anglaise et les plantes tropicales de la serre du jardin botanique. S'il s'était rapproché, il aurait pu entendre « Clint » fredonner de vieilles chansons sudistes pour bercer l'enfant.

Pendant toutes ces heures passées seul dans sa voiture, Nathan pensa souvent à Mallory : à ces moments heureux qui ne reviendraient pas, à son sourire, à cette façon qu'elle avait de se moquer de lui et de le remettre à sa place.

À plusieurs reprises, il essaya de téléphoner à San Diego mais il tomba chaque fois sur le répondeur.

Pour lui, ça n'allait pas fort. Dans ces moments de déprime, son esprit était toujours assailli par les images de son fils.

Il se souvenait de tout, et tout lui manquait : son contact physique, la douceur de ses joues, la chaleur de sa fontanelle et ses petites mains qu'il agitait dans tous les sens avant de s'endormir.

Alors, il se fit du mal en égrenant douloureusement ce qu'il avait manqué à jamais : son vrai premier Noël, ses premiers pas, sa première dent, ses premiers mots...

*

En début de soirée, Candice passa chez elle en coup de vent avant de repartir travailler. Le vendredi, elle avait un deuxième job dans un bar populaire de la ville. Bien sûr, elle aurait préféré rester chez elle en compagnie de son père et du petit Josh. Ils auraient pu profiter tranquillement tous les trois de la soirée : préparer un bon repas, allumer un feu de cheminée, mettre de la musique... Mais elle ne pouvait refuser une occasion de gagner de l'argent. Noël approchait. Cette fête était une source de joie pour elle, mais c'était aussi une source de dépenses.

Candice sortit de sa douche et poussa doucement la porte de la chambre de son fils. Elle avait cru l'entendre pleurer. Elle s'approcha du lit. Apparemment, Josh dormait du sommeil du juste. Fausse alerte, mais mieux valait être vigilant : sa voisine, Tania Vacero, lui avait parlé d'une épidémie de grippe qui sévissait dans la région.

Rassurée, elle sortit de la pièce après avoir posé un petit baiser sur la joue du bébé. En passant, elle jeta un coup d'œil à l'horloge de la chambre. Son service commençait dans vingt minutes. Il fallait qu'elle se dépêche pour ne pas être en retard. Elle se prépara devant une psyché ébréchée, enfilant rapidement la jupe et le chemisier de son uniforme. Joe, le patron du bar, ne voulait que des serveuses sexy, comme il le rappelait souvent.

Elle embrassa son père, écouta ses recommandations de prudence, protesta un peu pour la forme (« papa, je n'ai plus quatorze ans ! ») et fila dans la nuit. Elle était heureuse de vivre à nouveau avec lui. Elle se sentait rassurée d'avoir un homme à la maison, et puis il était si attentionné avec Josh...

Elle dut s'y prendre à plusieurs reprises pour faire démarrer son vieux pick-up Chevy, le seul et unique véhicule qu'elle eût jamais possédé et dont l'achat remontait à des temps préhistoriques (en l'occurrence le début du mandat de George Bush père...).

Certes, la voiture n'était plus toute jeune mais, une fois lancée, elle faisait parfaitement l'affaire pour de courts trajets.

Ce soir, Candice était de bonne humeur. Elle alluma la radio et accompagna Shania Twain dans son refrain :

Man ! I feel like a woman !

Sa chanson fut interrompue par un long bâillement. Mon Dieu, qu'elle était fatiguée ! Heureusement, demain était son jour de congé. Elle pourrait faire la grasse matinée, prendre Josh un moment avec elle dans son lit. Puis elle irait acheter ses cadeaux de Noël. Elle avait repéré deux belles peluches au centre commercial : un ours rieur et une tortue au long cou qui lui avait semblé rigolote. Josh était encore petit. À cet âge, on aime bien les jouets que l'on peut prendre avec soi au moment de s'endormir. Dans quelques années, lorsqu'il serait plus grand, elle lui achèterait un vélo, puis des livres et un ordinateur.

Candice bâilla à nouveau. Malgré ce que certains disaient, la vie n'était pas facile dans ce pays. Chaque mois, elle essayait d'épargner quelques dollars en prévision des études du petit, mais elle avait beaucoup de mal à joindre les deux bouts et un peu d'argent frais n'aurait pas fait de mal. Oui, Josh irait à l'université. Et Candice espérait qu'il exercerait plus tard une profession utile : quelque chose comme médecin, professeur ou peut-être avocat.

*

19 h 58

Elle se gara sur le parking en même temps qu'un gros 4×4 marine et entra dans le *Sally's Bar* où régnait déjà une chaude ambiance. Le débit de boissons était aux trois quarts plein. La bière coulait à flots et la musique de Springsteen était diffusée à pleins tubes. C'était une atmosphère populaire, plus « New Jersey » que new-yorkaise.

— Voilà la plus belle de toutes, lui lança Joe Conolly qui officiait derrière son comptoir.

— Salut Joe.

Conolly était un ancien flic de Dublin, installé à Staten Island depuis une quinzaine d'années. De l'avis de tous, son bar était un endroit *clean*, essentiellement fréquenté par les policiers et les pompiers de la ville. Depuis qu'elle travaillait ici, Candice n'avait connu aucun problème sérieux : les disputes ne dégénéraient jamais en bagarre et les serveuses étaient respectées.

La jeune femme noua son tablier et commença son service.

— Salut Ted, qu'est-ce que je te sers ?

*

20 h 46

— Tu as une touche, ma jolie.

— Qu'est-ce que tu racontes, Tammy ? demanda Candice.

— J'te dis que t'as une touche. Ce type bien fringué à

l'extrémité du comptoir, il n'arrête pas de te mater depuis que t'es arrivée.

— Tu divagues complètement, ma vieille, répondit Candice en haussant les épaules.

Elle empoigna un nouveau plateau chargé de pintes de bière et s'éloigna en jetant tout de même un coup d'œil au comptoir. L'homme en question avait les yeux fixés sur elle. Elle ne l'avait jamais vu ici. Il n'avait l'air ni d'un flic ni d'un pompier.

Fugitivement, leurs regards se croisèrent et il se produisit « quelque chose ».

Pourvu qu'il ne s'imagine pas que je veux le draguer, pensa Candice.

*

Pourvu qu'elle ne s'imagine pas que je veux la draguer, pensa Nathan.

Depuis qu'il était ici, il se demandait comment entrer en contact avec la jeune femme. Même s'il avait prétendu le contraire devant Garrett, il ne pouvait s'empêcher d'être inquiet pour elle. Il devait à tout prix savoir si quelque chose dans la vie de Candice pouvait faire craindre une mort prochaine.

Mais comment aborder une fille un vendredi soir dans un bar autrement que sur le ton du badinage ?

*

21 h 04

— Vous êtes nouveau dans le coin ? demanda Candice.

— En fait, oui. Je suis avocat à Manhattan.

— Je vous sers autre chose ?

— Non, merci, je vais bientôt reprendre ma voiture.

Candice se rapprocha de Nathan et lui confia en souriant :

— Si vous ne commandez pas une deuxième bière, le vieux Joe va se fâcher et risque de vous demander de quitter le bar car vous mobilisez une place au comptoir.

— Très bien, alors va pour une deuxième bière.

21 h 06

— Il est plutôt pas mal, jugea Tammy en débouchant plusieurs bouteilles de Budweiser à une vitesse stupéfiante.

— Arrête tes bêtises, s'il te plaît.

— Tu as beau dire, ce n'est pas normal d'être célibataire pour une belle fille de ton âge !

— Je n'ai pas besoin d'homme dans ma vie en ce moment, affirma Candice.

Tout en disant cela, elle se remémora tristement ses dernières aventures amoureuses. Force est de constater qu'il n'y avait pas eu grand-chose de sérieux. Des amourettes par-ci, par-là, mais jamais rien de suffisamment stable pour envisager de fonder une vraie famille. Brièvement, elle repensa au père de Josh, un représentant de commerce rencontré lors d'une soirée chez une ancienne copine de lycée. Pourquoi s'était-elle laissé embobiner par cet homme ? Qu'est-ce qu'elle avait cru ? Il était plutôt sympathique et beau parleur, c'est vrai, mais Candice n'avait jamais été dupe. Elle se souvenait surtout de ce soir-là comme d'un moment où elle avait ressenti un besoin désespéré d'exister dans le regard de quelqu'un d'autre. Ce désir illusoire n'avait duré que le temps d'une étreinte et, à son grand étonnement, elle s'était retrouvée enceinte quelque temps plus tard, vérifiant ainsi le vieux principe selon lequel aucun moyen de contraception n'est efficace à 100 %. Elle n'en gardait aucune amertume puisque cet épisode lui avait donné le plus beau cadeau du monde en la personne de Josh. Elle avait prévenu le père de l'enfant de sa grossesse mais ne lui avait réclamé ni aide ni pension alimentaire. Elle regrettait simplement qu'il n'ait jamais demandé à voir son fils. Bien sûr, elle aurait préféré avoir quelqu'un à ses côtés pour élever l'enfant mais c'était comme ça et voilà tout. « *Forgive and forget*[1] », comme disait son père.

21 h 08

— Voilà votre bière.

— Merci.

— Alors, qu'est-ce que vous venez faire par ici, monsieur l'avocat de Manhattan ?

— Appelez-moi Nathan.

— Qu'est-ce que vous êtes venu faire dans notre bar... Nathan ?

— En fait, je suis venu pour vous parler, Candice.

Elle marqua un mouvement de recul.

— Comment connaissez-vous mon prénom ? demanda-t-elle, méfiante.

1. Il faut pardonner et oublier.

— Tous les habitués vous appellent Candice… constata-t-il en souriant.

— O.K., admit-elle en se radoucissant, un point pour vous.

— Écoutez, reprit-il, lorsque vous aurez terminé votre service, on pourrait peut-être aller prendre quelque chose dans un autre endroit ?

— Vous perdez votre temps avec moi, assura-t-elle.

— Je n'essaye pas de vous baratiner, promis.

— Inutile d'insister, vraiment.

— Votre bouche dit non mais vos yeux disent oui.

— Ça, c'est du baratin par contre. De grosses ficelles même, j'ai l'impression qu'on me l'a déjà dit des dizaines de fois.

— Vous sentez le jasmin, se contenta-t-il de remarquer.

21 h 12

C'est vrai qu'il n'est pas mal après tout.

22 h 02

— Puis-je avoir une troisième bière ?

— Vous n'avez même pas commencé la deuxième.

— C'est que je ne veux pas perdre ma place au comptoir.

— Qu'y a-t-il de si intéressant à cette place ?

— La possibilité de vous regarder.

Elle haussa les épaules mais ne put réprimer un sourire.

— Si ça suffit à votre bonheur…

— Vous avez réfléchi à ma proposition ?

— Votre proposition ?

— Aller prendre un verre avec moi à la fin de votre service.

— Les serveuses ne sortent jamais avec les clients, c'est la règle.

— Lorsque le bar fermera, vous ne serez plus serveuse et je ne serai plus client.

— Ça, c'est typiquement une remarque d'avocat.

Ce qui, dans sa bouche, n'était pas un compliment.

22 h 18

Pas mal, mais trop sûr de lui.

22 h 30

— De toute façon, je ne sors jamais avec des types mariés, fit-elle en désignant l'alliance que Nathan portait toujours à son doigt.

— Vous avez tort, les types mariés sont les plus intéressants, c'est pour ça qu'ils sont déjà pris.

— C'est une remarque stupide, jugea-t-elle.

— C'était une plaisanterie.

— Une mauvaise plaisanterie.

Nathan allait répondre lorsque Joe Conolly s'approcha d'eux.

— Tout va bien, Joe, le rassura Candice.

— Tant mieux, marmonna-t-il en s'éloignant.

Nathan attendit que le propriétaire du bar se soit complètement éloigné pour renouveler sa proposition.

— Et si je n'étais pas marié, vous accepteriez d'aller le prendre ce verre ?
— Peut-être.

23 h 02

— En fait, je suis séparé d'avec ma femme.
— Qu'est-ce qui me prouve que c'est bien vrai ?
— Je pourrais vous apporter les papiers du divorce mais je ne pensais pas qu'ils étaient déjà nécessaires juste pour inviter une fille à prendre un verre.
— Laissez tomber, je me contenterai de votre parole.
— Alors, c'est oui ?
— J'avais dit peut-être...

23 h 13

Pourquoi est-ce qu'il m'inspire confiance ?
S'il me redemande encore une fois, je réponds oui...

23 h 24

Le bar commençait progressivement à se vider. Le rock musclé du *Boss* avait laissé place aux ballades acoustiques de Tracy Chapman.

Candice avait pris ses cinq minutes de pause et discutait maintenant avec Nathan à une table au fond du bar. Un courant de sympathie commençait à passer entre eux lorsque leur conversation fut soudainement interrompue :
— Candice, téléphone ! hurla Joe de derrière son comptoir.

La jeune femme se leva d'un bond. Qui pouvait bien l'appeler sur son lieu de travail ?

Intriguée, elle se saisit du combiné et quelques secondes plus tard son visage se décomposa. Devenue blême, elle raccrocha, fit quelques pas en chancelant pour regagner le comptoir puis sentit ses jambes se dérober sous elle. Nathan, qui avait suivi la scène, se précipita pour la rattraper avant qu'elle ne touche le sol. Elle fondit en larmes entre ses bras.

— Que se passe-t-il ? demanda-t-il.

— C'est mon père. Il... a eu une crise cardiaque.

— Comment ça ?

— Une ambulance vient de le conduire à l'hôpital.

— Venez, je vous y amène ! proposa Nathan en attrapant son manteau.

*

Hôpital de *Staten Island* — Unité de soins cardiologiques intensifs

Encore vêtue de son uniforme, Candice se précipita vers le médecin qui s'était occupé de son père, tout en récitant mentalement une prière pour que les nouvelles soient rassurantes.

Elle se tenait maintenant devant lui. Elle pouvait même déchiffrer son nom sur le badge de sa blouse : docteur Henry T. Jenkils. Le regard de Candice était implorant : *réconfortez-moi docteur, dites-moi que ce n'est rien, dites-moi que je vais pouvoir le ramener à la maison, dites-moi que nous allons passer Noël tous ensemble. Je veillerai sur lui, je lui pré-*

parerai de la tisane et du bouillon, comme il m'en faisait lui-même lorsque j'étais petite, dites-moi que…

Mais le docteur Jenkils avait pris l'habitude de ne plus chercher à lire dans le regard de ses patients ou de leurs proches. Avec les années, il avait appris à se blinder, à ne plus « s'impliquer personnellement ». C'était une nécessité pour lui : trop de compassion le déstabilisait et l'empêchait de faire correctement son travail. Il eut un léger mouvement de recul lorsque Candice s'approcha un peu trop près de lui. Il débita alors un discours calibré :

— Mademoiselle, votre père a tout juste eu le temps de prévenir les secours avant de s'effondrer sur le carrelage de la cuisine. Lorsque les ambulanciers l'ont trouvé, il manifestait tous les signes d'un infarctus massif. En arrivant ici, il était déjà en arrêt cardiaque. Nous avons fait tout notre possible pour le ranimer mais il n'a pas survécu. Je suis désolé. Si vous voulez le voir, une infirmière va vous montrer sa chambre.

— Non, non, non ! cria-t-elle, le visage ruisselant de larmes. Je venais à peine de le retrouver. Ce n'est pas juste ! Ce n'est pas juste !

Tremblante, les jambes en coton, elle sentit comme un gouffre vertigineux s'ouvrir sous elle et, à nouveau, les seuls bras qu'elle trouva pour la réconforter furent ceux de Nathan.

L'avocat prit les choses en main. Il se renseigna d'abord sur ce qu'était devenu Josh. On lui apprit que l'enfant avait été conduit à l'hôpital en même temps que son grand-père et qu'il attendait sa mère à l'étage de pédiatrie. Il accompagna ensuite Candice jusqu'à la pièce où reposait le corps désormais sans vie de son père. Après avoir remercié Nathan pour son aide, la jeune femme lui demanda de la laisser seule un moment.

Revenu dans le hall, il demanda au bureau d'accueil si le docteur Goodrich était de garde ce soir. On lui répondit par la négative. Il consulta alors un annuaire téléphonique en libre-service et réussit à joindre ce dernier au centre de soins palliatifs.

— Vous vous êtes complètement gouré, Garrett, annonça-t-il d'une voix blanche.

Il était tellement ému qu'il sentait le combiné trembler dans sa main.

— À quel sujet ? demanda le médecin.

— Ce n'est pas Candice qui devait mourir !

— Quoi ?

— C'était son père.

— Écoutez, Nathan, je ne comprends rien à ce que vous dites.

L'avocat respira profondément pour tenter de maîtriser son émotion.

— Je suis à l'hôpital, expliqua-t-il plus calmement. Le père de Candice vient de décéder d'un arrêt cardiaque.

— Merde, lâcha le médecin, surpris.

La voix de Nathan vibrait maintenant de colère :

— Alors, vous n'aviez pas prévu ce décès, n'est-ce pas ? Vous n'aviez pas aperçu la petite auréole ?

— Non, concéda Goodrich, je n'avais rien prévu, mais je n'ai jamais approché cet homme d'assez près pour me prononcer sur...

— Écoutez, je crois vraiment qu'il est temps de tirer un trait sur vos théories fumeuses ! La mort a frappé à côté, vous feriez mieux de le reconnaître.

— Vous vous emballez. Cet homme commençait à être âgé, il souffrait peut-être déjà du cœur... Sa mort ne prouve rien.

— En tout cas, Candice est sauvée, Garrett, c'est tout ce que je sais.

— J'espère que vous avez raison, Nathan, je l'espère jusqu'au plus profond de moi.

*

Domicile de Candice Cook — Trois heures du matin

La pièce était plongée dans l'obscurité. Seules quelques bougies de Noël posées près de la fenêtre permettaient de distinguer le contour des objets et des visages. Candice avait fini par s'endormir sur le canapé du salon mais elle frissonnait et son visage paraissait fiévreux. Assis sur un fauteuil, Nathan la regardait comme hypnotisé. Il savait qu'elle ne dormirait que d'un sommeil haché et peuplé de forces malfaisantes. Après avoir récupéré Josh, il les avait raccompagnés tous les deux sur le coup d'une heure du matin. La jeune femme était tellement abattue qu'elle s'était laissé guider comme un automate. Ils avaient discuté un moment puis Nathan lui avait fait prendre le somnifère prescrit par un des médecins de l'hôpital.

Un petit cri plaintif l'attira dans la pièce à côté. Les yeux grands ouverts, barbotant au milieu de son lit, Josh venait de se réveiller.

— Salut, bonhomme, n'aie pas peur, le rassura-t-il en le prenant dans ses bras.

— ... a soif..., réclama l'enfant.

Il lui prépara un peu d'eau et l'amena avec lui dans le salon.

— Comment vas-tu, petit bébé ?

— heu... ti... bé... bé, essaya de répéter Josh.

Nathan l'embrassa sur le front.

— Regarde ta maman qui dort, murmura-t-il.

— Ma... han.

Il s'assit avec lui dans le fauteuil et le berça lentement. Il se laissa même aller à fredonner quelques mesures de *Brahms' Lullaby*. Il n'avait plus chanté cette berceuse depuis la mort de son fils et l'émotion qui le submergea l'obligea presque aussitôt à s'arrêter.

Au bout de quelques minutes, Josh se rendormit. Nathan le reposa dans son lit et retourna dans le salon où Candice dormait toujours. Il écrivit un mot au dos d'une liste de commissions puis le laissa au milieu de la table avant de quitter la maison.

Dehors, il neigeait.

*

14 décembre

Candice tira le verrou et passa la tête dans l'entrebâillement de la porte.

— Oh, c'est vous, entrez donc.

Nathan pénétra dans la cuisine. Il était neuf heures du matin. Dans sa petite chaise, Josh finissait de se barbouiller avec son petit déjeuner.

— ... jour, dit l'enfant.

— Salut p'tit Josh, répondit Nathan en adressant un sourire à l'enfant.

Candice passa une main dans les cheveux de son fils tout en regardant l'avocat.

— Je voulais vous remercier pour être resté si tard, hier soir.

— Ce n'est rien, vous tenez le coup ?

— Ça va, assura la jeune femme même si ses yeux affirmaient le contraire.

Nathan agita un petit trousseau de clés qu'il venait de tirer de sa poche.

— Je vous ai ramené votre voiture.

— Merci. Vous avez été vraiment... parfait, fit-elle en écartant les bras. Vous avez laissé votre 4×4 sur le parking de Joe ?

Nathan hocha la tête.

— Je vais vous ramener alors, proposa-t-elle, mais avant, vous allez prendre une tasse de café avec nous.

— Volontiers, répondit-il en s'asseyant.

Il laissa passer quelques secondes puis décida de se lancer :

— En fait, j'ai quelque chose à vous demander, annonça-t-il, en posant une petite mallette de cuir sur la table.

— Oui ? interrogea Candice, soudain inquiète comme si autant de gentillesse de la part d'un homme ne pouvait finalement déboucher que sur une mauvaise surprise.

— Je voudrais que vous acceptiez...

— Quoi ?

— De l'argent, dit Nathan, je voudrais que vous acceptiez un peu d'argent de ma part pour élever votre fils.

— C'est... c'est une plaisanterie ? fit-elle en posant sa tasse sur la table pour ne pas la laisser tomber.

— Non, je cherche réellement à vous aider.

— Pour qui me prenez-vous ? se révolta-t-elle.

Très en colère, elle se leva de sa chaise. Nathan essaya de la rassurer.

— Calmez-vous, Candice, je ne vous demande rien en échange.

— Vous êtes fou, répéta-t-elle, je n'ai pas besoin de votre argent.

— Si, vous en avez besoin ! Vous en avez besoin pour que votre fils fasse des études. Vous en avez besoin parce que votre voiture a 300 000 kilomètres au compteur et menace de lâcher à tout instant. Vous en avez besoin parce que vous n'avez plus personne pour vous aider.

— Et combien voudriez-vous me donner exactement ? ne put s'empêcher de demander la jeune femme.

— Disons 100 000 dollars, proposa Nathan.

— 100 000 dollars ! Mais... c'est... c'est impossible. Des gens qui vous donnent tant d'argent en échange de rien, ça n'existe pas !

— Parfois la roue tourne... Dites-vous que vous avez gagné au loto.

Elle resta interdite pendant quelques secondes.

— Ce n'est pas une histoire de blanchiment ou quelque chose comme ça ?

— Non, Candice, ce n'est pas de l'argent sale. Il n'y a rien d'illégal là-dedans.

— Mais je ne vous connais même pas !

— Tout ce que je vous ai dit sur moi hier soir est vrai, affirma Nathan en ouvrant sa valise en cuir. Je m'appelle Nathan Del Amico, je suis un avocat renommé de Park

Avenue, j'ai une réputation d'homme intègre et mes affaires sont tout ce qu'il y a de plus honnête. Je vous ai apporté ici tout un tas de documents qui prouvent mes affirmations : mon passeport, le relevé de mes comptes en banque, des articles de journaux juridiques qui parlent de moi...

— N'insistez pas, le coupa Candice, je ne marche pas dans cette combine.

*

— Prenez le temps de la réflexion, demanda Nathan en descendant du vieux pick-up.

Ils se trouvaient tous les deux dans le parking déserté, en face du *Sally's Bar*. Candice venait de raccompagner l'avocat à son 4×4.

— C'est tout réfléchi, je ne veux avoir de comptes à rendre à personne sur la manière dont je mène ma vie.

— Vous n'aurez aucun compte à me rendre, ni à moi ni à personne, promit-il en se penchant à la fenêtre. Vous pourrez utiliser cette somme de la manière qui vous convient.

— Mais qu'est-ce que ça vous rapporte, à *vous* ?

— Il y a encore une semaine, je ne vous aurais jamais fait une telle proposition, reconnut Nathan, mais, depuis, certaines choses ont changé dans ma vie... Écoutez, je n'ai pas toujours été riche. J'ai été élevé par ma mère qui avait encore moins d'argent que vous. Par chance, j'ai pu faire des études. Ne refusez pas cette possibilité à votre fils.

— Mon fils fera des études, que vous m'aidiez ou pas ! se défendit Candice.

— Oupa ! répéta Josh du fond de son siège arrière, comme pour soutenir sa mère.

— Réfléchissez encore. Mon numéro de téléphone se trouve dans l'attaché-case. Appelez-moi une fois que vous aurez consulté les documents que je vous ai laissés.

— C'est tout réfléchi. Comme vous l'avez dit, je ne possède presque rien mais il me reste quelque chose qu'ont perdu bien des gens plus riches que moi : l'honneur et l'honnêteté...

— Je ne vous demande de renoncer ni à l'un ni à l'autre.

— Arrêtez vos boniments. Votre proposition est trop belle pour être vraie. Il y a forcément un piège. Qu'est-ce que vous allez me réclamer une fois que j'aurai touché cet argent ?

— Regardez-moi dans les yeux, réclama Nathan en se rapprochant d'elle.

— Je n'ai pas d'ordres à recevoir de vous !

Malgré tout, elle leva la tête vers lui.

Nathan accrocha son regard et lui réaffirma :

— Je suis honnête, vous n'avez rien à craindre de moi, je vous le jure. Pensez à votre fils et acceptez cet argent.

— Ma réponse est non ! répéta Candice en claquant la portière. Vous m'avez bien compris. Non, non et non !

*

Nathan et Candice rentrèrent chez eux chacun de leur côté.

Candice consacra le reste de la matinée à éplucher les documents contenus dans la mallette.

Nathan passa son temps, les yeux rivés sur son téléphone.

À midi, celui-ci sonna enfin.

12

« … lacéré dans la mort par les rapaces et les fauves… »
Lucrèce

Après avoir tourné dans le quartier pendant dix minutes, Nathan trouva enfin une place de stationnement et réussit du premier coup un créneau compliqué. Assise à ses côtés, Candice attendit que la voiture soit complètement à l'arrêt pour libérer son petit Josh du siège-bébé qu'elle avait installé sur la banquette arrière. Elle le plaça ensuite dans une volumineuse poussette pliable, que Nathan avait sortie du coffre du 4x4. Josh était de bonne humeur et chantait à tue-tête de drôles de chansons improvisées tout en suçotant un biberon à moitié vide.

Tous les trois se dirigèrent vers un bâtiment en briques grises et roses qui abritait l'une des succursales de la First Bank of New Jersey.

C'était l'heure de pointe. À cause de la foule et de l'étroitesse de la porte tournante, ils bataillèrent quelques instants pour faire pénétrer la poussette à l'intérieur. L'agent de sécurité — un jeune Noir au visage avenant — vint leur prêter main-forte tout en échangeant des plaisanteries avec eux sur le fait que les installations modernes n'étaient décidément pas adaptées aux bébés.

Ils pénétrèrent dans une grande pièce lumineuse entourée

de larges baies vitrées. Elle était bien agencée avec ses guichets accueillants et ses élégants petits box en bois sombre qui préservaient l'intimité des conversations entre les clients et les employés.

Candice fouilla dans son sac pour en sortir le fameux chèque.

— Vous croyez vraiment que c'est une bonne idée ?

— Nous avons déjà discuté de ça, répondit gentiment Nathan.

Candice regarda Josh, pensa de nouveau à son avenir et cela la décida à faire la queue à un guichet.

— Je vous accompagne ? proposa Nathan.

— Inutile, répondit-elle, ça ne sera pas long. Vous n'avez qu'à vous asseoir là-bas, fit-elle en désignant une enfilade de chaises dans le fond de la pièce.

— Laissez-moi prendre Josh avec moi.

— Ça va, je vais le garder dans mes bras. Débarrassez-moi juste de cette maudite poussette.

Tandis qu'il s'éloignait en tirant la poussette vide, Candice lui adressa un sourire accompagné d'un petit signe de la main.

À cet instant, elle lui rappela Mallory. Décidément, il s'attachait de plus en plus à cette femme, à sa simplicité, à la tranquille assurance qui émanait de tout son être. Il était réellement touché par la complicité qui existait entre elle et son fils, par sa façon de l'embrasser et de lui murmurer des choses tendres à l'oreille chaque fois qu'il menaçait de se mettre à pleurer. C'était une mère paisible et posée. Peu importait sa veste usée ou sa teinture bon marché. Elle n'avait peut-être pas la classe des filles de *Cosmopolitan* mais elle était plus engageante et plus sociable.

Tout en suivant la jeune femme des yeux, il ne put

s'empêcher de penser au cours qu'avait pris sa vie. Peut-être avait-il eu tort de vouloir à tout prix échapper à son milieu d'origine. Peut-être aurait-il été plus heureux avec une femme comme Candice, dans un pavillon avec un chien et un pick-up orné d'une bannière étoilée. Seules les classes aisées s'imaginent que les gens ordinaires ont des vies monotones. Lui qui était issu d'un milieu populaire savait que ce n'était pas le cas.

Pour autant, il n'était pas le genre d'homme à adhérer à tout ce bla-bla autour de l'importance des petites choses de la vie qui sont censées procurer le bonheur. Il avait trop souffert du manque d'argent pour cracher dessus maintenant qu'il en avait. Mais, contrairement à ce qu'il avait longtemps cru, il savait désormais que l'argent ne lui suffisait pas. Il lui fallait quelqu'un avec qui le partager. Sans une main pour l'accompagner, il ne voulait plus aller nulle part ; sans une voix pour lui répondre, il n'était que silence ; sans un visage en face du sien, il n'existait plus.

*

Nathan échangea quelques mots avec l'agent de sécurité en faction devant la porte d'entrée. La veille, les Yankees avaient annoncé le recrutement d'un bon joueur pour la prochaine saison et l'agent s'enflammait en imaginant les exploits que réaliserait bientôt son équipe de base-ball préférée.

Tout à coup, l'agent marqua une pause dans son discours, intrigué par un colosse aux épaules massives qui venait de pousser la porte d'entrée. Aussi grand qu'un basketteur, l'homme portait une écharpe autour du cou et un sac de sport en bandoulière.

Drôle d'idée d'emporter avec soi un sac aussi gros, pensa Nathan.

Le type semblait agité. Visiblement mal à l'aise, il se retourna plusieurs fois pour épier les deux hommes d'un regard fuyant. Le gardien avança de quelques pas dans sa direction. L'homme fit alors mine de se diriger vers l'une des files d'attente mais s'arrêta net au milieu de la salle. En une fraction de seconde, il retira de son sac une arme et une cagoule noire qu'il enfila.

— Hé, vous !

Avant même que l'agent de sécurité ait pu dégainer, un complice surgit brusquement et lui assena deux violents coups de matraque. Complètement sonné, il s'écroula sur le sol et l'autre en profita pour le désarmer.

— On bouge plus ! On bouge plus, bordel de merde ! Mettez vos mains au-dessus de vot'putain d'tête !

C'était le second individu qui menait les opérations. Il ne portait pas de cagoule mais un pantalon de treillis et une veste d'un surplus de l'armée américaine. Il avait des cheveux décolorés coupés en brosse et des yeux injectés de sang. Il était surtout armé jusqu'aux dents, avec un revolver de gros calibre dans la main droite et un pistolet mitrailleur sur l'épaule, quelque chose comme un uzi qu'on voit dans les jeux vidéo.

Mais ce n'était pas un jeu. Une telle arme permettait le tir en rafales et pouvait donc faire de nombreuses victimes.

— À genoux ! Tout le monde à genoux, dépêchez-vous !

Il y eut des hurlements. Tous les clients et les employés s'agenouillèrent ou se couchèrent sur le sol.

Immédiatement, Nathan se retourna pour chercher Candice du regard. La jeune femme avait trouvé refuge sous un bureau dans l'un des box. Elle tenait Josh serré contre sa poitrine et tentait de le bercer. À voix basse, elle lui répétait inlassablement : « C'est un jeu, c'est un jeu, mon bébé », en se forçant à sourire. Comme à son habitude, le gamin ouvrait grand les yeux et regardait avec intérêt l'étrange spectacle qui se déroulait autour de lui.

L'inquiétude creusait déjà les visages. Comme les autres, Nathan s'était agenouillé.

Comment ont-ils pu pénétrer avec ces armes ? On aurait dû fouiller leurs sacs à l'entrée. Et pourquoi le système d'alarme ne s'est-il pas déclenché, bon sang ?

À côté de lui, une femme crispée était repliée en position foetale contre le panneau de bois de l'un des guichets. Il voulut murmurer quelques mots pour la réconforter mais lorsqu'il ouvrit la bouche, il ressentit comme une décharge à travers le corps et, à nouveau, sa douleur à la poitrine se réveilla. Il pouvait entendre le bruit sourd de son cœur qui battait par à-coups. Il fouilla dans la poche de son manteau à la recherche du spray de trinitrine pour se faire une inhalation.

— Garde tes mains au-dessus de la tête ! lui hurla la petite brute habillée en militaire avant de se diriger sans hésitation vers celui qui devait être le chef d'agence.

Les braqueurs n'étaient que deux. Un complice devait sans doute les attendre dans une voiture garée à proximité.

— Toi, viens avec moi, j'ai besoin du code pour ouvrir la porte.

Le malfrat poussa le chef d'agence vers une pièce au fond du hall. On entendit une porte métallique se débloquer puis, peu après, un bruit plus vague indiqua qu'on venait d'ouvrir une deuxième porte.

L'homme à la cagoule était resté dans la pièce principale

pour surveiller les otages. Debout sur l'un des bureaux, il voulait montrer qu'il maîtrisait la situation.

— On ne bouge pas ! On ne bouge pas ! éructait-il continuellement.

Des deux braqueurs, c'était incontestablement lui le maillon faible. Il regardait sa montre à tout bout de champ et triturait la base de son passe-montagne avec frénésie car il lui enserrait douloureusement la base du cou. Il s'impatientait :

— Qu'est-ce tu fous, Todd ? Grouille-toi, bon sang !

Mais l'autre, toujours occupé dans la salle du fond, ne répondit pas.

Au bout d'un moment, n'y tenant plus, il retira sa cagoule d'un geste brusque. La sueur perlait sur son front et lui dessinait des auréoles sombres sous les bras. Peut-être avait-il déjà connu brièvement les douceurs de la prison et redoutait-il d'y séjourner pour un plus long bail.

Car cette fois il jouait gros : attaque à main armée avec violence. Il jouait gros et le temps filait.

Enfin, le « militaire » fit irruption dans la pièce principale, chargé d'un sac lourdement lesté. Il cria à son complice :

— À toi, Ari, va finir la récolte.

— Écoute Todd, tirons-nous maintenant, nous avons assez de fric pour...

Mais l'homme en treillis ne l'entendait pas comme ça.

— Va chercher le reste, espèce de larve !

Nathan voulut profiter de cette diversion pour se rapprocher de Candice. Son cœur battait à une vitesse folle. Il se sentait responsable de la vie de la jeune femme.

Alors qu'il était presque remonté à sa hauteur, le dénommé Ari fonça vers lui et lui donna un violent coup de pied qui projeta sa tête contre le bureau.

— Toi, tu restes en place, compris ?

Mais le « militaire » fut sur lui dans la seconde et se mit à hurler :

— Je t'ai dit d'aller chercher l'argent ! Moi, je les tiens à l'œil.

Nathan était sonné. Il retrouva ses esprits tant bien que mal avant de porter la main à son arcade sourcilière. Un filet de sang s'écoulait le long de sa tempe et tachait sa chemise. S'il sortait d'ici vivant, il en serait bon pour trimbaler un visage tuméfié pendant plusieurs jours.

À ce moment, Candice fit un mouvement vers lui. Il releva la tête. Elle l'interrogea d'un regard inquiet qui semblait dire « comment ça va ? ». Pour la rassurer, il acquiesça d'un signe de tête.

Elle se força à sourire mais Nathan s'aperçut qu'elle était très pâle, presque livide.

Il la regardait toujours dans les yeux lorsque, soudain, tout se brouilla dans son esprit. Pendant une fraction de seconde, les visages de Candice et de Mallory se superposèrent.

De toutes ses forces, il aurait voulu les préserver de ces actes de violence.

*

Tout à coup, alors que personne n'y croyait plus, une alarme stridente retentit dans la banque.

Un vent de panique s'empara des braqueurs. Ari surgit dans la pièce centrale, les mains encombrées de billets de banque.

— Qu'est-ce qui se passe, Todd ?

— Il faut se tirer avant l'arrivée des flics ! lança le « militaire ».

— Tu m'avais dit qu'on avait débranché le système d'alarme ! Merde, tu m'avais dit qu'on ne risquait rien, Todd !

Des gouttes de sueur ruisselaient le long de son visage. Il crevait tellement de trouille qu'il en laissa tomber ses liasses de dollars.

Todd s'approcha des portes-fenêtres et aperçut une voiture qui passait en trombe devant la banque.

— Putain, Geraldo se tire sans nous, l'enfoiré !

— Qu'est-ce qu'on va faire sans voiture ? s'exclama Ari, complètement décomposé.

Mais l'autre ne l'écoutait déjà plus. En un clin d'œil, il avait passé son gros sac sur l'épaule, empoigné le pistolet mitrailleur dans une main et le revolver dans l'autre. Il poussa furieusement la porte de la banque et sortit au moment même où plusieurs voitures de police arrivaient toutes sirènes hurlantes.

On entendit un échange de coups de feu, auxquels se mêlèrent des cris.

Ari, qui avait hésité à suivre son complice, se replia précipitamment et referma la porte.

— Ne bougez plus ! hurla-t-il en pointant le canon de son 9 millimètres sur les employés et les clients encore tous à terre.

Il se raccrochait à son arme comme à une protection ultime.

Nathan aussi ne quittait pas le pistolet des yeux.

Combien de victimes ce fou furieux va-t-il faire ?

On entendit une nouvelle série de coups de feu, puis il n'y eut plus rien jusqu'à ce qu'une voix puissante prévienne au travers d'un mégaphone :

VOUS ÊTES CERNÉS.
VOTRE COMPLICE A ÉTÉ ARRÊTÉ.
VEUILLEZ SORTIR DU BÂTIMENT SANS ARME
ET SANS GESTE BRUSQUE.

Mais ce n'était pas ce que prévoyait le forcené.

— Toi, viens ici !

Ce que Nathan avait redouté arriva : le braqueur tira Candice par le bras sans ménagement pour s'en faire un otage.

Mais celle-ci n'appartenait pas à la catégorie des vaincus. Prête à tout pour sauver son fils, elle se débattit farouchement et réussit à s'enfuir dans le fond de la salle tandis que Josh hurlait entre ses bras. Aussitôt, Nathan se leva et s'interposa entre Ari et eux.

Rendu fou de rage par cette résistance, Ari braqua son 9 millimètres sur Nathan dont le cerveau fonctionnait à cent à l'heure.

Il me tuera peut-être mais Candice n'aura rien. Même s'il tire sur moi, les flics feront immédiatement irruption. Elle ne risque plus rien.

Chaque seconde semblait s'étirer à l'infini.

Garrett a tort. Je sais qu'il a tort. Il n'y a pas d'ordre prédéfini. La vie ne peut pas fonctionner comme ça. Candice est sauvée. J'ai gagné, Garrett. J'ai gagné.

L'avocat était obnubilé par l'arme d'Ari, un Glock 17 Lüger parabellum qu'on pouvait acheter pour moins de 50 dollars dans n'importe quelle foire aux armes de ce pays où le tir au fusil d'assaut sur fond de barbecue était devenu une sorte de sport national.

Le visage complètement hagard, Ari avait toujours les deux mains collées à la crosse de son arme. Il posa le doigt sur la détente. Il ne se maîtrisait plus. Il allait tirer.

Nathan leva un œil vers la porte d'entrée. Cela ne dura qu'un dixième de seconde. Mais ce fut juste assez pour qu'il voit l'employé de sécurité, enfin revenu à lui, sortir une arme dissimulée dans un petit étui attaché à son mollet droit.

Ce fut tellement rapide qu'Ari ne se rendit compte de rien. Le gardien se redressa en partie, le bras tendu et tira deux balles. La première passa juste à côté de sa cible mais la seconde atteignit le criminel au milieu du dos et le fit s'écrouler sur le sol.

Les détonations semèrent une effroyable panique. Les gens se mirent à courir vers la sortie tandis qu'à l'inverse les policiers et les secours donnaient l'assaut et investissaient l'intérieur du bâtiment.

— Évacuez la pièce ! Évacuez ! ordonna un policier.

Mais Nathan se précipita au fond de la salle.

Un groupe s'était formé et entourait un corps effondré sur le sol.

L'avocat s'approcha du cercle.

Candice était allongée à terre tandis que Josh, hoquetant de terreur, s'agrippait désespérément à elle.

— Prévenez les secours ! cria Nathan de toutes ses forces. Appelez une ambulance !

La première balle avait ricoché sur le battant d'une des portes en métal pour terminer sa course dans le flanc de la jeune femme déjà tout auréolé de sang.

Il se pencha vers Candice et lui prit la main.

— Ne meurs pas ! implora-t-il en tombant à genoux à ses côtés.

Le visage de Candice était devenu diaphane. Elle ouvrit la bouche pour prononcer quelque chose mais elle ne réussit qu'à expulser un filet de sang qui coula le long de ses lèvres.

— Ne meurs pas ! hurla-t-il à nouveau en appelant à son secours tous les dieux de la Création.

Mais elle n'était déjà plus là. Il ne restait qu'un corps inanimé n'ayant rien de commun avec la jeune femme qui, une heure auparavant, souriait à la vie et racontait des histoires à son fils.

Les yeux baignés de larmes, Nathan ne put rien faire d'autre que de poser la main sur ses paupières.

*

Dans l'assistance, une voix demanda : « C'était sa femme ? »

*

L'ambulance de l'*Emergency Medical System* arriva quelques minutes plus tard.

L'avocat serrait Josh très fort dans ses bras. Par miracle, l'enfant n'avait pas été blessé mais il était très choqué. Nathan suivit la civière qui emmenait le corps de Candice jusqu'à l'extérieur de la banque. Au moment où la fermeture de la housse en aluminium remonta sur le visage de Candice, Nathan se demanda si tout était vraiment fini pour elle. Que se passe-t-il au moment de la mort ? Y a-t-il quelque chose après ? Une suite ?

Toujours ces mêmes questions qu'il s'était déjà tant posées lors de la mort de sa mère et celle de son fils.

Pour la première fois depuis une semaine, le ciel était éclairé par un soleil brillant comme New York en offre parfois en hiver. L'air était pur et balayé par un vent froid et sec.

Sur les trottoirs, des gens traumatisés se réconfortaient

après cette matinée d'horreur et, dans les bras de Nathan, Josh se noyait presque dans ses sanglots.

Complètement sonné, l'avocat se sentit pris dans un tourbillon. Des éclats de voix lui parvenaient de tous côtés et ses yeux rougis étaient éclaboussés par le ballet des gyrophares des voitures de police. Déjà, les caméras et les journalistes interrogeaient les otages.

Écrasé par le poids du remords et de la culpabilité, Nathan fit de son mieux pour protéger Josh de ce tumulte.

Tandis qu'on évacuait le cadavre du braqueur, un policier de la NYPD, sanglé dans un uniforme bleu nuit, le rejoignit pour lui poser quelques questions. C'était un Latino, petit et trapu, au visage d'adolescent.

Le policier commença à parler mais Nathan ne l'écoutait pas. Avec la manche de sa chemise, il essuyait délicatement le visage de Josh où des traces de sang s'étaient mélangées aux larmes. C'était le sang de Candice. À nouveau, un flot de chagrin le submergea et il fondit en larmes.

— C'est moi qui l'ai tuée ! C'est à cause de moi qu'elle était ici !

Le policier se voulut compatissant :

— Vous ne pouviez pas savoir, monsieur. Je suis désolé.

Nathan s'assit à même le bitume et se prit la tête dans les mains. Tout son corps était secoué de spasmes. Tout ça était de sa faute. Il avait lui-même précipité Candice dans la mort. S'il ne lui avait pas proposé ce putain d'argent, elle n'aurait jamais mis les pieds dans cette banque et rien de tout cela ne serait arrivé ! Il était le seul responsable de cet engrenage infernal. Il n'avait été qu'un pion, placé là à cet instant précis pour participer à un accomplissement qui le dépassait. Mais comment se résoudre à accepter un monde où la vie et la mort étaient à ce point inscrites dans le destin ?

Il crut entendre alors la voix de Goodrich qui lui répétait, comme en écho :

On ne peut pas remettre en cause la décision finale et personne n'a de prise sur l'heure de la mort.

Il leva un visage plein de larmes vers le policier.

Comme pour le consoler, celui-ci répéta une nouvelle fois :

— Vous ne pouviez pas savoir.

13

« Donc médite cela, je t'en prie, jour et nuit. »
Cicéron

Au commencement, le passé et l'avenir n'existaient pas.

C'était avant la grande explosion. Celle qui engendra la matière, l'espace et le temps.

Dans les encyclopédies, on peut lire que l'histoire de notre univers a commencé il y a 15 milliards d'années. C'est aussi l'âge des étoiles les plus anciennes.

Quant à la Terre, elle s'est formée il y a moins de 5 milliards d'années. Très vite, c'est-à-dire un milliard d'années plus tard, elle abrita des êtres vivants rudimentaires : les bactéries.

Puis ce fut le tour de l'homme.

Tout le monde le sait mais tout le monde l'oublie : le temps de l'humanité reste une quantité négligeable par rapport au temps de l'univers. Et à l'intérieur même de cette miette infinitésimale, ce n'est qu'au Néolithique que les hommes ont commencé à se sédentariser et à inventer l'agriculture, les villes et le commerce.

Une autre rupture est intervenue un peu plus tard, à la fin du XVIIIe siècle. Progressivement, l'économie a pris de plus en plus d'importance, ce qui a permis d'accroître les richesses produites. On parla plus tard de révolution industrielle et de modernité.

Pourtant, à la veille de cette période, l'espérance de vie n'était encore que de trente-cinq ans.

La mort était partout. Elle était normale. On l'acceptait.

Depuis l'origine, plus de 80 milliards d'êtres humains ont, avant nous, vécu, construit des villes, écrit des livres et de la musique.

Vivants, nous ne sommes que 6 milliards aujourd'hui. Nos morts sont donc presque quatorze fois plus nombreux.

Ils pourrissent et se décomposent sous nos pieds et dans nos têtes. Ils parfument notre terre et nos aliments.

Certains nous manquent.

Bientôt, dans quelques milliards d'années, le Soleil aura épuisé ses réserves d'hydrogène et son volume aura centuplé. La température de la Terre dépassera alors 2 000 degrés mais il est probable que l'espèce humaine aura depuis longtemps disparu.

Quant à l'univers, il continuera sans doute à se dilater et à se vider de toutes ses galaxies. Avec le temps, les étoiles finiront elles aussi par s'éteindre, formant un cimetière immense dans le cosmos.

*

Ce soir, le ciel est bas et la nuit est calme.

Dans son appartement, Nathan Del Amico se laisse envahir par les lumières de la ville qui montent vers le San Remo.

Il écoute les bruits de New York, ce grouillement continuel très particulier dû aux klaxons et aux sirènes des ambulances et des voitures de police.

Il est seul.

Il a peur.

Sa femme lui manque.

Et il sait qu'il va mourir bientôt.

14

« Les morts ne savent qu'une chose : il vaut mieux être vivant. »
Dialogue du film *Full Metal Jacket*
de Stanley Kubrick

15 décembre

L'encadrement cintré des larges baies vitrées laissait entrer le soleil à flots dans le séjour spacieux du loft.

Les murs d'un blanc phosphorescent étaient inondés de lumière, comme en plein été. Il faisait chaud. Un système automatique s'activa en silence pour faire descendre les stores.

Nathan était avachi sur un canapé bas en tweed clair.

Il posa une bouteille vide de Corona sur le parquet en bois blond. C'était sa quatrième et comme il n'avait pas l'habitude de boire, il se sentait vaguement nauséeux.

Depuis le matin, il errait sans but dans son appartement.

Candice était morte. Garrett possédait donc bien ce foutu pouvoir d'anticiper la mort.

Pour lui, ça voulait dire que la fin du voyage était proche. À présent, il n'en doutait plus. Goodrich avait été là pour le jeune Kevin, pour Candice et maintenant il était là pour lui.

C'était un fait difficile à admettre, mais qu'il était bien obligé d'accepter.

Comment agir maintenant qu'il se savait promis à la mort ? Comment faire face à ce choc ?

Il vivait dans un monde où régnait l'esprit de compétition. Un monde qui laissait peu de place aux faibles. À force de jouer au surhomme, il avait presque fini par oublier qu'il était mortel.

Il y avait bien eu cet incident autrefois, à Nantucket, mais il faut croire qu'il n'en avait retenu aucune leçon.

Il se mit debout et se planta devant les baies vitrées qui offraient une vue féerique sur le parc. L'alcool lui avait donné mal à la tête. Des images effrayantes de séparation, de deuil et de souffrance se bousculaient à nouveau dans son esprit. Il pensa à Josh. Il avait éprouvé une douleur déchirante lorsque l'employée des services sociaux était venue lui retirer le petit garçon, quelques minutes après la fin du braquage. Orphelin à tout juste un an, quel genre d'enfance allait-il avoir ? Il risquait de connaître la succession des familles d'accueil, les foyers où il serait toujours de trop, le manque d'amour et de protection.

Nathan se sentait très abattu. Non, il n'était pas puissant. Personne ne l'était vraiment. Tout ne tenait qu'à un fil : sa vie comme celle de Sean.

Et dire qu'il avait toujours aimé tout prévoir !

Même s'il savait que cela exaspérait Mallory, il avait souscrit des assurances pour se protéger contre la plupart des risques majeurs — cambriolage, incendie, inondation, foudre, terrorisme... — mais il n'avait jamais fait le moindre effort pour se préparer à cette foutue échéance.

Lorsqu'on lui posait la question, il disait qu'il croyait en Dieu, bien sûr. Qu'aurait-il pu répondre d'autre ? On était en

Amérique, bon sang ! Un pays où même le Président prêtait serment en jurant sur la Bible !

Pourtant, au fond de lui, il n'avait jamais espéré en un au-delà ou en une survie de l'âme.

Il regarda autour de lui. Il n'y avait pas d'effets ostentatoires dans son appartement mais une sorte de raffinement dans la simplicité et la modernité. Tout n'était que volume, lumière et transparence. Il aimait cet endroit. Il l'avait aménagé lui-même après sa séparation, Mallory n'ayant jamais accepté d'habiter dans l'ancien appartement de son père. D'ordinaire, il s'y sentait en sécurité, protégé par toutes ces matières naturelles comme le bois et le marbre qui composaient son environnement et qui semblaient traverser le temps sans dommage apparent.

Sur l'un des murs recouverts de lambris lasurés, il avait accroché des dessins de Mallory à la mine de plomb. Des esquisses qui témoignaient des jours heureux.

Il était transi de peur et, en même temps, il sentait monter en lui une puissante bouffée de colère.

Pourquoi lui ? Et pourquoi comme ça ?

Il ne voulait pas mourir si vite. Il avait encore des tas de choses à faire : une petite fille à regarder grandir et une femme à reconquérir.

Il y en a d'autres à prendre avant moi !

Je n'ai peut-être rien fait de transcendant dans ma vie mais je n'ai rien fait de vraiment mal.

Si ces *Messagers* de malheur existaient, ne devait-il pas y avoir aussi un ordre ou une cohérence dans la mort ?

Bien sûr que non ! Il y a des enfants et des innocents qui meurent chaque seconde. La mort n'aime pas les bons senti-

ments. Les hommes se contentent de faire passer la pilule en disant que Dieu rappelle à lui ceux qu'il aime !

Lui ne voulait être rappelé nulle part. Il voulait vivre. Ici et maintenant. Entouré de ceux qu'il aimait.

*

Que faire ?

Sa nature ne le portait pas à attendre que les choses se passent.

Face à une situation exceptionnelle, il devait se raccrocher à quelque chose mais il devait le faire vite, à présent que le compte à rebours s'était accéléré.

Il s'approcha d'une étagère sur laquelle reposait un moulage en plâtre de la main de Bonnie.

Il mit sa main sur celle de son enfant et, encore une fois, repensa à sa propre enfance.

Dans sa tête, cette période restait comme quelque chose de chaotique et il n'avait conservé de cette époque ni jouets ni albums de photographies. De toute façon, chez lui on ne prenait pas beaucoup de photos...

Nathan regarda encore tout autour de lui. Près de l'escalier, un ange toscan en terre cuite montait la garde sous l'œil impassible d'une panthère en pierre que Jordan lui avait ramenée du Rajasthan.

Il avait beau être devenu riche, il savait que rien ne pourrait jamais racheter le mal-être de ses années d'enfance.

Nathan n'en voulait à personne. Au contraire, il savait bien que c'était dans ces années de galère qu'il avait trouvé la force de se construire.

Car plus tard, à l'université, tout avait changé. Il avait su ne pas laisser passer sa chance. Il voulait réussir et avait travaillé d'arrache-pied, n'hésitant pas à rester des journées entières dans les salles immenses des bibliothèques universitaires, plongé dans des manuels de droit et des études de cas.

Il avait aussi fréquenté les terrains de sport. Il n'était pas un athlète formidable mais, contre toute attente, il était l'un des préférés des *cheerleaders*, qui, cheveux au vent, ne manquaient jamais une occasion de l'encourager.

À partir de cette époque, on ne l'avait plus regardé comme le fils d'une femme de ménage du Queens mais comme un futur grand avocat plein d'avenir.

De cette période, en revanche, il avait gardé de nombreux souvenirs.

Il traversa la pièce, empoigna la rampe en fer forgé et monta presque en courant les marches en lave romaine d'un escalier qui desservait sa chambre et son bureau.

À l'étage, il passa derrière la paroi de verre opaque et de métal masquant un petit coin détente qu'il avait lui-même aménagé. Une sorte de salon-bibliothèque mansardé dans lequel il rangeait ses disques et ses CD.

Accrochée aux murs, on pouvait voir une collection de casquettes et de maillots à l'effigie des Yankees. Sur une étagère, une balle de base-ball côtoyait quelques trophées sportifs glanés à l'université ainsi qu'une photo de lui devant sa première voiture, une Mustang achetée d'occasion qui, à l'époque, avait déjà plusieurs centaines de milliers de kilomètres au compteur.

Pour la première fois depuis longtemps, il parcourut avec nostalgie ses vieux disques en vinyle du début des années 1980. Musicalement, c'était une bonne période : Pink Floyd, Dire Straits, les Bee Gees, Madonna avant qu'elle ne devienne une icône...

Il y avait aussi un disque plus vieux.

Tiens, je ne me souvenais pas de celui-là. Il devait être à Mallory.

Il sortit le 33 tours de l'étagère.

C'était *Imagine*, l'album fétiche de John Lennon.

Sur la couverture, apparaissait la tête de l'ex-Beatles, avec des yeux vides ouvrant comme une fenêtre sur un ciel rempli de nuages. Avec ses petites lunettes rondes, Lennon ressemblait déjà à un fantôme flottant dans le firmament.

Il ne se souvenait plus vraiment de ce disque. Il connaissait la chanson bien sûr — cet hymne à la paix universelle qu'il trouvait un peu guimauve — mais les utopies pacifistes du chanteur appartenaient plutôt à la génération qui avait précédé la sienne. Nathan retourna la pochette. L'album était sorti en septembre 1971. On pouvait lire une dédicace écrite au stylo :

Pour Nathan.
Tu as été très courageux, champion.
N'aie peur de rien et prends bien soin de toi.

« Champion » ? Il ne se souvenait pas que quelqu'un l'ait déjà appelé champion.

La dédicace se terminait par une signature illisible.

Il sortit le disque de sa pochette et le mit sur la platine.

Instinctivement, il posa le diamant au début de la troisième piste. Le titre s'appelait *Jealous Guy*.

Les premiers accords de piano résonnèrent et, d'un seul coup, tout remonta à la surface.

C'était en 1972.

Pendant l'automne.

Dans une chambre du dispensaire de Nantucket Island.

15

« En réalité nous ne savons rien, car la vérité est au fond de l'abîme. »
Démocrite

Il sauta dans la Jaguar et prit la direction de Mystic.

Il roula tellement vite qu'il faillit avoir un accident au niveau de la sortie vers New Haven. Il n'arrivait pas à se concentrer sur sa conduite. Il faut dire que l'alcool qu'il avait dans le sang n'arrangeait rien. Des images défilaient dans sa tête.

1972.

Il avait huit ans.

De cette période, l'histoire avait retenu le début du Watergate, le voyage médiatique de Nixon en Chine, la première victoire d'un Américain sur un Russe au championnat du monde d'échecs...

En base-ball, les As d'Oakland avaient battu les Reds de Cincinnati en finale du championnat, tandis que les Cow Boys de Dallas avaient fait main basse sur le Superbowl.

Cet été-là, Nathan avait suivi sa mère qui travaillait à Nantucket dans la résidence des Wexler. C'était son premier vrai voyage. La première fois qu'il voyait autre chose que son quartier du Queens.

Il arriva devant la maison de Goodrich en fin d'après-midi.

Le temps n'avait cessé de se détériorer. Un vent glacial balayait le rivage où le ciel tourmenté se confondait presque avec une mer déchaînée, à demi cachée par les dunes.

Il sonna plusieurs fois mais personne ne vint ouvrir. Bizarre. On était dimanche et d'après ce qu'il avait compris, Garrett venait ici tous les week-ends.

Si Goodrich n'était pas là, il fallait en profiter. Jusqu'à présent, c'était le médecin qui tirait les ficelles et il était évident que ce type lui avait caché bien des choses. Nathan devait en apprendre davantage par lui-même s'il voulait pouvoir le confondre.

Il regarda autour de lui. Le premier voisin se trouvait à plus de cent mètres. Il fallait à tout prix qu'il pénètre à l'intérieur, fût-ce par effraction. Le plus simple serait peut-être de grimper sur le toit du garage accolé à la maison et, de là, d'essayer d'atteindre l'un des deux balcons.

Ça ne doit pas être très compliqué.

Il essaya de sauter pour s'agripper à la bordure mais le toit était visiblement trop haut. Il s'apprêtait à faire le tour du bâtiment à la recherche d'un objet qui pourrait lui servir de point d'appui lorsqu'un dogue au pelage d'un noir intense arriva derrière lui.

C'était le chien le plus énorme qu'il ait jamais vu.

L'animal s'arrêta à deux mètres et le fixa du regard en grondant sourdement.

Il ne manquait plus que ça !

Le molosse lui arrivait presque à la taille. S'il l'avait croisé dans des circonstances moins périlleuses, Nathan l'aurait peut-être trouvé magnifique avec son corps puissant et racé. Mais tout ce qu'il voyait pour l'instant, c'était un cerbère plein d'agressivité, à la babine frémissante. Sa tête et ses oreilles s'étaient dressées. Ses poils, ras et luisants, recouvraient une peau tendue à l'extrême sur 80 kilos de muscles prêts à exploser.

Nathan sentit une goutte de sueur glacée lui parcourir l'échine. Il n'avait jamais été très copain avec les chiens. Il esquissa un mouvement mais l'animal redoubla ses grognements tout en exhibant une impressionnante mâchoire.

L'avocat recula d'un pas. À ce moment, le dogue, animé d'une ardeur incroyable, essaya de lui sauter au visage. Nathan parvint à l'éviter de justesse et le repoussa d'un coup de pied. Mû par l'énergie du désespoir, il effectua un saut à la verticale qui lui permit d'attraper le rebord du toit du garage. Il pensait être tiré d'affaire lorsqu'il sentit les crocs de l'animal s'enfoncer dans le bas de son mollet.

Surtout, ne pas lâcher. Si tu tombes maintenant, il te dévore.

Il remua frénétiquement la jambe pour se débarrasser du chien mais rien n'y faisait. La puissante mâchoire de l'animal lui broyait maintenant le tendon d'Achille.

Ce monstre va m'arracher un pied !

Il résista de toutes ses forces et le chien finit par lâcher prise. Tant bien que mal, il réussit alors à se hisser sur le toit à la force des bras.

Fucking hell !

Il s'assit un moment pour reprendre son souffle et grimaça de douleur. Le bas de son pantalon était lacéré. Il le retroussa et constata que sa blessure était profonde et saignait abondamment. Tant pis. Il s'en occuperait plus tard. Dans l'immédiat, il se contenta d'un pansement de fortune élaboré avec son mouchoir. De toute façon, il ne pouvait plus faire demi-tour : planté sur ses cuisses musclées, le dogue le tenait à l'œil tout en léchant la bave ensanglantée qui lui coulait des babines.

Désolé mon vieux, je ne suis pas comestible. J'espère seulement que tu ne m'as pas transmis la rage au passage.

Malgré sa blessure, l'avocat put atteindre sans trop d'acrobaties l'un des minuscules balcons accrochés à la maison. Comme il l'avait espéré, Goodrich n'avait pas verrouillé les fenêtres à guillotine. Nathan souleva le battant et s'introduisit dans la maison.

Bienvenue dans le monde de l'illégalité. Si tu te fais prendre aujourd'hui, tu peux dire adieu à ta licence d'avocat.

Il imaginait déjà le titre d'un entrefilet dans le *National Lawyer* : « Un célèbre avocat de Marble&March condamné à cinq ans d'emprisonnement pour flagrant délit de cambriolage. »

*

Il était à l'étage. Goodrich avait laissé la plupart des stores grands ouverts mais, à cause du mauvais temps, la maison était déjà plongée dans une semi-obscurité.

Il entendit le chien qui continuait à aboyer depuis la route.

Cet imbécile va ameuter tout le quartier.

Il fallait qu'il soit prudent et qu'il fasse vite.

Surplombant le vestibule, une coursive menait d'abord à deux chambres puis à un bureau dans lequel il pénétra.

C'était une grande pièce au parquet de chêne clair, remplie d'étagères métalliques contenant une quantité impressionnante de dossiers, de cassettes audio et vidéo, de disquettes et de CD-Rom.

Nathan parcourut rapidement quelques-uns de ces documents. Il crut comprendre que Goodrich gardait un dossier médical de tous les patients dont il s'était occupé.

Est-ce une procédure normale ?

Les dossiers étaient classés chronologiquement, selon les établissements fréquentés par le médecin dans sa carrière et ils mentionnaient des cas qui s'étalaient de 1968 jusqu'à aujourd'hui.

Nathan remonta avec impatience dans le temps : *Medical General Hospital* de Boston, *Presbyterian Hospital* de New York, *Children's Medical Center* de Washington...

Il arriva enfin à l'année 1972.

Cette année-là, le docteur Goodrich terminait son résidanat en chirurgie dans un hôpital de la capitale fédérale. Il avait alors vingt-sept ans.

Au milieu de la pile de documents datés de 1972, l'avocat repéra un petit cahier broché de couleur brune.

Journal de bord
Dispensaire de Nantucket
12 sept.-25 sept. 1972

Les doutes que Nathan avait eus lorsqu'il avait lu la dédicace sur le disque de John Lennon se trouvaient confirmés. Goodrich s'était bien trouvé à Nantucket en 1972. Il y avait effectué un remplacement de deux semaines au dispensaire. Exactement pendant la période au cours de laquelle Nathan avait eu son accident ! Pas étonnant que son visage lui eût été familier.

Il parcourut fébrilement le journal et tomba sur ce qu'il cherchait.

19 septembre 1972

Cas troublant aujourd'hui au dispensaire.

En fin d'après-midi, on nous a amené un petit garçon de huit ans, en état de mort clinique.

D'après les promeneurs qui l'ont repêché dans le lac, le gamin était en arrêt respiratoire depuis déjà plusieurs minutes. Ils ont été alertés par les cris d'une fillette.

Nous lui avons fait des électrochocs mais sans succès. Malgré cela, j'ai continué à masser le thorax de toutes mes forces pendant qu'une infirmière le ballonnait.

Contre toute attente, nous sommes parvenus à le réanimer. Il vit mais il est encore dans le coma.

Avons-nous bien fait de nous acharner ? Je n'en suis pas certain, car même si l'enfant revient à lui, son cerveau a manqué d'oxygène pendant très longtemps. De nombreuses cellules ont dû être détruites et il faut malheureusement s'attendre à des lésions.

J'espère simplement qu'elles ne seront pas irréversibles...

Nathan était bouleversé. Les souvenirs, qu'il avait jusque-là plus ou moins refoulés, affluaient maintenant en désordre. Les mains tremblantes et le cœur battant, il poursuivit sa lecture.

20 septembre 1972

Le gamin a repris connaissance tôt ce matin et l'on m'a tout de suite prévenu.

Je l'ai examiné attentivement et j'avoue que je suis sidéré. Il est certes très affaibli mais il bouge tous ses membres et comprend toutes nos questions. Il s'appelle Nathan Del Amico.

C'est un enfant timide et renfermé mais il a l'air très intelligent et j'ai pu échanger quelques mots avec lui.

Pour le distraire, j'ai fait installer mon électrophone dans sa chambre et je lui ai passé le disque de Lennon. Il a l'air de l'apprécier...

En fin de matinée, sa mère est venue le voir. C'est une Italienne qui travaille comme femme de chambre chez Jeffrey Wexler, un homme d'affaires de Boston qui possède une résidence secondaire sur l'île. Elle était très inquiète et j'ai voulu la rassurer en lui disant que son fils était résistant et qu'il avait été courageux, mais elle parle mal notre langue et n'a sans doute pas compris la moitié de ce que je lui expliquais.

Sa petite copine est passée dans l'après-midi. C'est la fille des Wexler. Elle était tellement angoissée que je lui ai permis de voir le gosse un moment. Elle paraît très mûre pour son âge et semble lui porter une grande affection. Elle lui doit d'ailleurs une fière chandelle car c'est lui qui l'a sauvée de la noyade.

21 septembre 1972

Peut-être ai-je été trop optimiste hier.

J'ai longuement interrogé Nathan ce matin. Son discours était incohérent. Je me demande si finalement l'accident n'a pas laissé des séquelles.

D'un autre côté, c'est un enfant attachant qui a

un vocabulaire étendu et qui s'exprime très bien pour son âge.

J'ai enregistré la conversation sur un magnétophone.

Je ne sais pas très bien quoi en penser.

Nathan devait mettre la main sur cet enregistrement. Il se dirigea vers une autre étagère où étaient empilées des boîtes en carton, pleines de cassettes. Il commença à fouiller avec tant d'empressement qu'il en renversa la moitié.

Il trouva enfin une bande avec l'inscription : « 21-09-72 ».

Sur la table de travail, il dénicha un appareil hi-fi près de l'ordinateur. Il plaça la cassette dans le lecteur et quelques secondes plus tard entendit, avec une profonde émotion, des voix surgies du passé.

C'est Goodrich qui parla en premier, d'un ton qui se voulait enjoué :

— *Salut, champion.*

— *Bonjour, monsieur.*

Il avait complètement oublié le son de sa voix, enfant. Elle était presque inaudible. Il monta le volume.

— *Bien dormi ?*

— *Oui, monsieur.*

En arrière-fond, on entendait le bruit d'un chariot à roulettes. Goodrich devait être en train de l'ausculter car il posa quelques questions traditionnelles sur son état de santé, avant de demander :

— *Tu te souviens de ce qu'il t'est arrivé ?*

— *Vous voulez dire à propos de l'accident ?*

— *Oui, raconte-moi.*

Il y eut un silence qui obligea Goodrich à répéter sa question :

— *Raconte-moi, tu veux bien ?*

Après une nouvelle pause, Nathan s'entendit répondre :

— *Je savais que j'étais mort.*

— *Quoi ?*

— *Je savais que j'étais mort.*

— *Pourquoi penses-tu une chose pareille ?*

— *Parce que vous l'avez dit.*

— *Je ne te comprends pas.*

— *Lorsque je suis arrivé sur la civière, vous avez dit que j'étais mort.*

— *Heu... Je n'ai pas vraiment dit ça et de toute façon, tu n'as pas pu m'entendre.*

— *Si, j'étais hors de mon corps et je vous ai regardé.*

— *Qu'est-ce que tu racontes ?*

— *Vous avez crié très fort des mots que je n'ai pas compris.*

— *Tu vois bien que...*

Mais Nathan l'interrompit :

— *L'infirmière a poussé un chariot qui contenait deux instruments que vous avez frottés l'un contre l'autre avant de les appliquer sur mon thorax. Puis vous avez crié « on dégage ! » et tout mon corps s'est soulevé.*

En écoutant cette petite voix insistante qui était la sienne, Nathan était complètement déstabilisé. Il aurait voulu arrêter l'enregistrement car il pressentait que la suite ne lui apporterait que souffrance, mais la curiosité fut malgré tout la plus forte.

— *Comment sais-tu tout ça ? Qui te l'a raconté ?*

— *Personne. Je flottais au plafond et j'ai tout vu. Je pouvais survoler tout l'hôpital.*

— *Je crois que tu délires.*

Nathan ne répondit rien et il y eut alors un nouveau silence, avant que Goodrich ne reprenne la parole d'un ton incrédule.

— *Qu'as-tu vu ensuite ?*

— *Je n'ai plus envie de parler avec vous.*

— *Écoute, je suis désolé. Je ne voulais pas dire que tu délirais mais ce que tu me racontes est tellement étonnant que j'ai du mal à y croire. Allez, dis-moi ce que tu as vu ensuite, champion.*

— *J'ai été aspiré par une sorte de tunnel, à une très grande vitesse.*

Il y eut une pause, puis Garrett l'incita à poursuivre.

— *Je t'écoute.*

— *Pendant que j'étais dans le tunnel, j'ai revu ma vie avant l'accident et j'ai aperçu des gens aussi. Je crois qu'ils étaient morts.*

— *Des gens morts ? Que faisaient-ils là ?*

— *Ils m'aidaient à traverser le tunnel.*

— *Et qu'est-ce qu'il y avait au bout du tunnel ?*

— *Je ne vais pas pouvoir l'exprimer.*

— *Fais un effort, s'il te plaît.*

L'enfant continua alors, d'une voix de plus en plus ténue.

— *Une sorte de lumière blanche, à la fois douce et puissante.*

— *Parle-moi encore.*

— *Je savais que j'allais mourir. Je voulais me noyer dans la lumière mais il y avait comme une porte qui m'empêchait de l'atteindre.*

— *Qu'y avait-il devant cette porte ?*

— *Je ne vais pas pouvoir l'exprimer.*

— *Fais un effort, champion, je t'en prie.*

La voix de Goodrich était maintenant devenue implorante et après une nouvelle pause, Nathan reprit :

— *Il y avait des « êtres ».*

— *Des « êtres » ?*

— *L'un d'eux a ouvert la porte pour me laisser entrer dans la lumière.*

— *Tu avais peur ?*

— *Non, au contraire. J'étais bien.*

Goodrich ne comprenait plus la logique de l'enfant.

— *Mais tu m'as dit que tu savais que tu allais mourir.*

— *Oui, mais ce n'était pas inquiétant. Et puis...*

— *Continue, Nathan.*

— *Je sentais qu'on me laissait le choix...*

— *Que veux-tu dire ?*

— *On me permettait de ne pas mourir si je n'étais pas prêt.*

— *Et c'est ce que tu as choisi ?*

— *Non. Je voulais mourir. J'étais si bien dans cette lumière.*

— *Comment peux-tu dire ça ?*

— *J'aurais voulu me fondre dans la lumière.*

— *Pourquoi ?*

— *C'est comme ça que c'est.*

— *Quoi ?*

— *La mort.*

— *Et pourquoi n'es-tu pas mort ?*

— *Parce qu'au dernier moment, on m'a envoyé une vision et j'ai décidé de revenir.*

— *Qu'est-ce que c'était, cette vision ?*

Les yeux embués, Nathan s'entendit répondre d'une voix presque inaudible.

— *Désolé.*

— *Quoi ?*

— *Ça ne vous regarde pas.*

— *Qu'est-ce que c'était, Nathan ?*

— *Ça ne vous regarde pas. Désolé.*

— Pas de problème, champion, pas de problème. Tout le monde a le droit d'avoir ses secrets.

L'enregistrement s'arrêta. Et Nathan se mit à pleurer. Il pleura à chaudes larmes et sans aucune retenue, comme seuls les enfants osent le faire, puis il se ressaisit et appuya sur le bouton d'avance rapide mais il n'y avait rien d'autre.

Il se replongea alors dans le journal.

23 septembre 1972

Depuis deux jours, je n'ai cessé de réfléchir aux propos de Nathan et je ne comprends toujours pas comment il a pu me donner des détails aussi précis sur les soins médicaux que nous lui avons apportés.

C'est un peu comme s'il était revenu de l'au-delà.

Je n'ai jamais rien entendu de tel de la bouche d'un patient, qui plus est de celle d'un enfant. C'est vraiment troublant et j'aimerais en discuter avec des confrères mais j'ai bien peur que le sujet ne soit tabou dans le milieu médical.

Certes, il y a bien cette Suissesse, Miss Kübler-Ross, du *Billings Hospital* de Chicago. Je me rappelle avoir lu dans *Life* qu'elle avait créé un séminaire de dialogue avec des mourants. Je crois que l'article a fait scandale et qu'elle a été licenciée. Pourtant, on raconte qu'elle a commencé à collecter des dizaines de témoignages de personnes ayant vécu de telles expériences.

Je me demande si je ne devrais pas la contacter.

25 septembre 1972

Le gamin est sorti de l'hôpital aujourd'hui. Son état général ayant été jugé satisfaisant, je n'ai pu le garder davantage. Hier soir, j'ai essayé d'avoir une nouvelle discussion avec lui mais il s'est refermé comme une huître et je crois que je n'en tirerai rien de plus. Quand sa mère est venue le chercher ce matin, je lui ai demandé si elle avait l'habitude de parler à son fils des anges ou du paradis. Elle m'a assuré que non et je n'ai pas insisté davantage.

Quand il est parti, j'ai offert à Nathan l'électrophone et le disque de Lennon.

*

La nuit avait maintenant envahi la pièce.

Il faisait froid, mais Nathan n'en était pas conscient. Il était plongé dans son propre passé, dans cette enfance qu'il croyait avoir oubliée et qui venait brusquement de ressurgir ; aussi n'entendit-il pas la voiture qui venait de se garer devant la maison.

Quelqu'un alluma une lumière dans le bureau.

Nathan sursauta et se tourna vers la porte.

16

« Tous les jours vont à la mort, le dernier y arrive. »
Montaigne

— Je vois que vous avez fait connaissance avec Cujo[1].

Garrett Goodrich se tenait sur le pas de la porte et observait avec un intérêt médical la jambe blessée de Nathan.

— Que faites-vous là, Garrett ? demanda l'avocat en refermant le journal comme un gosse pris en faute.

Un sourire amusé aux lèvres, Goodrich répliqua d'un ton narquois.

— Vous ne croyez pas que c'est à moi de vous poser cette question ?

Tremblant de colère, Nathan explosa soudain.

— Pourquoi ne pas m'avoir prévenu ? Pourquoi m'avoir caché que vous m'aviez soigné il y a trente ans ?

Le médecin haussa les épaules.

— Je ne pensais pas que vous pourriez oublier celui qui vous avait sauvé la vie. À dire vrai, j'en ai même été assez vexé...

— Allez vous faire foutre !

1. Titre d'un roman de Stephen King racontant le parcours meurtrier d'un énorme saint-bernard enragé.

— Ouais, en attendant, je vais plutôt désinfecter votre blessure.

— Je n'ai pas besoin de vous, lança Nathan en se dirigeant vers les escaliers.

— Vous avez tort : une morsure de chien est toujours porteuse de microbes.

Arrivé au bas des marches, l'avocat se retourna.

— De toute façon, je n'en ai plus pour très longtemps, alors...

— Ce n'est pas une raison pour précipiter les choses, lui cria Goodrich.

*

Un feu puissant crépitait dans la cheminée.

Dehors, on entendait le grondement du vent qui faisait vibrer les carreaux. Un tourbillon de neige s'était concentré devant la maison. C'était vraiment une nuit de tempête, une nuit splendide et effrayante à la fois.

Assis dans un fauteuil, Nathan avait posé les pieds sur un tabouret, un grog fumant entre les mains. Il s'était visiblement radouci et semblait moins hostile.

Goodrich avait chaussé ses lunettes demi-lunes pour nettoyer la plaie à l'eau et au savon.

— Aïïïïe!

— Hum... désolé.

— C'est le destin qui a envoyé votre foutu clébard pour me précipiter vers la mort? ironisa Nathan.

— Ne vous en faites pas, répondit le médecin en rinçant sa compresse, on meurt rarement des suites d'une morsure.

— Et que faites-vous de la rage et du tétanos?

— Je tiens à votre disposition son carnet de vaccinations,

mais vous serez bon, naturellement, pour un rappel antitétanique.

Il désinfecta ensuite la plaie avec un antiseptique.

— Aïe !

— Vous êtes bien douillet ! Bon, c'est vrai : je reconnais que c'est assez profond. Vos tendons ont été touchés. Je crois qu'il vous faudra passer à l'hôpital demain.

Nathan prit une gorgée de grog et laissa son regard traîner dans le vague avant de demander :

— Expliquez-moi, Garrett. Comment ai-je pu survivre à cette noyade ?

— En soi, le phénomène n'a rien d'exceptionnel : on a souvent réanimé des enfants tombés dans des lacs ou des rivières.

— Comment est-ce possible ?

Goodrich respira profondément, comme s'il cherchait une réponse simple à une question difficile.

— Dans la plupart des cas, les noyés meurent d'asphyxie : ils paniquent et tentent d'empêcher leurs poumons de se remplir d'eau. Leur oxygène s'épuise et ils finissent par mourir étouffés.

— Et que s'est-il passé lors de ma noyade ?

— Vous avez sans doute laissé l'eau pénétrer dans vos poumons, ce qui a provoqué chez vous un état d'hypothermie. Votre cœur s'est alors ralenti au point de cesser presque complètement de battre.

— Et toutes ces visions, c'était une *Near Death Experience*[1], n'est-ce pas ?

— Tout à fait, mais au début des années 1970, personne ne parlait de NDE. Aujourd'hui, ce phénomène est bien

1. Expérience de mort imminente.

connu : des expériences semblables à la vôtre ont été vécues par des milliers de personnes à travers le monde. Tous leurs récits ont été recueillis et décortiqués par la communauté scientifique.

— Et on retrouve des ressemblances avec ma propre histoire ?

— Oui, beaucoup de personnes évoquent le même tunnel, la même lumière intense et cette sensation de baigner dans un amour infini.

— Mais, pourquoi ne suis-je pas mort ?

— Ce n'était pas votre heure, c'est tout.

— Aïe ! ! ! C'est pas vrai, vous le faites exprès ou quoi ?

— Excusez-moi, ma main a dérapé.

— C'est ça... Prenez-moi pour un con.

Le médecin renouvela ses excuses et appliqua un pansement gras avec une pommade antibiotique. Mais la curiosité de Nathan n'était pas assouvie et il poursuivit ses questions.

— Ne peut-on pas interpréter ces NDE comme une preuve de la vie après la mort ?

— Certainement pas, répondit le médecin d'un ton catégorique. Si vous êtes encore ici, c'est que vous n'étiez pas mort.

— Mais où étais-je alors ?

— Quelque part entre la Vie et la Mort. Mais ce n'était pas encore l'autre monde. Nous pouvons simplement dire qu'il est possible qu'un état de conscience subsiste hors du fonctionnement normal du cerveau.

— Mais rien ne prouve que cet état soit durable ?

— C'est ça, approuva le médecin.

Et, comme il l'avait déjà fait dans le passé, il essaya de recueillir les confidences de l'avocat.

— Dites-moi, quelle a été cette vision, Nathan ?

Le visage de ce dernier se rembrunit.

— Je ne m'en souviens plus moi-même.

— Allez, ne jouez pas au gosse. J'ai besoin de savoir, vous ne comprenez donc pas ?

Mais Nathan était à nouveau décidé à se taire.

— Je vous ai dit que je ne m'en souvenais pas !

Goodrich comprit qu'il n'obtiendrait rien de lui. Après tout, sa réticence à parler était compréhensible. Il était passé si près de la mort après sa noyade, il avait vécu une expérience tellement hors du commun qu'il était presque normal qu'il veuille garder pour lui une part de ce mystère, de cette survie miraculeuse.

Comme pour rompre le silence pesant qui commençait à s'installer entre eux, Goodrich se palpa l'estomac et lança d'un ton presque jovial :

— Bon, que diriez-vous d'un petit en-cas ?

*

Attablés dans la cuisine, les deux hommes terminaient leur repas. Garrett s'était resservi copieusement à plusieurs reprises, tandis que Nathan n'avait presque pas touché à la nourriture.

Vingt minutes auparavant, une coupure de courant avait plongé la pièce dans l'obscurité. Goodrich était allé traficoter quelque chose dans le compteur électrique mais il était revenu en s'excusant de ne plus avoir de fusibles. Il avait allumé deux vieilles lampes-tempête qui répandaient dans la pièce une lumière vacillante.

L'avocat tourna la tête vers la fenêtre. Décidément, le temps ne voulait pas se calmer. Il y avait de fréquents et violents changements dans la direction du vent qui semblait venir de tous les côtés en même temps. Tout était si dense et épais qu'on ne voyait presque plus rien à travers les vitres. Ce n'était même pas la peine de songer à sortir pour le moment.

Nathan secoua la tête et murmura comme pour lui-même :

— Les Messagers...

Goodrich hésita à parler. Il était pleinement conscient du choc émotionnel qu'avait subi l'avocat.

— Vous n'êtes plus sceptique ? demanda-t-il avec précaution.

— Je suis atterré. Qu'est-ce que vous croyez ? Que je vais sauter au plafond parce que je suis le prochain sur la liste ?

Goodrich ne répondit rien. Qu'aurait-il pu répondre d'ailleurs ?

— Je suis trop jeune pour mourir ! affirma Nathan tout en se rendant compte de la fragilité de cet argument.

— Personne n'est trop jeune pour mourir, répliqua sévèrement Garrett. Nous mourons à l'heure prévue, c'est tout.

— Je ne suis pas prêt, Garrett.

Le médecin soupira.

— On est rarement prêt, vous savez.

— Il faut me laisser plus de temps, cria Nathan en se levant de table.

Le médecin chercha à le retenir.

— Où allez-vous ?

— Je me les gèle ici. Je retourne me chauffer au salon.

Il s'enroula dans une couverture écossaise qui traînait sur le canapé et alla s'asseoir en boitant, au pied de la cheminée.

Le médecin le rejoignit deux minutes plus tard.

— Vous avez besoin d'un petit remontant, dit-il en lui tendant un verre de vin blanc.

Nathan l'avala d'un trait. Le vin avait un goût de miel et d'amandes grillées.

— J'espère que vous ne cherchez pas à m'empoisonner.

— Vous plaisantez, c'est un sauternes millésimé !

Il avait gardé la bouteille à la main. Il se servit un verre puis s'assit près de l'avocat.

Les hautes flammes de la cheminée éclairaient la pièce d'une couleur cramoisie. Les ombres déformées des deux hommes s'agitaient étrangement sur les murs.

— Il n'y a pas de négociation possible ? demanda Nathan, avec un mince espoir.

— N'y pensez même pas.

— Même pour ceux qui se seraient bien conduits ?

— Ne soyez pas ridicule, voyons.

L'avocat alluma une cigarette et en tira une longue bouffée.

— Alors racontez-moi, Garrett. Dites-moi tout ce que vous savez sur les Messagers. J'ai le droit de savoir, il me semble.

— Je vous ai déjà expliqué l'essentiel. Je peux pressentir qui va mourir mais je n'ai pas d'autres pouvoirs : ni omniscience, ni force particulière.

— Vous n'êtes pas le seul dans ce cas, n'est-ce pas ?

— Exact, l'expérience m'a appris qu'il existe d'autres Messagers.

— Une sorte de confrérie ?

— Si vous voulez. Le monde est peuplé de Messagers mais peu de gens en connaissent l'existence.

— J'ai encore du mal à y croire.

— Je vous comprends.

— Et comment vous reconnaissez-vous ? Je veux dire, entre vous...

— Il n'y a pas de signes apparents. Il suffit souvent d'un rien. Un échange, un regard et... vous comprenez.

— Vous n'êtes pas immortels ?

Le visage de Goodrich prit un air faussement horrifié.

— Bien sûr que non, les Messagers vieillissent et meurent comme tout le monde. Ne me regardez pas comme ça. Je ne suis pas un demi-dieu. Je ne suis qu'un homme, tout comme vous.

Nathan se laissait emporter par sa curiosité.

— Mais vous n'avez pas toujours eu ce pouvoir, n'est-ce pas ? Vous ne l'aviez pas lorsque vous m'avez soigné en 1972.

— Non, mais le fait d'avoir croisé votre route a éveillé mon intérêt pour les NDE et les soins palliatifs.

— Et comment tout cela a-t-il commencé ? Est-ce qu'on se réveille un matin en se disant : « Ça y est, je suis un Messager » ?

Garrett demeura mystérieux :

— Lorsque ça arrive, vous le savez.

— Qui est au courant ? Vous avez été marié, Garrett. Est-ce que les membres de votre famille le savaient ?

— Personne ne doit jamais savoir. *Jamais*. Aimeriez-vous vivre avec quelqu'un qui a ce genre de pouvoir ?

— Est-ce quelque chose que l'on choisit ?

— Il est des choses difficiles à refuser. Quant à dire qu'on les choisit...

— Mais comment sont recrutés les Messagers ? Est-ce un blâme ou une récompense ?

Le visage de Goodrich s'assombrit et il hésita longuement.

— Je ne peux pas vous répondre, Nathan.

— Puis-je au moins savoir pourquoi certaines personnes ont droit à un Messager ?

— À vrai dire, je l'ignore moi-même. Nous sommes des

sortes de travailleurs sociaux, vous savez. Nous ne choisissons pas ceux à qui nous avons affaire.

— Et... existe-t-il... quelque chose après la mort ?

Goodrich venait de se lever pour remettre une bûche dans l'âtre. Il regarda attentivement Nathan et lui trouva quelque chose de touchant. Pendant quelques secondes, il repensa au petit garçon qu'il avait soigné trente ans auparavant. À nouveau, il aurait voulu le secourir.

— Aidez-moi, Garrett.

— Je n'en sais pas plus que vous sur la vie après la mort. Tout cela est du domaine de la foi.

— Pourquoi n'êtes-vous pas plus clair ? Dites-moi au moins si j'ai raison. Le temps presse, n'est-ce pas ?

— Oui, admit Goodrich, le temps presse.

— Alors, que me conseillez-vous ?

Goodrich écarta les bras en signe d'impuissance.

— Tout porte à croire que vous aimez encore votre femme. Faites en sorte qu'elle le sache.

Mais Nathan secoua la tête pour marquer sa désapprobation.

— Je pense que ce n'est pas le moment. Je pense que nous ne sommes pas encore prêts.

— Pas prêts ? Mais dépêchez-vous, bon sang ! Comme vous le disiez vous-même, le temps est compté.

— Je crois que c'est fini, Garrett. Elle voit un autre homme depuis quelque temps.

— Je ne pense pas que ce soit un obstacle insurmontable pour quelqu'un comme vous.

— Je ne suis pas Superman.

— C'est vrai, admit le médecin avec un sourire bienveillant. Puis, fronçant les sourcils comme s'il faisait un effort de mémoire, il ajouta :

— Je me souviens… de quelque chose.

— Je vous écoute, dit Nathan d'un air intéressé.

— Ça remonte à l'époque de votre accident. C'était le deuxième ou le troisième jour. Mallory était venue vous rendre visite un après-midi. Vous dormiez profondément et je lui avais interdit de vous réveiller. Elle était quand même restée pendant une heure à vous regarder dormir. Et en partant, elle vous a embrassé.

— Comment vous souvenez-vous de ça ?

Il vit ses yeux briller sous l'éclairage de la lampe-tempête.

— Parce que c'était très intense. Elle venait vous voir tous les jours, ajouta-t-il d'un ton ému.

Nathan, qui s'était laissé attendrir par le récit de Garrett, sembla revenir à une réalité plus triste.

— On ne bâtit pas une vie sur quelques souvenirs d'enfance, vous le savez bien. Mes relations avec Mallory ont toujours été compliquées.

Goodrich se leva.

— C'est le cas pour beaucoup de couples, dit-il en enfilant son manteau.

— Hé ! Où allez-vous comme ça ?

— Je retourne à New York.

— En pleine nuit ? Avec ce temps ?

— Il n'est pas très tard et avec la circulation, les routes sont peut-être encore bien dégagées, ce qui ne sera sans doute plus le cas demain matin. D'ailleurs, je vous conseille d'en faire autant si vous ne voulez pas rester bloqué ici toute la semaine.

En un clin d'œil, il fut sur le pas de la porte.

— N'oubliez pas de laisser la clé dans la boîte aux lettres.

Il se retourna vers l'avocat et ajouta :

— J'ai fait rentrer Cujo dans le garage, donc évitez d'y faire un tour.

*

Resté seul, Nathan s'abîma longuement dans la contemplation du feu qui commençait à décroître dans la cheminée, en se demandant comment faisait Goodrich pour baigner dans l'environnement funèbre qui était le sien au quotidien tout en continuant à garder le sourire.

Encore sous le choc, il se dit pourtant que lui aussi devait faire face. Il s'était toujours battu. Il ne savait pas encore très bien comment il allait s'y prendre, mais il ne resterait pas inactif.

Car il commençait à ressentir l'urgence.

L'urgence de tout.

*

L'électricité n'était toujours pas revenue. Nathan prit l'une des lampes-tempête et, boitillant d'une jambe, remonta l'escalier pour gagner le bureau dans lequel se trouvaient archivés les dossiers médicaux.

Il faisait dans cette pièce un froid terrible qui lui donnait la chair de poule.

Nathan posa la lampe par terre. Il avait l'impression d'être dans une morgue, entouré par les destins menaçants de plusieurs dizaines de morts.

Il s'empara de la cassette audio et du journal de Goodrich qui traitait de son cas pour les mettre dans sa poche.

Avant de sortir, il ne se gêna pas pour fouiller le reste des étagères, sans trop savoir ce qu'il cherchait. Il remarqua alors qu'en dehors des dossiers médicaux classés chronologiquement, il y avait de nombreux cartons consacrés entièrement à certains malades. Deux d'entre eux portaient la mention :

Emily Goodrich (1947-1976)

Il ouvrit la première boîte et attrapa la chemise située au sommet de la pile des documents.

C'était le dossier médical de la première femme de Garrett.

Il s'assit en tailleur sur le plancher pour en parcourir le contenu.

Il y avait là toute une documentation détaillée sur la maladie de Hodgkin, une prolifération maligne du système immunitaire, dont était atteinte Emily.

Les autres documents récapitulaient le combat qu'avait mené cette femme contre la maladie, depuis la découverte de son affection en 1974 jusqu'à sa mort deux ans plus tard : les analyses médicales, les consultations dans différents hôpitaux, les séances de chimiothérapie...

En ouvrant le deuxième carton, il mit la main sur un épais volume.

Il rapprocha la lampe. C'était un album fourre-tout. Une sorte de journal intime rempli de l'écriture ronde de la femme de Garrett qui avait tenu une espèce de chronique des deux dernières années de sa vie.

Il était sur le point de s'aventurer dans le jardin secret d'Emily Goodrich. Avait-il le droit de le violer ? Il n'y a rien de pire que de vouloir pénétrer l'intimité des gens, pensa-t-il en lui-même. Fouiller dans les archives de Goodrich était une chose, explorer le journal de cette femme en était une autre. Il referma l'album.

Pourtant, l'envie de savoir le tenaillait. Ce n'était pas de la curiosité morbide mais Emily avait écrit sur les derniers jours de sa vie et elle était un peu dans la même situation que lui. Peut-être avait-il des choses à apprendre d'elle ?

Finalement, il rouvrit l'album et le feuilleta.

Au fil des pages, il découvrit des photos, des dessins, des articles de journaux, des fleurs séchées...

Il n'y avait rien de larmoyant. C'était plutôt un journal plein de sensibilité artistique. Il lut attentivement quelques notes qui convergeaient toutes vers la même et unique idée : la conscience de la mort prochaine incite à vivre autrement, à goûter pleinement les moments de répit qui nous restent, à être prêt à se damner pour vivre encore un peu.

Juste en dessous d'une photo d'elle en train de faire un jogging, elle avait rédigé une sorte de légende :

« Je cours si vite que la mort ne me rattrapera jamais. »

Sur une page, elle avait scotché une mèche de ses cheveux, au début de sa chimiothérapie.

Il y avait des questions aussi. Une en particulier, qui revenait sur plusieurs pages : « Y a-t-il un endroit où nous allons tous ? »

Le journal se terminait par l'évocation d'un séjour dans le sud de la France. Emily avait conservé la note d'hôtel et une carte postale représentant une pinède, des rochers et du soleil. Elle datait de juin 1976, quelques mois avant sa mort.

En bas à droite, on pouvait lire : « Vue du cap d'Antibes ».

À côté, elle avait collé deux petites enveloppes : la première contenait du sable blond, la seconde des plantes séchées.

Il approcha l'enveloppe de son nez et sentit une odeur de lavande, mais peut-être n'était-ce que le fruit de son imagination.

Une lettre était agrafée à la dernière page. Nathan

reconnut immédiatement l'écriture de Goodrich. Il l'avait écrite comme s'il s'adressait à sa femme mais la lettre datait de... 1977. Un an après sa mort !

Explique-moi, Emily.

Comment a-t-on pu vivre un mois de bonheur au cap d'Antibes alors que tu te savais condamnée ?

Comment faisais-tu pour continuer à être belle et drôle ? Et où ai-je trouvé le courage de ne pas m'écrouler ?

Nous avons encore passé des moments presque sereins. Nous avons nagé, pêché et fait cuire du poisson au barbecue. Nous sommes souvent sortis nous promener sur la plage, dans la fraîcheur du soir.

À te voir courir sur le sable, dans ta petite robe d'été, je voulais encore penser que la mort t'épargnerait, que tu deviendrais une miraculée, sainte Emily, dont le cas aurait laissé perplexe les médecins du monde entier.

Un jour, sur la terrasse, j'avais mis la musique à plein volume : les Variations Goldberg *de Bach que nous écoutions souvent. Je te regardais de loin et j'avais envie de pleurer. Au lieu de quoi, je t'ai souri et tu t'es mise à danser dans le soleil. Tu as lancé ton bras en l'air pour me faire signe de venir te rejoindre et tu as voulu que l'on nage.*

Ce jour-là, ta bouche était humide et salée et, en me couvrant de baisers, tu m'as à nouveau expliqué le ciel, la mer et le tiède frisson des corps qui sèchent au soleil.

Cela fait presque un an que tu m'as quitté.

Tu me manques tellement...

Hier, c'était mon anniversaire, mais j'ai l'impression de ne plus avoir d'âge.

*

Nathan feuilleta encore quelques pages jusqu'à la fin de l'album. À nouveau, il tomba sur un texte de la main de Goodrich.

C'était un passage très dur qui évoquait l'agonie d'Emily.

Maintenant c'est octobre. C'est la fin.

Emily ne se lève plus.

Il y a trois jours, dans un moment de répit, elle a joué du piano pour la dernière fois. Une sonate de Scarlatti avec des changements de doigts répétés pour la main droite et des accords arpégés pour la main gauche.

Sa vitesse d'exécution m'a surpris une fois encore. Elle a appris cette sonate quand elle était toute petite.

Lorsque je l'ai portée sur son lit, elle m'a dit :

— Je l'ai jouée pour toi.

Il y a eu des orages et une tempête pendant plusieurs jours. La mer a charrié de gros troncs qu'elle a rejetés sur la côte.

Elle ne se lèvera plus.

J'ai installé son lit dans le salon, une pièce bien éclairée.

Elle persiste à ne pas vouloir être hospitalisée et c'est aussi bien ainsi. Un docteur vient la voir quotidiennement. J'ai peur de mes jugements médicaux.

Elle respire de plus en plus difficilement. Elle a presque constamment de la fièvre, frissonne, dit qu'elle a toujours froid alors que son corps est brûlant.

En plus du radiateur, j'allume du feu dans la cheminée.

Hormis à Emily et au docteur, je n'ai plus parlé à personne depuis un mois.

Je regarde le ciel et l'océan. Je bois plus que de raison. C'en est presque pitoyable. Je me croyais tellement différent des autres et je sombre dans l'alcool comme le premier venu. Je pensais que cela atténuerait ma douleur et me permettrait d'oublier cet enfer. C'est tout le contraire. L'alcool excite mes sens et augmente mon acuité. Ce n'est pas en me comportant ainsi que j'aiderai Emily.

Elle ne me parle plus. Elle ne le peut plus.

Elle vient de perdre deux dents.

C'est effroyable.

Je ne m'attendais pas à cela. Je n'y étais pas préparé. J'ai déjà vu mourir beaucoup de gens. La mort fait partie de mon métier. Mais ça n'a rien à voir avec ce que je vis en ce moment.

J'ai ouvert une autre bouteille, un grand cru que j'écluse comme une vulgaire piquette.

Aujourd'hui, dans un moment de lucidité, elle a demandé qu'on lui injecte une dose de morphine. La dose de morphine. Celle que je redoutais, tout en sachant très bien qu'elle me la demanderait tôt ou tard.

J'en ai parlé au docteur. Il n'a pas fait d'histoire.

Nathan referma le volume, bouleversé par ce qu'il venait de lire.

Il descendit au salon, éteignit les deux lampes, ferma la porte et sortit dans la nuit.

Y a-t-il un endroit où nous allons tous ?

17

« Le temps d'apprendre à vivre, il est déjà trop tard... »
Aragon

Il roulait de nuit sur les routes enneigées.

Cette soirée avait été très éprouvante. Toutes ces émotions l'avaient plongé dans une vague de mélancolie qui, peu à peu, s'était transformée en angoisse, avec cette sensation effrayante d'avoir perdu le contrôle de sa vie.

Par moments, sur ces routes désertes, il se faisait l'effet de n'être déjà plus de ce monde, d'être devenu une sorte de fantôme déambulant dans la campagne de Nouvelle-Angleterre.

Et dire qu'il s'était souvent plaint de sa vie : trop de travail, trop d'impôts, trop de contraintes...

Bon sang, qu'il avait été stupide ! Il n'y avait rien de plus plaisant que son existence. Même un jour de tristesse était quand même un jour vécu. Il s'en rendait compte maintenant. Dommage qu'il n'en ait pas pris conscience plus tôt.

Ouais, mais tu n'es pas le premier à ressentir ça, mon vieux. C'est tout le problème avec la mort : elle renvoie aux interrogations essentielles lorsqu'il est déjà trop tard.

Il eut un sourire désabusé puis jeta un coup d'œil dans le rétroviseur. Le petit miroir lui renvoya l'image d'un homme en sursis. Que pensait-il vraiment de la mort au fond de lui ?

Allez, l'heure n'est plus au mensonge, mon petit Nat.

Je vais te dire ce qui va arriver : le cœur s'arrête de battre, c'est tout. L'homme n'est qu'un amas de cellules. Son corps se décompose dans la terre ou brûle dans le four d'un crématorium et c'est fini. Basta. Tout le reste n'est qu'une vaste fumisterie.

Voilà ce qu'il pensait vraiment tandis qu'il s'enfonçait dans la nuit.

Le froid était maintenant de plus en plus présent. De la buée s'échappait de sa bouche. Il poussa le chauffage à fond tout en continuant sa méditation.

Et si, malgré tout, l'homme ne se réduisait pas à son enveloppe charnelle ? S'il y avait autre chose ?

Un mystère.

S'il existait vraiment une force dissociée du corps ?

Une âme.

Pourquoi pas après tout, puisqu'il y avait des êtres capables de prédire la mort. Si on lui avait parlé des Messagers un an auparavant, il aurait doucement rigolé. Et pourtant, aujourd'hui, il ne doutait plus de leur réalité.

Mais, même en admettant l'existence d'une énergie qui quitterait le corps après la mort, quel passage emprunterait-elle ? Et pour aller où ? Dans cet « autre monde » qu'il avait cru approcher étant enfant ?

Cette expérience de mort imminente l'avait incontestablement conduit aux portes de quelque chose. La mort paraissait alors dangereusement douce, tellement attrayante, comme le sommeil artificiel provoqué par une anesthésie. Il s'était senti si bien. Pourquoi alors était-il revenu ? Il fit un effort pour chasser ce souvenir. Il savait confusément qu'il n'était toujours pas prêt à affronter cet épisode de sa vie.

Maintenant, l'angoisse l'étreignait. Il aurait donné beaucoup pour avoir le droit de participer au jeu encore quelque temps. Même pour quelques jours, même pour quelques heures.

Au fur et à mesure qu'il revenait vers la ville, la circulation se faisait plus dense. Bientôt, un panneau indiqua qu'on se rapprochait de New York et, une heure plus tard, il avait regagné son immeuble.

Il traversa le hall d'entrée du San Remo, si élégant avec sa lumière tamisée et ses décorations à l'ancienne. De loin, il aperçut Peter, fidèle à son poste, en train de discuter avec une vieille locataire. En attendant l'ascenseur, il capta quelques bribes de leur conversation.

— Bonsoir, madame Fitzgeral, et bonnes fêtes.

— Bonnes fêtes à vous aussi, Peter. Embrassez Melissa et les enfants.

Melissa et les enfants ?

Nathan ne savait même pas que Peter avait des enfants. Il n'avait jamais pris le temps de lui en parler. Voilà ce qui ne tournait pas rond dans sa vie : il ne prêtait pas assez d'attention aux autres. Une phrase que répétait souvent Mallory lui revint alors en mémoire : « S'occuper des autres, c'est s'occuper de soi. »

*

Nathan referma la porte de son appartement.

Il lui avait fallu près de deux heures pour rentrer sur Manhattan et il était fourbu. Conduire avait été un enfer car la neige commençait à se tasser et à verglacer par endroits. Et c'était sans parler de sa blessure au pied et au mollet qui le faisait maintenant atrocement souffrir.

Depuis quelques jours, il était davantage attentif à la douleur physique, se demandant fréquemment comment son corps allait réagir à l'approche de la mort. La fin serait-elle douce ou plutôt violente ? Hum... mieux valait ne pas se faire trop d'illusions, vu la façon dont avaient disparu Candice et Kevin.

Il boitilla jusqu'à l'armoire à pharmacie, avala deux comprimés d'aspirine pour calmer la douleur avant de se laisser tomber dans un fauteuil. À sa gauche, sur une étagère, un bonzaï hors de prix était en train de perdre ses feuilles.

Il n'avait jamais su comment s'occuper de ce petit arbre, cadeau de Mallory. Il avait beau le tailler et l'hydrater régulièrement à l'aide d'un brumisateur, rien n'y faisait : chaque jour, l'arbre jaunissait davantage et se défeuillait inexorablement.

Décidément, le savoir-faire de sa femme lui manquait aussi pour toutes ces petites choses qui rendent la vie plus douce.

Il ferma les yeux.

Tout était allé si vite. Il avait l'impression d'avoir réussi son diplôme de fin d'études avant-hier et d'avoir été papa pour la première fois la veille. Et il devait déjà se préparer à partir ? Non, ce n'était pas possible.

Une autre pensée le torturait. Il imaginait Vince Tyler en train de coller sa bouche sur les lèvres de Mallory, de lui caresser les cheveux, de la déshabiller lentement avant de lui faire l'amour.

Seigneur, c'était dégoûtant ! Vince n'était qu'un sombre abruti sans une once de subtilité ou de sens critique. Mallory méritait vraiment mieux.

Il ouvrit péniblement un œil qui entra en collision avec un tableau presque entièrement blanc, lacéré en son milieu par une tache sombre de couleur acier rouillé. Une des peintures de sa femme qu'il aimait beaucoup sans la comprendre vraiment.

Il attrapa la télécommande pour zapper d'une chaîne à l'autre : nouvelle chute du Nasdaq; clip d'Ozzy Osbourne; Hillary Clinton chez David Letterman; visage décomposé de Tony Soprano en peignoir de bain; documentaire sur Saddam; sermon d'un prêtre évangéliste; et pour finir, Lauren Bacall dans *Le Port de l'angoisse*, promettant à Bogart : « Si tu as besoin de moi, siffle. »

Il allait s'attarder un moment sur cette dernière chaîne, lorsqu'il s'aperçut que son répondeur clignotait. Il fit un effort pour se lever et appuya sur le bouton de l'appareil. Immédiatement, la voix joyeuse de Bonnie résonna dans tout l'appartement :

« Salut p'pa, c'est moi. Tout va bien ?

Tu sais, on a étudié les cétacés aujourd'hui à l'école. Alors j'voulais te demander : est-ce qu'on pourra aller voir la migration des baleines à Stellwegon Bank au prochain printemps ? Maman m'a dit que tu l'y avais conduite il y a longtemps et que c'était super. J'aimerais bien y aller moi aussi. N'oublie pas que j'veux devenir vétérinaire plus tard et que ça pourra me servir.

Bon, à bientôt. Y'a Les Simpson *à la télé. Bisous. »*

Nathan repensa à cette excursion. Du début du printemps jusqu'à la mi-octobre, les baleines remontent des Caraïbes vers le Groenland en empruntant le golfe du Maine. C'est un spectacle qui mérite vraiment le déplacement. Bien sûr qu'il fallait que Bonnie voie ça.

Mais ce ne serait peut-être pas lui qui l'y emmènerait : avril était encore loin et, quelque part dans l'univers, quelqu'un avait décidé qu'il n'y aurait pas de « prochain printemps » dans la vie de Nathan Del Amico.

*

Alors, il laissa dériver son esprit jusqu'au mois de mai 1994, par une fin d'après-midi fraîche mais ensoleillée, au large du Massachusetts.

Il est assis avec Mallory à l'avant d'un bateau de location qui a jeté l'ancre juste au-dessus d'un immense banc de sable immergé entre Cape Cod et Cape Ann.

Il s'est placé juste derrière elle, le menton posé sur son épaule. Tous deux scrutent l'horizon calme de la mer.

Soudain, Mallory désigne un endroit au large.

Un banc d'une quinzaine de baleines remonte du fond de l'océan, rejetant avec fracas des jets de plusieurs mètres de hauteur en un somptueux feu d'artifice.

Bientôt, leur tête et une bonne partie de leur dos émergent à proximité du bateau. Ces mastodontes de 50 tonnes frôlent l'embarcation tout en poussant des cris doux. Mallory se tourne vers lui, le sourire aux lèvres, les yeux grands ouverts. Ils ont conscience de vivre un moment exceptionnel.

Bientôt, les baleines effectuent un dernier plongeon. Avec une grâce infinie, elles soulèvent très haut leur queue à double palme avant de disparaître dans l'océan, en émettant des sifflements aigus de plus en plus faibles.

Puis il ne reste plus rien, à part les oiseaux marins qui sillonnent à nouveau le ciel pour reprendre possession de leur territoire.

Sur le chemin du retour, le propriétaire du bateau, un

vieux pêcheur de Provincetown, leur raconte une drôle d'histoire.

Cinq ans auparavant, on avait retrouvé sur la plage deux petites baleines à bosse qui s'étaient échouées sur le sable.

La plus grosse, un mâle, était blessée et saignait abondamment de l'oreille gauche. L'autre semblait en bonne santé. Les marées n'étaient pas très fortes à cet endroit et on avait l'impression que les baleines auraient pu regagner le large à tout moment si elles l'avaient voulu. Pendant 48 heures, les gardes-côtes avaient alors tenté de sauver l'animal valide en l'entraînant vers le large, à l'aide de petits bateaux et de cordes.

Mais, chaque fois qu'on la remettait à l'eau, la femelle poussait des cris plaintifs et venait immanquablement rejoindre son compagnon sur le rivage, recherchant son contact, comme pour lui faire un rempart protecteur.

Au matin du troisième jour, le mâle finit par mourir et on essaya une dernière fois de remettre la baleine survivante à l'eau. Cette fois-ci, elle ne tenta pas de revenir s'échouer sur la plage mais resta tout près du bord, décrivant sans cesse des ronds et émettant des sifflements tellement longs et lugubres qu'ils effrayèrent les promeneurs restés sur la rive.

Cela dura longtemps puis, aussi brusquement qu'il avait commencé, le rite funèbre s'arrêta enfin et la baleine revint lentement s'échouer sur le sable où elle ne tarda pas à mourir à son tour.

— C'est extraordinaire, l'attachement qui peut exister entre ces bestioles, fit remarquer le pêcheur en allumant une cigarette.

— C'est surtout stupide, jugea Nathan sans aucune nuance.

— Pas du tout, déclara Mallory après un petit silence.

— Que veux-tu dire ?

Elle se pencha en avant pour lui murmurer à l'oreille :

— Si tu étais condamné, moi aussi je viendrais m'échouer près de toi.

Il se tourna vers elle et l'embrassa.

— J'espère bien que non, répondit-il en posant les mains sur son ventre.

Elle était déjà enceinte de six mois.

*

Nathan se leva d'un bond.

Qu'est-ce que je fous, tout seul, avachi sur ce canapé, à ressasser le passé, au lieu d'être avec ma femme et ma fille ?

Le radio-réveil affichait 2 h 14, mais avec le décalage horaire, il n'était qu'un peu plus de onze heures du soir en Californie.

Il décrocha son téléphone et appuya sur une touche pour appeler le premier numéro mis en mémoire.

Au bout de plusieurs sonneries, une voix fatiguée répondit.

— Oui ?

— Bonsoir, Mallory. J'espère que je ne te réveille pas ?

— Pourquoi m'appelles-tu si tard ? Qu'est-ce qui se passe ?

— Rien de grave.

— Que veux-tu alors ? demanda-t-elle durement.

— Peut-être un peu moins d'agressivité dans tes paroles.

Elle ignora sa remarque mais répéta avec lassitude cette fois :

— Qu'est-ce que tu veux, Nathan ?

— Te prévenir de mon intention de venir chercher Bonnie dès demain.

— Quoi ? Tu n'es pas sérieux !

— Laisse-moi t'expliquer...

— Il n'y a rien à expliquer, fulmina-t-elle, Bonnie doit aller à l'école jusqu'à la fin de la semaine !

Il soupira.

— Elle peut louper quelques jours. Ça ne sera pas dramatique et...

Elle ne le laissa pas finir :

— Puis-je savoir en quel honneur tu veux avancer ton arrivée ?

Je vais mourir chérie.

— J'ai pris quelques jours de congé et j'ai besoin de voir Bonnie.

— Nous avons établi des règles.

— D'accord, mais c'est aussi ma fille, précisa-t-il d'une voix qui trahissait son désarroi. Je te rappelle que nous l'élevons tous les deux.

— Je sais, admit-elle en se radoucissant un peu.

— Si c'était toi qui me le demandais, je ne ferais pas tant d'histoires.

Elle ne répondit rien mais il l'entendait respirer à l'autre bout du fil. Il eut soudain l'idée d'un compromis.

— Tes parents sont toujours dans les Berkshires ?

— Oui. Ils ont l'intention d'y passer les fêtes.

— Écoute, si tu me laisses venir chercher Bonnie dès demain, je suis prêt à l'emmener passer deux jours avec eux.

Elle marqua une hésitation avant de demander d'un ton incrédule.

— Toi, tu ferais ça ?

— S'il le faut, oui.

— C'est vrai qu'elle n'a pas vu ses grands-parents depuis longtemps, reconnut Mallory.

— Alors c'est d'accord ?

— Je n'en sais rien. Laisse-moi encore réfléchir.

Elle allait raccrocher.

Comme il ne supportait plus ces conversations heurtées, il se décida à lui poser la question qu'il avait sur le cœur depuis longtemps.

— Tu te souviens de cette époque où on se racontait tout ?

Elle resta interdite. Il enchaîna rapidement :

— L'époque où on se tenait toujours par la main en marchant dans la rue, où on s'appelait au travail trois fois par jour, où on passait des heures à discuter...

— Pourquoi revenir là-dessus ?

— Parce que j'y pense tous les jours.

— Je ne sais pas si c'est le meilleur moment pour en parler, dit-elle d'un ton las.

— J'ai parfois l'impression que tu as tout oublié. Tu ne peux pas tirer un trait sur ce qu'on a vécu ensemble.

— Ce n'est pas ce que je fais.

Sa voix avait changé d'intonation. Imperceptiblement.

— Écoute... Imagine qu'il m'arrive quelque chose... qu'une voiture me renverse demain dans la rue. La dernière image que tu auras de nous sera celle d'un couple déchiré.

Elle dit d'une voix triste :

— C'est ce que nous sommes, Nathan.

— Nous nous serons quittés dans la colère et l'emportement. Je pense que tu te le reprocheras pendant des années et que ce sera difficile pour toi de vivre avec ça.

Elle explosa.

— Je te signale que c'est à cause de toi si...

Mais, sentant les sanglots lui monter dans la gorge, elle ne termina pas sa phrase et raccrocha.

*

Mallory ravala ses larmes pour ne pas réveiller sa fille puis alla s'asseoir sur les marches de l'escalier en bois exotique.

Elle essuya ses yeux rougis avec un mouchoir en papier. En levant la tête, elle fut gênée par l'image que lui renvoyait le grand miroir du hall d'entrée.

Depuis la disparition de son fils, elle avait beaucoup maigri et toute sa joie de vivre s'était évanouie. Elle avait à nouveau cette allure froide contre laquelle elle avait lutté toute sa vie. Déjà, jeune fille, elle ne pouvait pas supporter son côté Grace Kelly : cette distance glaciale, ce maintien parfait qu'adoptaient parfois les femmes ayant reçu son éducation. Elle s'était toujours méfiée de la perfection. Elle ne voulait pas être inaccessible ; au contraire, elle voulait être plongée dans le monde, ouverte aux autres. C'est pour ça qu'elle portait le plus souvent des jeans et des pulls amples et confortables. En vérité, elle n'avait plus enfilé un tailleur depuis des lustres.

Elle se leva, éteignit toutes les lampes de la pièce puis alluma quelques bougies et un bâton d'encens.

Aux yeux de la plupart des gens, elle passait pour quelqu'un de stable et d'équilibré. Pourtant, il y avait en elle une fragilité qui remontait à son adolescence pendant laquelle elle avait plusieurs fois souffert de crises d'anorexie.

Pendant longtemps, elle avait cru s'en être définitivement sortie... jusqu'à la mort de Sean.

Le drame remontait à trois ans mais la douleur était toujours aussi vive. Mallory était rongée par la certitude irrationnelle que tout aurait été différent si elle avait été présente cette fameuse nuit. Il ne se passait pas un jour sans qu'elle fasse mentalement des retours en arrière sur les premiers mois de la vie de son fils. Y avait-il quelque chose qu'elle n'avait pas vu ? N'avait-elle pas manqué de repérer un symptôme, un signe ?

Enfant, après avoir failli se noyer dans ce lac, elle avait développé une peur panique de mourir. Jamais elle n'aurait pu imaginer qu'il puisse exister quelque chose de pire que sa propre mort. Mais, une fois devenue mère, elle avait compris que la plus dure des épreuves serait en fait d'assister à la disparition de l'être qu'elle avait mis au monde. Elle avait alors dû se rendre à l'évidence : oui, il y avait bien pire que mourir.

Certes, elle avait lu quelque part qu'au XVIIIe siècle, 90 % des enfants n'atteignaient pas l'âge de trois ans. Mais c'était autrefois, à une époque où la mort était présente partout et où les gens étaient mieux préparés à accepter celle de leurs proches. Tandis que pour elle, la vie s'était arrêtée pendant de longs et terribles mois. Complètement désemparée, elle avait perdu tous ses repères.

La disparition de Sean resterait à jamais le grand *drame* de sa vie, mais sa plus grande *désillusion* avait été l'échec de son mariage. Depuis qu'ils avaient emménagé ensemble, à l'époque de l'université, elle avait toujours cru qu'elle se réveillerait tous les matins au côté de Nathan, jusqu'à ce que l'un d'eux s'éteigne. Pourtant, elle avait assisté impuissante à la faillite de son couple. Convaincue d'avoir une faute à expier, elle avait accepté sans se battre l'éloignement de son mari.

Pour la première fois de sa vie, elle s'était sentie étrangère à lui et ils avaient été incapables de communiquer. Au moment où elle aurait eu le plus besoin de son soutien, il s'était encore davantage investi dans sa vie professionnelle tandis qu'elle se murait dans sa douleur.

Pour tenir le coup et sortir de la dépression, elle avait fini par se plonger dans ses activités sociales. Ces derniers mois, elle avait travaillé à la création du site Internet d'une ONG militant en faveur de la prise en compte de l'éthique dans le comportement des entreprises. Son travail consistait à classer les multinationales en fonction de critères concernant la législation du travail et l'environnement. L'organisation s'occupait ensuite de mobiliser les associations de consommateurs pour boycotter les firmes qui employaient des enfants ou ne respectaient pas les lois en vigueur.

Et son engagement ne s'arrêtait pas là. Il y avait tant à faire ! Elle habitait à La Jolla, un quartier riche de San Diego, mais la ville n'était pas un îlot à l'abri de toute forme de misère. Derrière le clinquant des plages et des buildings qui étincelaient sur le front de mer, une frange importante de la population vivait au jour le jour, avec peu de ressources, parfois sans véritable domicile. Trois fois par semaine, elle se rendait dans un centre de sans-abri. Aussi éprouvant que soit ce travail, là, au moins, elle se sentait utile, particulièrement en cette période de l'année où la moitié de la ville se ruait dans les supermarchés pour dilapider ses dollars en achats superflus. Avec le temps, elle ne supportait plus toute cette pression autour de la consommation qui avait depuis longtemps dévoyé le véritable sens de Noël.

À une époque, elle aurait bien voulu que son mari s'engage avec elle dans les mouvements de contestation. Nathan était un avocat brillant qui aurait pu mettre ses compétences au service d'un idéal. Mais cela ne s'était pas passé comme ça. Sans qu'ils en prennent vraiment conscience, leur couple s'était bâti sur une sorte de malentendu. Chacun avait pourtant voulu faire un pas vers l'autre. Pour sa part, elle avait toujours vécu loin des mondanités, ne fréquentant que peu de monde de son milieu d'origine. Le message à l'intention de son mari était clair : « Ça ne me gêne pas que tu sois d'origine modeste. »

Lui, au contraire, avait voulu lui prouver qu'elle n'avait pas épousé un minable, qu'il était capable de gravir les barreaux de l'échelle sociale et de faire vivre une famille confortablement.

Ils avaient cru faire un pas l'un vers l'autre, mais ils ne s'étaient pas rencontrés.

Pour Nathan, la vie était un combat permanent où il fallait mettre la barre toujours plus haut en termes de réussite professionnelle pour se prouver... elle ne savait trop quoi.

Elle avait eu beau lui expliquer cent fois qu'elle ne voulait pas être mariée à un surhomme, rien n'y faisait : il se croyait sans cesse obligé d'en faire plus, comme s'il avait peur de la décevoir et, dès le début, cela n'avait fait que l'agacer.

Malgré tout, elle l'avait toujours eu dans la peau. *Crazy about him* [1], disait la chanson.

Elle ferma les yeux. Des images du passé défilèrent dans sa tête comme dans un film en super-huit.

1. Folle de lui.

18

« On n'est jeune qu'une seule fois mais on s'en souvient toute sa vie. »
Dialogue du film *Liberty Heights*,
de Barry Levinson

1972
Nantucket, au début de l'été

Elle a huit ans. C'est leur première rencontre.

La veille au soir, elle est arrivée de Boston. Ce matin, elle se promène dans le grand jardin familial. Elle porte une robe en coton qui lui descend bien en dessous des genoux et qu'elle déteste. Avec cette chaleur, elle aurait préféré se mettre un short et un polo mais sa mère l'oblige toujours à s'habiller en petite fille modèle.

Plusieurs fois, elle a aperçu un petit garçon aux beaux cheveux noirs qui n'ose pas lui parler et s'enfuit en courant dès qu'elle s'approche de lui.

Intriguée, elle a posé la question à sa mère qui lui a répondu de ne pas faire attention à lui : ce n'est « que » le fils de la femme de ménage.

Dans l'après-midi, elle le croise à nouveau sur la plage. Il s'amuse avec un cerf-volant qu'il a fabriqué lui-même avec des tiges de bambous et un morceau de voile donné par un pêcheur. Pour servir de poignée de guidage, il a eu l'idée d'attacher un anneau récupéré sur une vieille tringle de rideau.

Malgré sa fabrication artisanale, l'appareil vole déjà très haut dans le ciel.

Mallory, elle aussi, a amené son cerf-volant, un modèle sophistiqué qu'on lui a acheté dans un grand magasin de jouets de Boston.

Pourtant, son engin ne décolle pas. Elle a beau se démener, courir très vite dans tous les sens, le cerf-volant retombe immanquablement sur le sable.

Même si le petit garçon fait mine de ne pas la regarder, Mallory sait bien qu'il lui jette en fait de nombreux coups d'œil.

Mais elle ne se décourage pas et tente un nouvel essai. Malheureusement, son magnifique jouet retombe lourdement dans l'eau. Désormais, la voilure est trempée et pleine de sable. Des larmes lui montent aux yeux.

Il s'approche d'elle et prend l'initiative de lui passer l'anneau de son cerf-volant autour du poignet. Il lui explique qu'il faut se mettre dos au vent puis l'aide à donner du mou et à lâcher progressivement du fil. Ainsi, le cerf-volant monte très rapidement dans le ciel.

Elle pousse des cris de joie. Ses yeux pétillent et elle rit beaucoup.

Plus tard, pour montrer ses connaissances, il lui apprend que les Chinois prêtent au cerf-volant le pouvoir d'attirer la chance. Pour ne pas être en reste, elle lui dit que Benjamin Franklin l'a utilisé pour étudier la foudre et inventer le paratonnerre (elle l'a lu sur l'emballage en carton du jouet).

Ensuite, très fier, il lui montre son cerf-volant de plus près pour qu'elle admire le drôle d'animal qu'il a peint sur la voilure.

— C'est moi qui l'ai dessiné.

— C'est une tortue ? demande-t-elle.

— Non, un dragon, répond-il, un peu vexé.

À nouveau un grand éclat de rire envahit la petite fille. Cette bonne humeur est contagieuse et, bientôt, deux rires d'enfants se mélangent au bruit des vagues.

Un peu plus loin, posé sur le sable, un transistor joue *You've Got a Friend* de Carole King, l'un des tubes de l'été.

Elle l'observe maintenant très attentivement et trouve que c'est le garçon le plus mignon qu'elle ait jamais vu.

Il se présente de façon solennelle :

— Je m'appelle Nathan.

Elle lui répond, non moins gravement :

— Mon nom est Mallory.

Automne 1972
Nantucket

— Nat !

Par à-coups, elle recrache l'eau du lac qui envahit sa bouche. Paralysée par le froid, elle a de plus en plus de mal à respirer. À deux reprises, elle a tendu désespérément les bras dans l'espoir d'attraper une branche mais la rive est trop haute.

À bout de souffle, remplie d'effroi, elle sent qu'elle va se noyer. Mais Nathan nage dans sa direction. Elle comprend qu'il est sa dernière chance.

— Tiens-toi à moi, n'aie pas peur.

Épuisée, elle s'accroche à lui comme à une bouée de sauvetage. Soudain, elle se sent projetée vers le haut et, de justesse, parvient à agripper une touffe d'herbe puis à se hisser sur la rive.

Elle est sauvée.

Sans même reprendre son souffle, elle se retourne, mais déjà il n'est plus là.

— Nathan !

Complètement affolée, des larmes plein les yeux, elle l'appelle de toutes ses forces :

— Nathan ! Nathan !

Mais il ne remonte pas à la surface. Elle réfléchit très vite. Il faut qu'elle fasse quelque chose.

Trempée des pieds à la tête, grelottante, les lèvres bleues, elle s'élance pour prévenir un adulte.

Cours vite, Mallory !

13 juillet 1977
Nantucket

Ils ont treize ans.

Ils ont pris leur vélo et descendent la piste cyclable qui les mène à *Surfside Beach*, la plus grande plage de l'île.

Le temps commence à se couvrir et les vagues sont tachées d'écume. Pourtant, pas un seul moment ils n'hésitent à se baigner. Au contraire, ils restent longtemps dans l'océan et nagent jusqu'à en être épuisés.

Ils ne sortent de l'eau que lorsque les vagues commencent à être dangereuses. Le vent souffle fort. Mallory frissonne. Ils n'ont apporté qu'une serviette. Nathan lui sèche les cheveux et le dos pendant qu'elle claque des dents.

La pluie crible le sable de grosses gouttes et, en quelques

minutes, la plage est désertée. Maintenant, il n'y a plus qu'eux deux au milieu de la pluie et du vent.

Il est le premier à se mettre debout et l'aide à se relever. Tout à coup, il incline la tête vers elle. Instinctivement, Mallory lève les yeux et se hisse sur la pointe des pieds. Il passe ses mains autour de sa taille. Elle passe ses bras autour de son cou. Au moment où leurs bouches se rencontrent, elle est parcourue d'un frisson inconnu. Elle sent le sel marin sur ses lèvres.

C'est un premier baiser très doux qui se prolonge jusqu'à ce que leurs dents s'entrechoquent.

6 août 1982
Beaufort, Caroline du Nord

Elle a dix-huit ans.

Cet été-là, elle est partie loin de chez elle pour encadrer un camp de vacances.

Maintenant, il est huit heures du soir. Elle est sortie se balader sur le petit port où les voiliers côtoient les embarcations des pêcheurs du coin. Le soleil orangé décline à l'horizon et enflamme le ciel. De loin, on dirait que les bateaux flottent sur de la lave en fusion.

Mais pour elle, c'est un soir de blues. Tout en se laissant bercer par le clapotis des flots contre la jetée, elle esquisse un bilan des quelques mois qui viennent de s'écouler.

Sa première année d'université a été un ratage. Pas tant d'un point de vue scolaire mais plutôt en ce qui concerne sa santé et sa vie amoureuse : elle s'est fourvoyée en sortant à deux reprises avec des types sans intérêt et elle n'a aucune véritable amie. Elle a lu beaucoup de livres, s'intéresse à l'actualité et à la réalité qui l'entoure mais c'est comme si une sorte de chaos régnait dans son esprit.

Au fil des mois, elle s'était repliée tout doucement sur elle-même, elle qui était pourtant si ouverte aux autres. Insensiblement, elle avait également réduit son alimentation, sautant petits déjeuners, goûters et mangeant de moins en moins au cours des repas principaux. Un moyen comme un autre de compenser ce désordre qu'elle sentait dans sa tête en créant une sorte de vide dans son corps. Mais à force de jouer avec le feu, elle avait fini par faire un malaise en plein amphithéâtre et l'université avait dû faire venir un médecin.

Ces derniers temps, elle va un peu mieux mais elle sait bien qu'elle n'est pas pour autant à l'abri d'une rechute.

Ça va faire bientôt trois ans qu'elle n'a plus eu de nouvelles de Nathan. Depuis qu'Eleanor Del Amico ne travaille plus pour ses parents, elle ne l'a plus revu. Au début, ils s'écrivaient de longues lettres puis l'absence a eu raison de leur attachement.

Pourtant, elle ne l'a jamais oublié. Il a toujours été présent, quelque part dans un petit coin de sa tête.

Ce soir-là, elle se demande ce qu'il est devenu. Habite-t-il toujours à New York ? A-t-il réussi à intégrer une université prestigieuse comme il en avait l'intention ? Aurait-il envie de la revoir ?

Elle marche toujours le long de la digue mais de plus en plus vite. Subitement, elle ressent le besoin urgent de lui parler. Là, ce soir, maintenant.

Elle se précipite sur un téléphone public, contacte les renseignements qui lui donnent le numéro qu'elle recherche.

Puis ce coup de fil à travers la nuit.

Pourvu que ce soit lui qui réponde.

— Allô ?

C'est bien lui.

Ils se parlent longtemps. Il lui avoue qu'il a essayé de la joindre plusieurs fois l'été précédent. « Tes parents ne t'ont pas laissé mes messages ? » Elle sent que l'essentiel n'a pas changé et qu'ils se comprennent toujours comme s'ils s'étaient vus la veille.

Finalement, ils prévoient de se revoir à la fin du mois.

Elle raccroche. Sur le port, le soleil a complètement disparu.

Légère, elle prend la direction du camp. C'est une autre femme. Les battements de son cœur résonnent jusque dans sa tête.

Nathan... Nathan... Nathan...

28 août 1982
Seaside Heights, New Jersey
Deux heures du matin

Sur le bord de mer, les ampoules des guirlandes électriques clignotent encore, même si les stands de la fête foraine commencent à fermer. Des odeurs de friture se mêlent à celles des barbes à papa et des pommes d'amour. Près de la grande roue, les enceintes géantes diffusent *Up Where We Belong* de Joe Cocker pour la centième fois de la soirée.

Mallory arrête sa voiture sur le parking en plein air.

Elle est venue l'attendre. Nathan a trouvé un job pour l'été dans cette petite station balnéaire à une heure de Manhattan. Pour quelques dollars, il travaille dans l'un des nombreux comptoirs de crème glacée qui bordent le front de mer.

Depuis qu'ils se sont revus le week-end dernier, ils se téléphonent tous les soirs.

Normalement, ils n'ont prévu de se retrouver que dimanche prochain mais elle lui a fait la surprise de venir de Boston. Elle a pris l'une des voitures de son père, une puissante Aston Martin vert foncé qui lui a permis de faire le trajet en un peu moins de quatre heures.

Il arrive enfin, vêtu d'un bermuda et un tee-shirt taché à l'effigie du magasin qui l'emploie. Il est entouré par d'autres travailleurs saisonniers. Elle reconnaît des accents slaves et irlandais.

Comme il ne s'attend pas à la voir, il se demande, de loin, qui est cette héroïne de cinéma, appuyée contre son bolide, qui semble regarder dans sa direction.

Puis il la reconnaît.

Il court vers elle, arrive à sa hauteur, la prend dans ses bras et la soulève pour la faire tournoyer. Elle passe les bras autour de son cou en riant et l'attire à elle pour goûter à ses lèvres tandis que son cœur bondit dans sa poitrine.

Tel est l'amour à ses débuts.

20 septembre 1982,

Nathan,

Juste quelques mots pour te dire que les moments passés avec toi à la fin de l'été étaient formidables.

Tu me manques.

J'ai repris mes cours ce matin mais je n'ai pas arrêté de penser à toi.

Plusieurs fois dans la journée, lorsque je me suis promenée sur le campus, j'ai imaginé que tu étais avec moi et que nous continuions à discuter. Certains des étudiants que j'ai croisés ont dû se demander qui était cette folle, le nez en l'air qui parlait toute seule !

Je suis bien avec toi, j'aime ta capacité de voir en moi et de me comprendre sans que j'aie besoin de parler.

J'espère que toi aussi tu es heureux.

Je t'embrasse et je t'aime.

Mallory.

[Sur l'enveloppe, au stylo rouge, elle a écrit un mot pour apostropher le préposé au courrier : *Facteur, gentil facteur, essaye de faire ta distribution à l'heure pour que mon amoureux reçoive au plus vite mes mots d'amour !*]

27 septembre 1982,

Mallory,

Je viens à peine de raccrocher mon téléphone et… tu me manques déjà.

Tous les moments passés avec toi m'ont donné envie d'en passer encore plein d'autres.

Je suis heureux avec toi. Heureux comme c'est pas permis.

Désormais, quand je pense à l'avenir, je ne dis plus « je ferai » mais « nous ferons ».

Et ça change tout.

Nathan.

[Sur l'enveloppe, il a collé le ticket de cinéma du dernier film qu'ils sont allés voir ensemble, *E.T. l'extraterrestre*. En fait, ils n'ont pas vu grand-chose puisqu'ils n'ont fait que s'embrasser pendant toute la séance.]

Un dimanche de décembre 1982
Dans sa chambre d'étudiante à Cambridge

Des enceintes de l'électrophone s'élèvent quelques notes du *Concerto* de Dvorak joué avec fougue par Jacqueline Du Pré sur son fameux violoncelle stradivarius.

Ils s'embrassent depuis une heure sur le lit.

Il lui a retiré son soutien-gorge et lui caresse la peau comme s'il s'agissait de quelque chose de précieux.

C'est la première fois qu'ils vont faire l'amour.

— Tu es sûre que tu veux le faire maintenant ?

— Oui, répond-elle sans hésiter.

Voilà ce qu'elle aime aussi chez lui : ce mélange de délicatesse et de prévenance qui en fait quelqu'un de différent.

Inconsciemment déjà, la certitude que si elle a des enfants un jour, ça ne pourra être qu'avec lui.

Le 3 janvier 1983,

Nathan, mon amour,

Les vacances de Noël sont déjà terminées.

Pendant ces quelques jours, j'ai adoré partager mes nuits avec toi.

Mais ce soir, je suis triste.

Tu viens de repartir en voiture pour Manhattan.

Ce soir, je sens que ça va être dur d'attendre les prochaines vacances avant de te revoir.

Même si je sais que demain on s'appellera.

Ce qui me fait peur c'est que tout ça s'arrête.

Car ce que je vis avec toi est exceptionnel.

Je suis follement amoureuse de toi.

Mallory.

[Sur l'enveloppe, elle a laissé plusieurs traces de rouge à lèvres suivies de ces mots : *Veuillez remettre cette lettre ainsi que tous ces baisers dans la boîte aux lettres de M. Nathan Del Amico. Et attention à vous si mes baisers ont été dérobés !*]

6 janvier 1983,

Mallory, ma douce boussole,

Tu me manques mais ta présence flotte partout dans l'air tout près de moi.

Si tu savais comme j'ai hâte de te serrer à nouveau dans mes bras et de me réveiller à tes côtés.

Plein de baisers s'envolent déjà de ma chambre et ils prennent la direction de Cambridge.

Je t'adore.

Nathan.

[Dans l'enveloppe, il a glissé une photographie d'elle qu'il a prise lors des dernières vacances dans le parc du campus de Cambridge. Derrière, il a recopié une phrase de *Roméo et Juliette* : *Il y a plus de péril pour moi dans ton regard que dans vingt de leurs épées.*]

1984
Maison familiale à Boston

Coup de klaxon dans la rue.

Elle jette un œil par la fenêtre. Nathan l'attend devant le portail au volant de sa vieille Mustang.

Elle s'élance vers la porte mais son père se dresse pour lui barrer la route.

— Il est hors de question que tu continues à sortir avec ce garçon, Mallory.

— Et je peux savoir pourquoi, s'il te plaît ?

— Parce que c'est comme ça !

À son tour, sa mère essaye de la raisonner :

— Et puis, tu pourrais trouver tellement mieux, chérie.

— Mieux pour qui ? Pour moi ou pour vous ?

Elle s'avance vers la sortie mais Jeffrey ne l'entend pas de cette oreille.

— Mallory, je te préviens, si tu passes cette porte...

— Si je passe cette porte... quoi ? Tu me ficheras dehors ? Tu me déshériteras ? De toute façon, j'en ai rien à faire de votre argent...

— C'est quand même cet argent qui te fait vivre et qui paye tes études. Et puis ça suffit, tu n'es qu'une gamine !

— Je te signale que j'ai vingt ans...

— Je te conseille de ne pas nous tenir tête !

— Et moi, je vais vous donner un autre conseil : ne me forcez pas à choisir entre lui et vous.

Elle laisse passer quelques secondes, laissant à sa repartie le temps de faire son effet, avant d'ajouter :

— Parce que si j'ai à choisir, ce sera lui.

Considérant que la discussion est terminée, elle sort de la maison en claquant la porte.

Été 1987
Leurs premières vraies vacances à l'étranger
Un jardin à Florence, célèbre pour ses statues

Ils sont devant une grande fontaine entourée d'orangers, de figuiers et de cyprès.

Les jets d'eau scintillent dans le soleil et font naître de petits arcs-en-ciel.

Elle jette une pièce de monnaie dans l'eau et l'incite à en faire de même.

— Fais un vœu.

Il refuse.

— Je ne crois pas à ces trucs-là.

— Allez, Nat, fais un vœu.

Il secoue la tête mais elle insiste :

— Fais-le pour nous.

De bonne grâce, il prend une pièce de 1 000 lires dans sa poche, ferme les yeux et la jette dans la fontaine.

En ce qui la concerne, elle ne peut rien souhaiter de plus que ce qu'elle a maintenant.

Juste que ça dure.

For always. For ever.

Été 1990
Vacances en Espagne

Ils sont dans les jardins du labyrinthe de Horta, à Barcelone.

C'est leur première vraie dispute.

La veille, il lui a dit qu'il serait obligé de rentrer deux jours plus tôt, à cause du travail.

Ils sont là, dans l'un des endroits les plus romantiques du monde, et elle lui en veut toujours.

Il cherche à lui prendre la main mais elle s'éloigne de lui et s'engage seule dans le dédale verdoyant du labyrinthe.

— Un jour tu risques de me perdre, dit-elle pour le provoquer.

— Je te retrouverai.

Elle le regarde d'un air de défi.

— Tu es bien sûr de toi.
— Je suis sûr de *nous*.

Automne 1993
Un dimanche matin dans leur appartement

Elle l'observe par le trou de la serrure de la salle de bains.
Il est sous la douche et, comme d'habitude, il transforme la pièce en sauna.
À tue-tête, il chante (faux) une chanson de U2.
Puis il ferme le robinet d'eau chaude, tire le rideau de la douche et pousse un cri de joie.
La vapeur s'est condensée sur le miroir, laissant apparaître une inscription.
TU VAS ÊTRE PAPA !

1993
Le même jour
Dix minutes plus tard

Ils sont tous les deux ensemble sous la douche et échangent quelques mots entre deux baisers.
— Et si c'est une fille ?
C'est elle qui a orienté la discussion sur le choix du prénom.
— Pourquoi pas Bonita, propose-t-il sans plaisanter.
— Bonita ?
— Bonita ou Bonnie. En tout cas quelque chose qui signifierait « bonté ». C'est le mot que je veux entendre chaque fois que je l'appelle.

Elle sourit, débouche un flacon et lui verse du gel douche sur le torse.

— D'accord, à une condition.

— Laquelle ?

— Je choisirai le prochain.

Il attrape un savon à la lavande et commence à lui frotter le dos.

— Le prochain ?

— Le prénom de notre deuxième enfant.

Elle l'attire à lui. Leurs corps recouverts de mousse glissent l'un contre l'autre.

1994

Enceinte de huit mois, elle est couchée sur son lit et feuillette un magazine.

Nathan a la tête collée contre son ventre et guette les mouvements du bébé.

Sur la platine laser, Pavarotti est en train de réussir un contre-ut retentissant sur un air de Verdi.

Depuis que Nathan a lu un livre vantant les bienfaits de la musique classique sur l'éveil des bébés, il ne se passe pas un soir sans qu'il programme un extrait d'opéra.

Mallory pense que cette musique est peut-être bonne pour le bébé mais pas pour elle.

Elle a mis le casque de son Walkman sur ses oreilles et écoute *About a Girl* de Nirvana.

1999
Dans un restaurant de West Village

Ils ont commandé une bouteille de champagne.

— Et si c'est un garçon ?

— Ce sera un garçon, Nathan.

— Comment le sais-tu ?

— Je le sais parce que je suis une femme et parce que j'attends ce bébé depuis cinq ans.

— Si c'est un garçon, j'avais pensé à...

— Il n'y a pas de discussion possible, Nathan. Il s'appellera Sean.

— Sean ?

— Ça signifie « Don de Dieu » en irlandais.

Il grimace.

— Je ne vois pas ce que Dieu vient faire là-dedans.

— Au contraire, tu vois très bien.

Bien sûr qu'il voit très bien. Après la naissance de Bonnie, les médecins leur ont assuré qu'elle n'aurait jamais d'autre enfant. Pourtant, elle ne les a jamais crus. Elle sait que Nathan n'aime pas cette référence à la religion mais, ce soir, il est tellement heureux qu'il accepterait n'importe quoi.

— Parfait, dit-il, en levant son verre, nous attendons un petit Sean.

*

Mallory ouvrit les yeux et le film des jours heureux s'interrompit brutalement comme si la bobine venait de casser net.

Son corps tout entier était parcouru par la chair de poule.

Ce retour en arrière avait été douloureux. Comme chaque fois, le souvenir de ces périodes de bonheur intense la submergeait d'un trop-plein d'émotions qu'elle ne savait comment gérer.

Elle tira un nouveau Kleenex de sa poche en sentant que des larmes étaient en train de sourdre au coin de ses yeux.

Mon Dieu, on a vraiment tout gâché.

Bien sûr que Nathan lui manquait mais le fossé s'était tellement creusé entre eux qu'elle ne se sentait pas capable de faire un vrai pas vers lui.

Elle pouvait servir de la soupe aux SDF à l'abri de nuit, se battre contre les multinationales exploitant des enfants, manifester contre les producteurs d'organismes génétiquement modifiés : ça ne lui faisait pas peur.

Mais se trouver à nouveau devant Nathan était une autre paire de manches.

Elle se planta devant la fenêtre qui donnait sur la rue et regarda longuement le ciel. Les nuages s'étaient dispersés et un rayon de lune éclairait la table sur laquelle était posé le téléphone.

Elle se décida à décrocher l'appareil. Il fallait au moins qu'elle fasse un geste.

Il répondit très vite :

— Mallory ?

— C'est d'accord, Nathan : tu peux venir chercher Bonnie plus tôt.

— Merci, dit-il, soulagé, j'essayerai d'être là en début d'après-midi. Bonne nuit.

— Encore une chose...

— Oui ?

Elle prit un ton de défi :

— Je me souviens de tout, Nat : de tous les moments que

nous avons passés ensemble, de tous les détails, de la couleur du ciel et de l'odeur du sable lors de notre premier baiser, de tes paroles exactes lorsque je t'ai annoncé que j'étais enceinte, des nuits passées à s'embrasser jusqu'à en avoir mal aux lèvres... Je me souviens de tout et rien n'a plus compté que toi dans ma vie. Alors tu n'as pas le droit de parler comme tu l'as fait.

— Je...

Il allait dire quelque chose mais elle avait déjà raccroché.

Nathan alla à la fenêtre. La neige continuait à tomber sur Central Park. Une nuée de gros flocons tourbillonnaient devant les vitres et s'accumulaient sur le rebord des fenêtres.

Pendant un moment, il laissa son regard errer sans but tout en repensant à ce que venait de lui dire sa femme.

Puis, avec la manche de sa chemise, il essuya ses yeux embués par des larmes qui coulaient toutes seules.

19

« Les sales cons sont largement représentés sur cette planète. »
Pat Conroy

Houston Street
District de Soho
16 décembre — six heures du matin

Garrett Goodrich descendait avec précaution les marches verglacées de l'escalier extérieur de son immeuble, un petit building en briques brunes qui donnait directement sur la rue.

Une couche de neige d'environ dix centimètres recouvrait sa voiture qu'il avait laissée dehors la veille. Il sortit une raclette de sa poche et gratta le pare-brise. Comme il était en retard, il se contenta de nettoyer la vitre du côté conducteur. Il s'installa au volant, se frotta les mains pour se réchauffer, enfonça la clé de contact et...

— À l'aéroport, s'il vous plaît !

Il eut un sursaut puis se retourna d'un mouvement brusque pour voir Nathan assis sur le siège arrière, du côté passager.

— Merde, Del Amico. Ne me refaites plus jamais ce genre de frayeur ! Comment êtes-vous entré dans ma voiture ?

— Il ne fallait pas me laisser le double de vos clés, répondit l'avocat en agitant un petit trousseau sous le nez du médecin. J'ai oublié de le déposer dans la boîte aux lettres hier soir.

— Bon, qu'est-ce que vous foutez là ?

— Je vous expliquerai tout en route, nous prenons un avion pour la Californie.

Le médecin secoua la tête.

— Vous rêvez ! J'ai une journée chargée et je suis déjà en retard, alors vous...

— Je vais chercher ma fille à San Diego, expliqua Nathan.

— Content de l'apprendre, fit Garrett en haussant les épaules.

— Je n'ai pas l'intention de lui faire prendre le moindre risque, affirma l'avocat en élevant le ton.

— Désolé, mon vieux, mais je ne vois pas très bien en quoi je pourrais vous être utile.

Il mit tout de même le contact pour pouvoir allumer le chauffage.

Nathan se rapprocha de lui.

— Regardons la situation objectivement, Garrett. Je suis une sorte de « mort en sursis » tandis que vous, vous pétez la forme. Je suppose que vous n'avez pas eu de mauvais pressentiment concernant vos prochaines vingt-quatre heures ? Vous n'avez pas vu de lumière blanche en vous regardant dans le miroir ce matin ?

— Non, reconnut Goodrich, excédé, mais je ne comprends toujours rien à votre raisonnement.

— J'avoue que vous avez réussi à me flanquer la frousse. Je ne peux plus mettre un pied dehors sans craindre qu'un taxi me renverse ou qu'un échafaudage me tombe dessus.

Aussi, voilà ce que je pense : tant que je reste avec vous, il y a peu de chances qu'il m'arrive quelque chose.

— C'est complètement illusoire. Écoutez-moi...

— Non, le coupa violemment Nathan, c'est vous qui allez m'écouter : ma fille n'a rien à voir avec vos putains de pressentiments morbides. Je ne veux pas prendre le risque qu'il lui arrive le moindre pépin lorsqu'elle sera dans l'avion avec moi. Nous allons donc rester ensemble, vous et moi, le temps que je la ramène en sécurité ici.

— Vous voulez que je sois votre... *assurance vie* ! s'exclama Garrett.

— Exactement.

Le médecin secoua la tête.

— Vous êtes dingue. Les choses ne fonctionnent pas comme ça, Nathan.

— Il faut croire que si. Les règles ont changé, voilà tout.

— Inutile d'insister, dit fermement le médecin. Je ne vous accompagnerai nulle part, Nathan, vous m'avez bien compris ? Nulle part.

*

Quelques heures plus tard

Nathan jeta un coup d'œil à sa montre.

Le vol 211 de United Airlines n'allait pas tarder à atterrir sur San Diego. Comme ils n'avaient pas trouvé de vol direct, ils avaient dû faire d'abord un crochet par Washington, ce qui avait un peu rallongé le voyage.

L'avocat regarda Goodrich, assis à côté de lui. Le médecin terminait sans hâte le plateau-repas que lui avait servi l'hôtesse une demi-heure auparavant.

Nathan ne savait plus trop quoi penser à propos de Garrett. Une chose était certaine : les emmerdes avaient débuté lorsqu'il avait fait irruption dans sa vie. D'un autre côté, il ne pouvait pas s'empêcher d'éprouver à son égard un sentiment bizarre d'admiration et de compassion. Car si ce que prétendait Goodrich était vrai (et Nathan avait maintenant la certitude que Garrett était bien un Messager), sa propre existence ne devait pas être une sinécure : comment réussir à mener une vie normale avec un tel don ? Voir en permanence des morts en sursis déambuler autour de soi devait être un fardeau très lourd à porter.

Bien sûr, il aurait préféré ne jamais le rencontrer — ou alors dans d'autres circonstances — mais il appréciait cet homme : c'était quelqu'un de sensible et de rassurant. Un homme blessé qui avait aimé passionnément sa femme et qui se dévouait à présent corps et âme pour ses patients.

Bien sûr, il n'avait pas été facile de le convaincre de faire ce voyage en Californie. Le chirurgien avait une opération importante prévue dans la journée, sans compter qu'il ne pouvait pas s'absenter du centre de soins palliatifs sans prendre quelques dispositions.

Après avoir essayé en vain toutes les menaces de la terre, Nathan avait dû se résoudre à abandonner ce registre. Il avait alors laissé voir à Garrett ce qu'il était vraiment : un homme qui allait peut-être rencontrer sa fille pour la dernière fois ; un homme encore profondément épris de sa femme et qui voulait tenter avec elle un ultime rapprochement ; un homme avec la mort aux trousses qui implorait son aide.

Touché par cet appel de détresse, Garrett avait consenti à reporter la date de ses opérations pour accompagner Nathan à San Diego. De plus, il se sentait en partie responsable des bouleversements qui venaient d'affecter la vie de l'avocat.

— Vous ne mangez pas votre toast aux œufs de saumon ? demanda Goodrich alors que l'hôtesse avait déjà entrepris de débarrasser les plateaux-repas.

— J'ai d'autres soucis en tête, répondit Nathan. Prenez-le si ça vous chante.

Garrett ne se le fit pas dire deux fois. Il attrapa le toast avec dextérité, une demi-seconde avant que l'hôtesse ne s'empare du plateau.

— Pourquoi êtes-vous si agité ? demanda-t-il, la bouche pleine.

L'avocat soupira :

— Ça m'arrive chaque fois qu'on m'annonce que je vais mourir sous peu. Une mauvaise habitude que j'ai.

— Vous auriez dû goûter ce petit vin australien qu'on nous a servi tout à l'heure. Ça vous aurait mis du baume au cœur.

— Je trouve que vous buvez un peu trop, Garrett, si je peux me permettre.

Goodrich avait une autre interprétation :

— Je prends simplement soin de moi : vous n'ignorez pas que le vin possède des bienfaits cardiovasculaires.

— Tout ça, c'est de la blague, dit l'avocat en balayant l'argument d'un geste de la main. Un moyen comme un autre de vous déculpabiliser.

— Pas du tout ! s'insurgea Goodrich, c'est prouvé scientifiquement : les polyphénols présents dans la peau du raisin inhibent la production de lendothéline qui est à l'origine de la vasoconstriction...

Nathan l'interrompit tout en haussant les épaules :

— Ça va, ça va, si vous croyez m'impressionner avec votre glose médicale.

— Vous ne pouvez que vous incliner devant la science, dit néanmoins Goodrich avec jubilation.

L'avocat abattit alors sa dernière carte :

— En admettant que ce que vous dites soit exact, il me semble avoir lu quelque part que ces « bienfaits cardio-vasculaires » n'étaient valables que pour le vin rouge.

— Euh... c'est vrai, fut obligé de reconnaître le médecin qui ne s'attendait pas à cet argument.

— Arrêtez-moi si je me trompe, Garrett, mais il me semble que ce petit vin australien dont vous me vantez les bienfaits est un blanc, n'est-ce pas ?

— Vous êtes vraiment un sacré rabat-joie ! lâcha Goodrich, un peu vexé.

Puis il ajouta :

— ... mais vous devez être un sacré bon avocat.

Juste à ce moment, l'hôtesse annonça :

Mesdames, messieurs, notre avion va bientôt commencer sa descente. Veuillez vous assurer que votre ceinture est attachée et que le dossier de votre fauteuil est relevé.

Nathan se tourna vers son hublot. De là, il distinguait les montagnes et, plus loin, la côte californienne d'où émanait une aridité désertique.

Il allait bientôt revoir Mallory.

*

« Arrivée du vol United Airlines 211 en provenance de Washington. Les passagers sont invités à emprunter la porte n° 9. »

Comme ils n'avaient pas de bagages, ils ne traînèrent pas à l'aéroport. Nathan loua une voiture à une agence Avis et, contre toute attente, Goodrich insista pour prendre le volant.

Le climat contrastait vraiment avec celui de New York : l'air était doux , le ciel dégagé et la température flirtait avec les 20 degrés. Ils n'attendirent donc pas longtemps pour abandonner écharpes et manteaux sur la banquette arrière.

La ville de San Diego s'étendait sur des kilomètres le long de deux péninsules. Nathan demanda au médecin d'éviter le centre-ville, la circulation étant généralement très dense à l'heure du déjeuner. Il le guida jusqu'au littoral et lui fit prendre la direction du nord, en longeant les plages de sable entrecoupées de parois rocheuses et de petites baies.

La station balnéaire de La Jolla avait été bâtie sur une petite colline accessible par une côte sinueuse bordée d'élégantes maisons. Goodrich n'avait jamais mis les pieds à cet endroit, mais il pensa immédiatement à Monaco et à la *French Riviera* qu'il avait visitée il y a bien des années lors de son voyage en France. Hypnotisé par la vue spectaculaire sur l'océan, il se pencha plusieurs fois à la fenêtre. D'ici, on apercevait les immenses vagues que les surfeurs essayaient de dompter avant qu'elles ne s'écrasent contre les falaises.

— N'oubliez pas de regarder la route !

Le médecin ralentit pour pouvoir continuer à profiter de la vue et de l'air marin revigorant qui montait de l'océan. Il se laissa dépasser par une Ford Mustang repeinte en violet, suivie par deux Harley Davidson chevauchées par des sexagénaires à l'allure d'anciens hippies.

— La douceur de vie californienne, c'est quand même autre chose, lança Goodrich tandis qu'un écureuil traversait devant eux.

Avec ses restaurants et ses petites boutiques, La Jolla possédait en effet un charme bien particulier et offrait un cadre de vie très agréable. Les deux hommes laissèrent la voiture dans l'une des artères principales et parcoururent à pied le reste du trajet.

Nathan était pressé d'arriver. Malgré sa blessure, il avançait à un rythme soutenu, avec Garrett dans son sillage.

— Bon alors, vous vous magnez le train ? cria-t-il en se retournant.

Goodrich s'était arrêté pour acheter un journal et, comme d'habitude, il en avait profité pour faire un brin de causette avec le vendeur.

Toujours en train de s'intéresser à quelqu'un, même à un parfait inconnu ! Ce type est incroyable.

Garrett remonta à sa hauteur.

— Vous avez vu un peu les prix ? dit-il en désignant la vitrine d'un agent immobilier.

Le médecin avait raison : ces dernières années les loyers avaient explosé dans ce coin du pays. Heureusement, Mallory n'avait pas eu à en subir les conséquences puisqu'elle vivait dans une maison achetée par sa grand-mère à l'époque où La Jolla n'était qu'un village de pêcheurs qui n'intéressait personne.

Ils arrivèrent au niveau d'une petite maison en bois.

— Nous y sommes, fit-il en se tournant vers le médecin.

Sur la porte, on avait placé une pancarte rigolote.

Maison interdite aux cyber-animaux.

C'était du Mallory tout craché.

Le cœur battant, Nathan toqua à la porte.

*

— Tiens, voilà ce bon vieux Del Amico.

Vince Tyler !

Il s'était attendu à tout, sauf à ce que ce soit Tyler qui lui ouvre la porte.

Grand, les cheveux blonds un peu longs, le bronzage parfait, il s'écarta pour les laisser entrer, en exhibant un sourire aux dents fraîchement détartrées.

Qu'est-ce qu'il fiche ici en plein milieu de la journée ? Où sont Bonnie et Mallory ?

Nathan essaya de cacher sa contrariété en présentant Garrett à Tyler.

— Ta fille ne va pas tarder à rentrer, lui dit Vince, elle est chez une copine.

— Mallory est avec elle ?

— Non, Lory est en haut. Elle se prépare.

Lory ? Jamais personne n'avait appelé sa femme Lory. Elle n'aimait ni les diminutifs, ni les surnoms.

Nathan n'avait qu'une envie : voir sa femme. Il hésita cependant à monter directement dans sa chambre car il n'était pas du tout certain que Mallory apprécie. Mieux valait l'attendre ici.

Comme pour l'agacer davantage, Tyler précisa :

— Je l'emmène manger du homard au *Crab Catcher*.

Le *Crab Catcher* était un restaurant huppé de Prospect Street qui surplombait l'océan.

Notre restaurant, pensa Nathan, *là où je l'ai demandée en mariage, là où nous fêtions les anniversaires de Bonnie...*

À l'époque où il était étudiant, il avait économisé semaine après semaine pour pouvoir inviter Mallory dans un endroit pareil.

— Tu n'as pas été serveur là-bas, autrefois ? fit mine de se souvenir Tyler.

Nathan regarda le Californien dans les yeux, bien décidé à ne pas renier ses origines.

— C'est vrai, j'ai souvent passé mes étés à tondre des pelouses et à faire le serveur. Si ça peut te faire plaisir, je me souviens même d'avoir nettoyé ta voiture quand je bossais à la station de lavage.

Tyler fit semblant de ne pas avoir entendu la réplique. Assis dans le sofa, il avait pris ses aises et sirotait tranquillement un whisky. Avec sa chemise largement ouverte sous une veste bleu roi, il était la seule fausse note de la pièce. Il tenait dans les mains un prospectus publicitaire du restaurant et détaillait la carte des vins :

— .... le bordeaux, le sauternes, le chianti : j'adore tous leurs vins français...

— Le chianti est un vin italien, fit remarquer Goodrich.

Bien envoyé, Garrett.

— Peu importe, fit Tyler en essayant de masquer sa vexation.

Il en profita pour changer de conversation :

— Sinon, comment vont les affaires à New York ? Tu connais la dernière sur tes collègues ?

Il entreprit de raconter une blague éculée sur les avocats.

— Alors, voilà : en revenant d'un congrès juridique, un bus plein d'avocats a un accident sur le terrain d'un fermier...

Nathan ne l'écoutait déjà plus. Il se demandait à quel stade en était la relation entre Mallory et Vince. Apparemment, la cour de cet abruti se faisait pressante. Jusqu'à présent, il n'avait pas dû tenter grand-chose à cause de l'hostilité affichée de Bonnie. Mais qu'en serait-il après un repas intime au *Crab Catcher* ?

L'avocat avait beau retourner cent fois le problème dans sa tête, il ne comprenait pas l'attrait que pouvait exercer cet homme sur une femme aussi intelligente que Mallory.

Tous les deux le connaissaient depuis suffisamment longtemps pour savoir qu'il était arrogant et affabulateur. Du temps de leur amour, ils parlaient souvent de Tyler ensemble. À l'époque, c'était généralement pour se moquer de ses tentatives d'approche peu subtiles auprès de Mallory. Mais, même en ce temps-là, sa femme lui trouvait parfois des excuses, en évoquant sa bonne humeur communicative et sa gentillesse.

Cette prétendue bonté d'âme, Nathan ne l'avait jamais expérimentée mais il savait en revanche que Tyler pouvait faire illusion. C'était un manipulateur-né qui réussissait parfois à cacher sa suffisance derrière une bonhomie de façade.

Récemment, il s'était soi-disant découvert une conscience sociale en créant une institution destinée à fournir des fonds à des associations d'aide à l'enfance. Il avait appelé ça la *Tyler Foundation.*

Quelle modestie !

Nathan savait bien que derrière cette vague philanthropique se cachait surtout le désir d'obtenir des avantages fiscaux et de plaire à Mallory.

D'une pierre deux coups, comme on dit.

Il espérait seulement que sa femme n'était pas dupe.

Tyler terminait sa blague :

— ... vous êtes sûr qu'ils étaient tous morts lorsque vous les avez enterrés ? demanda le policier. Et le fermier répondit : certains prétendaient que non, mais vous savez bien que les avocats sont de sacrés menteurs !

Le Californien partit alors d'un grand éclat de rire.

— Reconnais qu'elle n'est pas mal du tout, n'est-ce pas, mon gars ?

— Je ne suis pas ton gars, riposta Nathan, bien décidé à lui rentrer dedans.

— Toujours susceptible, Del Amico, pas vrai ? C'est ce que je disais hier soir à Lory lorsque...

— Ma femme s'appelle Mallory.

À peine avait-il terminé sa phrase que Nathan réalisa qu'il venait de mordre à l'hameçon.

— Ce n'est plus ta femme, mon petit gars, répliqua aussitôt Tyler.

Il eut un ricanement presque imperceptible qui n'échappa pas à l'avocat. Puis il s'approcha de lui et lui chuchota à l'oreille, comme pour mieux enfoncer le clou :

— Ce n'est plus ta femme et c'est presque la mienne.

À cet instant, Nathan comprit que, pour ne pas perdre la face, il ne lui restait plus qu'à envoyer son poing dans la figure de Tyler. De toute sa vie, il ne s'était jamais laissé marcher dessus par des types comme ça. Il allait franchir le pas, même si c'était déraisonnable et politiquement incorrect, même si ça allait encore l'éloigner de sa femme. Bizarrement, il se rendit compte qu'il suffisait de pas grand-chose pour que le grand avocat de Park Avenue laisse la place au fils de la bonniche italienne, au *bad boy* qui, pour se défendre, n'hésitait pas à faire le coup de poing dans les rues du Queens lorsqu'il était jeune. On est si vite rattrapé par son passé, même lorsque l'on a employé sa vie entière à s'en éloigner.

La porte d'entrée s'ouvrit et Bonnie apparut, coupant net son élan.

— *Buenos días*[1], lança-t-elle joyeusement en entrant dans la pièce.

La Jolla était à moins de 20 kilomètres de la frontière mexicaine et Bonnie s'amusait souvent à baragouiner quelques mots d'espagnol entendus dans la rue ou à l'école.

Sa petite fille était arrivée et, soudain, ce fut comme si toute la rancœur et la colère accumulées contre Tyler s'étaient dissipées. Sa fille était là et rien d'autre ne comptait.

Bonnie se jeta dans ses bras. Il la souleva vers le plafond et la fit tournoyer.

Elle portait des habits colorés qui mettaient bien en valeur son beau bronzage ainsi qu'un bonnet péruvien dont les extrémités latérales lui retombaient sur les oreilles. Avec cet accoutrement, elle était vraiment amusante.

— Il ne te manque plus qu'un poncho et tu seras prête pour convoyer un troupeau de lamas à travers la cordillère des Andes, dit-il en la reposant sur le sol.

— J'pourrais en avoir un à Noël ? s'empressa-t-elle de demander.

— Un poncho ?

— Non, un lama.

— C'était une plaisanterie, chérie, dit la voix de Mallory.

*

Nathan se retourna. Mallory descendait les marches de l'escalier en traînant derrière elle le sac de voyage de Bonnie.

Elle lui dit furtivement bonjour. Il lui présenta Garrett comme un éminent chirurgien qui revenait d'un congrès à

1. Bonjour, en espagnol.

San Francisco et avec qui il était en relation d'affaires. Un peu étonnée, elle le salua néanmoins poliment.

— Nous sommes très en retard, fit-elle en jetant un coup d'œil ostensible à sa montre.

C'est ça ! Comme si tu ne te fichais pas complètement d'arriver à l'heure au restaurant !

Nathan décida néanmoins de ne pas la contredire. Cela ne servirait à rien et la dernière chose dont il avait envie était de se disputer avec elle devant Vince. Il se contenta de répondre sur le même ton :

— Nous ne sommes pas en avance non plus : notre avion s'envole dans une heure.

— Vous passez par Los Angeles ? demanda-t-elle en enclenchant l'alarme.

Nathan confirma.

Vince sortit le premier en agitant les clés de sa voiture et tout le monde lui emboîta le pas.

Dehors, le ciel commençait à s'assombrir. On sentait que l'orage était proche. Mallory referma la porte derrière elle, avant d'embrasser longuement sa fille.

— Bon voyage et n'oublie pas de m'appeler quand tu arriveras à New York !

Elle s'éloignait déjà, remontant la rue vers la Porsche métallisée de Vince, garée un peu plus haut.

— *¡Hasta luego*[1]*!* lança Bonnie en agitant son bonnet péruvien.

Mallory se retourna pour lui faire un petit signe. Pas une fois elle ne chercha le regard de Nathan.

— *Bon appétit*, lui cria-t-il en français, en mettant dans sa voix toute l'amertume et toute la tristesse qu'il ressentait.

1. À la prochaine.

Elle ne répondit rien.

Nathan prit la main de Bonnie et ils descendirent le long du trottoir en suivant Garrett qui, d'autorité, s'était emparé du sac de voyage.

La Porsche avait démarré bruyamment et se dirigeait vers eux. Comme par provocation, Tyler en profita pour serrer l'avocat de près. Le genre de bêtises auxquelles jouent parfois les hommes pour mesurer leur force...

Assise sur le siège passager, Mallory s'était baissée pour prendre quelque chose dans son sac et elle ne se rendit pas compte de la manœuvre de Tyler. D'autant plus que celui-ci, immédiatement après, adressa un petit signe de la main à l'avocat.

Sale con, pensa Nathan en regardant s'éloigner la voiture.

*

Aéroport international de San Diego

Mesdames, messieurs, nous allons procéder à l'embarquement du vol United Airlines 5214 en direction de Los Angeles, porte 25. Veuillez vous munir de votre carte d'embarquement et d'une pièce d'identité.

À cet appel, une quarantaine de voyageurs se levèrent comme un seul homme des chaises de métal pour former une double queue devant le comptoir d'embarquement. Ils seraient les premiers à entrer dans l'avion.

Parmi eux, Bonnie écoutait de la musique sur son baladeur MP3 et dodelinait de la tête au rythme des accords de violon de Hillary Hann. Garrett était en train de grignoter sa cinquième barre de chocolat et Nathan, le regard perdu derrière les vitres, faisait semblant de s'intéresser au ballet des avions orchestré par les contrôleurs aériens.

Depuis quelques minutes, il était envahi par un pressentiment funeste : et s'il ne revoyait jamais Mallory ?

Leur histoire ne pouvait pas s'arrêter comme ça. Il *devait* revoir sa femme, au moins une dernière fois.

Sa rencontre avec Mallory était la meilleure chose qui lui soit jamais arrivée. Il était sans doute trop tard pour bénéficier d'une seconde chance mais il avait au moins le droit de lui dire au revoir autrement qu'en entendant les sarcasmes de Vince Tyler derrière son dos.

Garrett venait de tendre sa carte d'embarquement à l'hôtesse. Nathan le tira par la manche.

— Je ne pars pas, dit-il simplement.

— Vous voulez retourner là-bas ?

— Il faut que je la voie une dernière fois. Il faut qu'elle sache...

Goodrich l'interrompit :

— Faites ce que vous avez à faire, déclara-t-il d'un ton neutre.

— J'emmène Bonnie.

— Laissez-la-moi, elle ne craint rien avec moi.

Ils se décalèrent pour laisser passer les autres passagers qui commençaient à s'impatienter.

Nathan se baissa pour être au niveau de sa fille. Bonnie retira ses écouteurs et lui fit un sourire.

— Écoute, chérie, j'ai oublié de dire quelque chose à maman, alors je crois que toi et moi, on va prendre le vol suivant.

La petite fille leva les yeux vers Goodrich. Elle qui était plutôt craintive s'était tout de suite sentie en confiance avec le colosse. Elle hésita un peu puis proposa :

— Peut-être que j'peux rentrer avec Garrett ?

Nathan fut très surpris par sa réaction. Il lui passa la main dans les cheveux.

— Tu es sûre que tout ira bien, chérie ?

— *Muy bien*[1], répondit-elle en l'embrassant.

Nathan planta son regard dans celui de Goodrich. Il y avait peu de personnes sur terre à qui il aurait confié sa fille, fût-ce pour quelques heures et le médecin était sans conteste l'une d'elles.

Oui, il avait confiance en Goodrich et en dépit du pouvoir un peu morbide de ce dernier, Bonnie serait en sécurité en sa compagnie. De toute façon, le Messager n'était pas là pour elle mais pour... lui.

— Elle ne craint rien avec moi, répéta Goodrich. N'oubliez pas : je suis une assurance vie.

Nathan ne put réprimer un sourire. Il sortit de sa poche le billet de Bonnie pour le confier au médecin.

— Je me débrouillerai pour avoir une place sur le vol suivant, lança-t-il en fendant la foule dans le sens inverse.

— Venez la chercher au Centre, lui cria Garrett. Ne vous en faites pas : je m'occupe de tout.

Nathan sortit en courant de la zone d'embarquement. Il déboula hors de l'aéroport, héla un taxi et lui demanda de foncer vers La Jolla.

1. Très bien.

20

« Sans aucun doute, il y a ressemblance entre l'amitié et l'amour. Nous dirons même de l'amour qu'il est la folie de l'amitié. »
Sénèque

La pluie tombait à torrents.

Il avait sonné à la porte mais Mallory n'était pas encore rentrée.

Depuis l'autre côté de la rue, il guettait les rares voitures qui empruntaient cette petite traverse pour gagner la route principale.

Bon sang, c'était un véritable déluge ! Et même pas un endroit pour s'abriter. Inutile en effet de songer à se protéger sous l'une des vérandas des maisons alentour : les gens du coin avaient la réputation justifiée de prévenir la police au moindre individu suspect. Mieux valait donc ne pas se faire repérer, quitte à se retrouver trempé jusqu'aux os.

La douceur de vivre californienne, tu parles ! pensa-t-il en éternuant bruyamment.

Il se sentait stupide et misérable, soumis à l'emprise de la mort qui pesait constamment sur ses épaules.

Qu'est-ce que je fiche ici ?

Mallory ne reviendrait peut-être pas de la journée, ou alors elle serait accompagnée par Tyler. De toute façon, il savait que, même seule, elle n'aurait à lui offrir qu'indifférence et détachement.

Merde ! Il était complètement trempé. Il grelottait. Jamais, il n'avait eu autant l'impression d'avoir raté sa vie.

Au moment où la pluie redoublait d'intensité, le pare-chocs de la Porsche s'arrêta net devant la petite maison.

Nathan plissa les yeux. De l'endroit où il était, il ne distinguait pas grand-chose mais il eut l'impression que ni Mallory ni Tyler ne descendaient de voiture. On aurait dit qu'ils parlementaient. Peut-être même qu'ils... s'embrassaient ?

Il essaya de se rapprocher un peu, mais l'écran de pluie protégeait l'habitacle de la voiture des regards indiscrets. Au bout de deux ou trois minutes, Mallory sortit du véhicule, sembla hésiter un moment puis se dirigea en courant vers la maison.

La Porsche s'éloigna alors à pleine vitesse, éclaboussant tout sur son passage.

L'instant d'après, des lampes s'allumèrent successivement dans la maison, faisant apparaître la silhouette de Mallory derrière les rideaux de mousseline.

Il se sentait seul, vulnérable, ne sachant trop quoi faire. Lui qui se targuait d'être un homme d'action, il se trouvait à présent complètement paralysé. Cela avait-il le moindre sens de vouloir dire à cette femme qu'il l'aimait encore ?

Tout à coup, la porte s'ouvrit et il la vit s'avancer au milieu de la rue, comme happée par le rideau de pluie.

Qu'est-ce qu'il lui prend de ressortir sans parapluie ? se demanda-t-il.

Au même moment, le ciel fut déchiré d'éclairs et le tonnerre gronda.

Elle fit un tour sur elle-même, regardant de tous les côtés, puis cria :

— Nathan ?

*

Une senteur de cannelle s'élevait des bougies.

Il avait enlevé sa chemise et se séchait vigoureusement avec une serviette.

Le temps triste et pluvieux renforçait encore la convivialité de l'appartement de Mallory. Des fleurs et des couleurs égayaient chaque recoin du salon. Il remarqua l'absence de sapin et de décorations de fête mais ça ne le surprit pas : Noël avait toujours provoqué chez sa femme un sentiment d'anxiété.

Il accrocha sur un cintre sa veste et son pantalon et les plaça au-dessus du radiateur. Il s'enroula ensuite dans une épaisse couverture avant de s'enfoncer dans l'amas de coussins multicolores recouvrant le canapé. Ce faisant, il dérangea un chat tigré en pleine sieste. Mécontent d'être importuné dans son abri douillet, l'animal émit un miaulement hostile.

Ce n'était ni un persan ni un siamois mais un gros matou de gouttière qui s'était perdu dans le coin et que Mallory avait adopté pour offrir une compagnie au lapin de Bonnie.

— Salut, toi, n'aie pas peur.

L'avocat l'attrapa prestement pour le placer à côté de lui. Après quelques caresses à la base du crâne, le chat accepta de partager son territoire et manifesta son contentement par un ronronnement prolongé.

Nathan s'installa encore plus confortablement, se laissant bercer par le bruit régulier du chat, puis il se sentit si fatigué qu'il ferma les yeux à son tour.

Dehors, l'orage redoublait d'intensité et des éclairs en cascades transperçaient le ciel dans un grondement menaçant.

Mallory préparait du café dans la cuisine.

Elle avait allumé la radio qui diffusait en sourdine une vieille chanson de Van Morisson qu'elle aimait bien.

La porte donnait sur le salon. Elle se pencha de côté pour observer Nathan à la dérobée. Elle s'aperçut qu'il venait de fermer les yeux et comme autrefois lorsqu'elle le regardait dormir, une grande bouffée de tendresse l'envahit.

Comment avait-elle senti sa présence, tout à l'heure, sans même savoir qu'il n'avait pas pris son avion ? Elle ne se l'expliquerait jamais. C'était comme ça. D'un seul coup, une force mystérieuse l'avait poussé à sortir sous la pluie pour le retrouver. Elle avait eu la certitude qu'il serait là, à l'attendre, de l'autre côté de la rue. Ce n'était pas la première fois qu'un tel phénomène se produisait. Pas plus que son mari, elle n'avait de conviction religieuse profonde. Pourtant, il y avait entre eux une sorte de lien spirituel à la fois rassurant et mystérieux dont elle n'avait parlé à personne de peur de paraître ridicule et qui remontait à leur enfance.

À nouveau elle le regarda. Pourquoi était-il revenu ? Déjà ce matin, elle avait été intriguée par ce chirurgien qui l'accompagnait et il lui avait semblé confusément que quelque chose n'allait pas. Est-ce que Nathan était malade ? Ces derniers jours, au téléphone, elle avait plusieurs fois senti comme de l'angoisse dans sa voix et tout à l'heure, sous la pluie, elle avait lu la peur dans son regard.

Elle connaissait bien l'homme étendu sur son canapé. Elle le connaissait comme elle ne connaîtrait jamais personne sur cette terre. Et, autant qu'elle s'en souvienne, rien n'avait jamais fait peur à Nathan Del Amico.

*

Hiver 1984
Aéroport de Genève

Dans le hall des arrivées, Mallory attend.

Ils se sont parlé pour la dernière fois trois jours auparavant et aujourd'hui elle s'apprête à passer toute seule son vingtième anniversaire, dans cette institution à 6 000 kilomètres de chez elle.

Elle lui a demandé de ne pas venir : le vol New York-Genève est hors de prix et elle sait bien qu'il n'a pas d'argent et qu'il en souffre. Bien sûr, elle aurait pu l'aider à payer le prix du billet mais il n'aurait jamais accepté. Elle est pourtant venue guetter l'arrivée de l'avion de Swissair. Juste pour le cas où....

Tremblante et fébrile, elle détaille les premiers voyageurs qui commencent à débarquer.

Quelques mois auparavant, alors qu'elle se croyait définitivement tirée d'affaire, elle avait rechuté. Et ses récentes retrouvailles avec Nathan ne lui avaient été d'aucun secours. Son amour naissant s'était heurté à trop de choses : l'hostilité de ses parents, les barrières sociales, l'éloignement géographique... Si bien qu'elle s'était à nouveau laissée maigrir jusqu'à ne plus peser que 40 kilos.

Au début, elle avait réussi sans trop de peine à masquer sa perte de poids à ses parents et à Nathan. Lorsqu'elle revenait à la maison pour les vacances elle se débrouillait pour donner l'impression d'être en pleine forme. Mais sa mère n'avait pas tardé à se rendre compte de son changement. Ses parents avaient alors agi selon leur habitude : en évitant les demi-mesures pour préférer une solution radicale et sans bavure qui, croyaient-ils, ferait disparaître le problème.

C'est comme ça qu'elle a atterri dans cette clinique suisse, un établissement très coûteux, spécialisé dans les pathologies psychologiques des adolescents. Ça fait donc exactement trois mois qu'elle est dans cette foutue maison de repos. Elle s'en plaint mais, objectivement, il faut reconnaître que le traitement a été efficace puisqu'elle a recommencé à manger normalement et à retrouver une partie de son énergie. Pourtant, chaque jour est un combat permanent, une lutte contre la force destructrice qui court à l'intérieur d'elle-même.

Tous les docteurs lui ont expliqué que son refus de s'alimenter exprime une souffrance qu'elle doit d'abord identifier si elle veut guérir.

Mais était-ce vraiment une souffrance ?

Oui, on pouvait sûrement voir les choses comme ça. Oh, elle n'avait pas eu une enfance difficile ni subi de traumatisme évident. Non, c'était quelque chose de plus diffus, un sentiment qui l'avait habitée dès l'enfance et qui se faisait de plus en plus pressant à mesure qu'elle grandissait.

Ça pouvait survenir n'importe quand, n'importe où. Sur les grandes avenues par exemple, lorsqu'elle se promenait avec ses amies pour faire les magasins chic de la ville. Il lui suffisait de passer devant les sans-abri qui dormaient dans des cartons sous la neige. Chaque fois, c'était la même chose : personne ne semblait leur prêter attention. Personne ne les remarquait vraiment. Mais elle, Mallory, ne voyait plus que ça : ces visages brûlés par le froid qui s'imposaient à elle, alors qu'ils semblaient transparents aux yeux des autres. Comment s'étonner après ça qu'elle ait du mal à s'intéresser aux futilités de la vie ! Elle était bien consciente d'être une privilégiée et souffrait d'une sorte de culpabilité qui lui rendait intolérable cette proximité entre opulence et misère.

Le débarquement touche maintenant à sa fin. Les dernières personnes descendent de l'escalier roulant après être passées par le service des douanes.

Elle croise très fort les doigts.

Si elle a recommencé à manger, c'est en grande partie pour lui : sa relation avec Nathan constitue le point d'ancrage de sa vie, une bulle de bonheur qu'elle désire préserver à tout prix.

Alors qu'elle commence à se résigner, il apparaît soudain, en haut des marches. C'est bien lui, avec sa casquette des Yankees sur la tête et le pull torsadé bleu clair qu'elle lui a offert pour son anniversaire.

Comme il ne pense pas être attendu, il ne prend pas la peine de regarder autour de lui. Elle ne lui fait pas signe tout de suite, le laissant se diriger vers les tapis roulants qui restituent les bagages.

Puis elle ose crier pour l'appeler.

Il se retourne, marque une surprise bien réelle, pose son sac pour venir vers elle et l'embrasse avec fougue.

Elle se laisse aller dans ses bras, profitant pleinement de ce moment précieux. Elle enfouit douillettement la tête au creux de son épaule, le respirant comme un parfum enivrant. Réconfortée par son étreinte, pendant une minute entière, elle ferme les yeux et il lui semble retrouver un peu les bonnes odeurs d'une enfance où les tourments et la difficulté de vivre n'existaient pas.

— Je savais bien que tu étais capable de venir me chercher jusqu'au bout du monde, plaisante-t-elle, avant de lui donner un petit baiser.

Il la regarde dans les yeux et dit d'un ton solennel :

— J'irais même encore plus loin, plus loin que le bout du monde...

À cet instant précis, elle sait avec certitude qu'il est l'homme de sa vie.

Et qu'il en sera toujours ainsi.

*

— Je ne t'ai pas entendue venir, murmura Nathan en ouvrant les yeux.

Elle posa une tasse de café brûlant sur un tabouret en bois brut.

— J'ai mis ton pantalon au sèche-linge. Tu pourras bientôt te rhabiller.

— Merci.

Ils étaient empruntés, sans repères, comme deux anciens amants qui se seraient autrefois bien connus avant d'être séparés par les vicissitudes de la vie.

— C'est quoi ces bagages ? demanda-t-il en désignant deux sacs de voyage posés près de l'entrée.

— On m'a demandé de participer à une conférence préparatoire au Forum social de Porto Alegre. J'avais d'abord refusé à cause de Bonnie mais comme tu l'as prise plus tôt...

— Quoi ! tu pars au Brésil ?

— Juste trois ou quatre jours. Je serai rentrée pour Noël.

Mallory ouvrit l'un des sacs et attrapa quelque chose à l'intérieur.

— Tiens, enfile ça ou tu vas attraper la mort, fit-elle en

lui tendant un tee-shirt repassé. C'est un vieux truc mais je crois qu'il te va encore.

Il déplia le tee-shirt et reconnut celui qu'il portait le fameux soir où ils avaient fait l'amour pour la première fois. C'était il y a longtemps.

— Je ne savais pas que tu l'avais gardé.

Pour ne pas laisser la gêne s'installer, elle s'empara d'un châle qui traînait sur le canapé et s'enveloppa dedans.

— Brr... c'est vrai qu'il ne fait pas chaud, frissonna-t-elle.

Elle s'éclipsa quelques secondes, avant de revenir avec une bouteille de tequila mexicaine dans les mains.

— Voilà l'un des moyens les plus agréables pour se réchauffer, continua-t-elle en lui servant un verre.

Pour la première fois depuis une éternité, il vit un sourire sur le visage de sa femme et ce sourire lui était adressé.

— ¡*A tu salud*[1] ! comme dirait Bonnie.

— ¡*A tu salud !*, répondit Nathan.

Leurs verres s'entrechoquèrent puis, comme le veut la tradition, ils avalèrent l'alcool d'un trait.

Elle tira à elle un bout de sa couverture et s'assit à côté de lui sur le canapé. Elle posa la tête sur son épaule avant de fermer les yeux.

— Ça fait pas mal de temps qu'on ne s'est plus parlé tous les deux, pas vrai ?

*

La pluie continuait à tomber, fouettant les carreaux et laissant de longues traînées verticales sur les vitres.

— Dis-moi ce qui te tracasse ?

1. À ta santé !

— Rien, mentit Nathan.

Il avait décidé de ne pas lui parler des Messagers. Cette histoire était trop irrationnelle, à la limite du surnaturel. Mallory pourrait le prendre pour un fou et s'inquiéter qu'il ait laissé Bonnie entre les mains de Goodrich.

Mais elle insista :

— Ça n'a pas l'air d'aller très fort. De quoi as-tu peur ?

Cette fois, il ne mentit pas.

— De te perdre.

Elle haussa les épaules d'un air désabusé.

— Je crois qu'on s'est déjà pas mal perdus.

— On peut perdre quelqu'un à différents niveaux.

Elle repoussa une mèche de cheveux de son visage.

— Que veux-tu dire ?

Au lieu de répondre à sa question, il lui demanda :

— Comment en est-on arrivés là, Mallory ?

— Tu le sais très bien.

Il laissa ses yeux errer dans le vide.

— Rien ne serait arrivé sans la mort de Sean.

Elle s'énerva :

— Laisse Sean où il est ! Tu n'étais plus celui que j'aimais, Nathan, c'est tout.

— L'amour ne s'en va pas comme ça.

— Je n'ai pas dit que je ne t'aimais plus. J'ai seulement constaté que tu n'étais plus celui que j'avais aimé au début.

— Tu me connais depuis que j'ai huit ans ! Heureusement que j'ai changé. Tout le monde change.

— Ne fais pas semblant de ne pas comprendre : ta vie tout entière tournait autour de ton boulot. Tu ne faisais plus attention à moi.

— Il fallait bien que je travaille ! se défendit-il.

— Ton travail ne t'obligeait pas à humilier mon père avec ce procès ! Tu as fait passer ton orgueil avant ta femme.

— C'est Jeffrey qui l'avait cherché. N'oublie pas tout ce que ta famille a fait à ma mère.

— Mais *je* ne suis pas ma famille et tu n'as pas pensé à moi. Tu t'es tellement éloigné de moi, Nathan ; tu étais toujours insatisfait, à la recherche inlassable du bonheur parfait.

Il tenta de se justifier :

— C'était pour nous que je le voulais, ce bonheur. Pour toi, pour les enfants...

— Mais nous l'avions ce bonheur, Nathan. Tu ne t'en rendais pas compte, mais nous l'avions ! Qu'est-ce qu'il t'aurait fallu de plus ? Encore davantage d'argent ? Mais pour quoi faire ? Acheter une troisième voiture puis une quatrième ? Jouer à cette connerie de golf dans un club huppé ?

— Je voulais être digne de toi. Montrer que j'avais réussi.

Elle était maintenant très en colère.

— Ah, nous y voilà ! Montrer que tu as réussi : *la* grande ambition de Nathan Del Amico !

— Tu ne peux pas comprendre. Dans le milieu où je suis né...

Elle ne le laissa pas continuer.

— Je sais très bien où tu es né et combien ça a été difficile pour toi, dit-elle en martelant chacun de ses mots, mais la vie n'est ni une compétition ni une guerre et tu n'as pas l'obligation de prouver ta réussite à tout bout de champ.

Elle se leva d'un bond du canapé.

— Mallory !

Il essaya de la retenir mais elle resta sourde à son appel. Elle avait trouvé refuge dans le coin opposé de la pièce. Là, comme pour chercher à se calmer, elle alluma plusieurs petites bougies qui flottaient dans une profonde coupe en verre transformée en photophore.

Nathan s'approcha d'elle et tenta de poser les mains sur ses épaules. Elle se dégagea sans ménagement.

— Regarde un peu ça, dit-elle en lui lançant un exemplaire du *New York Times* qui traînait sur la table du salon.

Même si elle habitait en Californie, Mallory continuait à être abonnée au quotidien new-yorkais qu'elle dévorait depuis qu'elle était étudiante.

Nathan attrapa le journal au vol et regarda les titres à la une.

Ohio : *Armé d'un pistolet, un adolescent tue trois personnes dans son lycée.*

Chili : *L'éruption d'un volcan annonce une catastrophe humanitaire.*

Afrique : *Des centaines de milliers de réfugiés sur les routes dans la région des Grands Lacs.*

Proche-Orient : *Nouvelle tension après un attentat suicide.*

Au bout de quelques secondes, elle demanda d'un ton très triste :

— Quel sens a cette vie si on ne peut pas la partager avec quelqu'un ?

Ses yeux s'embuèrent. Elle le fixait avec colère.

— Que pouvait-il y avoir de plus important pour toi que de partager ton amour avec nous ?

Comme il ne répondait pas, elle l'interpella à nouveau :

— Ça ne me rassurait pas de vivre avec quelqu'un sans faille. Tu aurais pu reconnaître tes faiblesses, au moins devant moi. Tu aurais pu me faire confiance...

Ces mots voulaient dire : tu m'as tellement déçu.

Il regarda Mallory les yeux brillants. Tout ce qu'elle venait de dire était vrai. Pourtant, il ne méritait pas d'endosser le mauvais rôle à lui tout seul.

— En tout cas, moi j'ai gardé mon alliance, dit-il en brandissant son annulaire. J'ai gardé mon alliance alors que toi, tu oses emmener ce pauvre minus manger dans *notre* restaurant !

Il agitait toujours sa bague de mariage sous les yeux de Mallory un peu à la manière d'un avocat exhibant une pièce à conviction décisive devant les jurés.

Mais il n'était pas dans l'une de ses plaidoiries. Il était devant la femme qu'il aimait et celle-ci le regardait d'un air qui voulait dire : *Ne me sous-estime pas sur ce terrain-là, ne me fais pas cet affront*. Lentement, elle tira hors de son pull à col roulé une petite chaîne au bout de laquelle était suspendue une bague en or blanc.

— Moi aussi j'ai gardé mon alliance, Nathan Del Amico, mais ça ne prouve strictement rien.

Maintenant des larmes étincelaient dans ses yeux. Elle essaya néanmoins de continuer ce qu'elle avait à dire.

— Et puisque tu veux parler de Vince, sache qu'il n'a rien à voir avec nous.

Puis elle ajouta dans un haussement d'épaules :

— D'ailleurs, si tu n'as pas encore compris que je manipule cette pauvre andouille, c'est que tu n'es pas très perspicace.

— Je perds souvent ma perspicacité lorsqu'il s'agit de toi.

— Je me sers de lui. Je n'en suis pas vraiment fière mais je l'utilise. Ce type brasse une véritable fortune et si je peux faire quelque chose pour qu'il en consacre une partie à aider les plus démunis, je veux bien l'accompagner dans tous les restaurants du monde.

— C'est très cynique comme façon de faire, remarqua-t-il.

Elle eut un rire triste.

— « Cynisme et audace sont les deux piliers du business » : c'est vous qui m'avez appris ça, monsieur le grand avocat, vous avez oublié ?

Elle tira un paquet de Kleenex de sa poche et s'essuya les yeux. Il n'osa plus s'approcher d'elle de peur d'être repoussé. À la place, il parcourut la pièce en silence, ouvrit la fenêtre et respira un peu d'air frais. Les nuages lourds et noirs semblaient à présent filer vers le nord.

— Il ne pleut presque plus, remarqua-t-il pour faire retomber la pression.

— J'en ai rien à foutre de la pluie, rétorqua Mallory.

Il se tourna vers elle. Ses joues s'étaient creusées et sa peau était pâle, presque diaphane. Il avait envie de lui dire qu'elle avait toujours eu la première place dans sa vie et qu'elle la garderait à tout jamais. Mais tout ce qu'il trouva à dire fut :

— Je sais tout ça, Mallory.

— Tu sais quoi ?

— Tout ce que tu viens de me dire : que le bonheur ne se réduit pas au bien-être matériel. Que le bonheur c'est avant tout le partage : le partage des plaisirs et des emmerdes, le partage d'un même toit et d'une même famille... Je sais tout ça, maintenant.

Il écarta les bras en guise d'impuissance et lui fit un sourire penaud.

Elle le regarda avec indulgence. Quand il était comme ça, il lui faisait penser invariablement au petit garçon qu'il avait été et auquel elle ne pouvait résister.

Elle laissa ses reproches de côté pour le moment et alla se blottir contre son torse. Il ne fallait pas qu'elle soit trop injuste avec lui car elle savait qu'après la mort de Sean, le repli vers son travail avait été pour Nathan la seule échappatoire qu'il avait trouvée à sa souffrance.

Et elle ne pouvait pas le blâmer pour ça, même si elle regrettait qu'ils n'aient pas su rester soudés, eux qui avaient partagé le même drame.

Elle ferma les yeux. Il n'était pas encore parti mais elle savait déjà que, dans quelques minutes, elle ressentirait douloureusement son absence.

Pour les biologistes, une bonne partie du sentiment amoureux se réduit à une affaire de molécules et de substances chimiques qui se libèrent à l'intérieur du cerveau, suscitant le désir et l'attachement. Si tel est le cas, un phénomène de cette ampleur se produisait assurément chaque fois qu'elle était en contact avec lui.

Elle aurait voulu que cet instant se prolonge pendant au moins une éternité. Malgré ça, elle fit un effort inouï pour y mettre un terme. Ce n'était pas le moment. Elle était attirée par lui mais elle lui en voulait encore terriblement.

— Il faut que tu partes, sinon tu vas louper le dernier avion, dit-elle en se dégageant.

*

Il se trouvait maintenant sur le pas de la porte sans arriver à se décider à partir. Le moteur du taxi qu'il avait appelé tournait déjà depuis cinq minutes.

Comment lui expliquer que c'était peut-être leur dernier au revoir, leur dernier sourire, la dernière fois que leurs peaux se touchaient ?

— S'il m'arrivait quelque chose, je voudrais vraiment que tu...

— Ne dis pas n'importe quoi, le coupa-t-elle.

— Ce n'est pas n'importe quoi, Mallory, imagine que...

— Je te dis qu'on se reverra, Nat. Je te le promets.

Comme elle ne lui avait jamais menti, il aurait bien voulu la croire, même cette fois.

Elle posa un baiser au creux de sa propre main puis caressa doucement la joue de son mari.

Il allait s'engouffrer dans la voiture lorsqu'il ne put s'empêcher de se retourner pour lui adresser un dernier regard. Le dernier regard d'un homme qui craignait de perdre pour toujours celle qu'il adorait. Le dernier signe de reconnaissance d'une âme qui, sur cette terre, avait eu la chance de trouver sa moitié.

Tout en le regardant s'éloigner dans l'air purifié par la pluie, Mallory attrapa l'alliance qui pendait au bout de sa chaîne.

Elle serra l'anneau de toutes ses forces et récita mentalement, comme une incantation :

Notre amour est inexorable comme la mort.
Les grandes eaux ne sauraient l'éteindre,
Et les fleuves ne le submergeraient pas.

21

Si j'ai un enfant, c'est comme si je disais : je suis né, j'ai goûté à la vie et j'ai constaté qu'elle est si bonne qu'elle mérite d'être multipliée.
Milan Kundera

17 décembre

— *¿Qué hora es*[1]*?* demanda Bonnie en se frottant les yeux.

La petite fille venait de se lever.

— Devine ! répondit son père en la prenant dans ses bras.

Nathan était revenu de San Diego par le vol de six heures du matin. Il avait récupéré sa fille qui dormait sur le canapé du bureau de Goodrich. « Elle s'est couchée très tard, lui avait précisé le médecin. Notre vol vers New York a eu du retard à cause des intempéries. »

Il avait pris Bonnie tout ensommeillée dans ses bras et ils étaient rentrés tous les deux vers le San Remo. Il l'avait finalement couchée à huit heures alors que le soleil du matin était déjà bien levé.

1. Quelle heure est-il ?

Elle fixait maintenant la pendule de la cuisine d'un air incrédule.

— Déjà trois heures de l'après-midi ?

— Eh oui bébé, tu as fait un gros sommeil.

— Je ne suis pas un bébé, se défendit-elle en bâillant.

— Oh que si, dit-il en l'installant sur un haut tabouret devant un bol de chocolat fumant, tu es *mon* bébé.

— C'est la première fois de ma vie que je me lève si tard, rigola-t-elle en s'emparant d'un *bagel* aux graines de sésame.

Il la regarda avec tendresse. Être avec elle était un vrai réconfort. Hier, il lui avait trouvé bonne mine. Elle semblait joyeuse et épanouie, beaucoup moins angoissée que lors des dernières vacances. Le choc du divorce était en train de se dissiper. Elle avait fini par comprendre que la séparation de ses parents ne l'éloignerait ni de son père ni de sa mère. Tant mieux.

Mais à peine ce problème commençait-il à se régler qu'un autre, ô combien plus important, se profilait à l'horizon : on allait lui enlever son père.

Il s'inquiétait beaucoup pour elle. Serait-elle capable d'affronter cette épreuve, la plus difficile qu'elle aurait à subir depuis le début de sa petite vie ? Y avait-il une façon de préparer un enfant à la mort prochaine d'un de ses parents ?

Pour l'instant, il préféra chasser ses idées noires et profiter du bon temps.

— On pourrait aller chercher un sapin de Noël, lança-t-il, pensant que ça lui ferait plaisir.

— Oh ouais ! Avec beaucoup de décorations : des boules, des étoiles et des guirlandes qui clignotent dans le noir.

— Et puis on ira faire des courses et on se préparera un bon dîner.

— On pourra faire une salade de tagliatelles noires à l'encre de seiche ? supplia-t-elle.

C'était en effet son plat préféré depuis qu'elle l'avait goûté dans un restaurant de Tribeca où ils étaient allés avec Mallory lorsqu'elle était toute petite.

— Avec un super dessert. Tu veux qu'on se prépare un bon gros dessert ?

— Bien sûr, dit-elle en sautant de joie.

— Qu'est-ce qui te ferait plaisir ?

— Un *pumpkin pie*[1], répondit-elle sans hésiter.

— C'est un dessert pour Thanksgiving. Tu ne préfères pas une spécialité de Noël ?

Elle secoua la tête.

— Non, j'aime la tarte au potiron lorsqu'elle est bien juteuse, et avec beaucoup de mascarpone, précisa-elle en salivant à l'avance.

— Alors, dépêche-toi de terminer ton déjeuner.

— J'en veux plus, dit-elle en se levant de table pour venir se blottir dans ses bras.

Elle le serrait très fort, tout en frottant ses petits pieds nus l'un contre l'autre.

— Tu as froid, petit écureuil ?

— Oui, je suis toute froguirofiée.

Elle était vraiment adorable dans les efforts qu'elle faisait pour employer des mots compliqués.

— *Frigorifiée*, la corrigea-t-il en riant. Tu es une petite fille frigorifiée qui va se dépêcher d'aller s'habiller chaudement.

*

1. Tarte sucrée au potiron.

Trouver les fameuses tagliatelles noires ne fut pas chose aisée. Il leur fallut se déplacer jusque chez Dean et Delucca. À quelques jours de Noël, la luxueuse épicerie de Soho était bondée. Ils laissèrent les gens jouer des coudes pour faire leurs achats dans un temps record. Qu'importe, ils avaient tout leur temps.

Sur Broadway, Bonnie compara pendant un bon quart d'heure les différents sapins proposés par un vendeur en plein air. Quand elle eut fait son choix, Nathan chargea le petit arbre dans le coffre du 4×4 avant de s'arrêter dans un commerce de la 3e Avenue où, selon lui, on trouvait les plus beaux fruits et légumes de toute la ville.

Là, ils achetèrent un beau potiron et une soupe de poisson en bocal venue de France qui portait le drôle de nom de « soupe à la sétoise ».

À la fin de l'après-midi, ils étaient de retour chez eux, prêts à se lancer dans une délicate préparation culinaire.

À peine débarrassée de son duffle-coat, Bonnie étala avec empressement les ingrédients sur le plan de travail de la cuisine : pâte brisée, potiron, oranges, sucre vanillé, liqueur d'amande amère, mascarpone...

— Tu viens m'aider ? lui demanda-t-elle dans un sourire.

— J'arrive.

Il regarda sa fille et il sentit son cœur se serrer. Il aurait aimé lui dire de ne pas craindre l'avenir, que même mort il serait toujours là pour veiller sur elle et la protéger.

Mais qu'en savait-il ? Ce n'était sûrement pas ainsi que les choses se passaient. Il était à peu près certain qu'il ne se transformerait pas en ange gardien dont la mission serait de la préserver des mauvais pas.

La vérité, c'était qu'il avait peur. Il avait peur de laisser sa petite fille affronter sans son aide la laideur et le cynisme du monde extérieur.

Il s'approcha de la table. Vêtue d'un tablier trois fois trop grand pour elle, Bonnie avait déjà ouvert le livre de recettes à la bonne page et attendait patiemment ses instructions.

— Au boulot !

Nathan étala la pâte au rouleau et en fonça le moule. Il couvrit ensuite le tout d'un cercle de papier sulfurisé qu'il remplit de haricots secs avant de l'enfourner. Pendant ce temps, Bonnie avait retiré les fibres et les graines du potiron. Il l'aida à en couper la chair en petits dés puis elle rajouta avec précaution quelques gouttes de liqueur avant de lui faire à nouveau un beau sourire plein de satisfaction. Nathan mit la préparation sur le feu puis profita de cette interruption pour lui poser une question.

— Tu te souviens lorsque Sean est mort ?

— Bien sûr, fit-elle en le regardant droit dans les yeux.

Même si elle luttait pour le camoufler, il remarqua qu'un voile de tristesse envahissait le beau visage de sa fille. Il se força néanmoins à continuer.

— À l'époque tu étais toute petite.

— J'avais quatre ans, précisa-t-elle comme si cette période remontait à deux ou trois décennies.

— Pour t'expliquer, maman et moi t'avons dit des choses comme « Sean est au ciel ».

Elle hocha la tête pour montrer qu'elle se le rappelait.

— Au début, tu posais beaucoup de questions à propos de ça. Plusieurs fois, tu m'as demandé s'il faisait froid au ciel. Tu voulais aussi savoir comment ton petit frère allait faire pour se nourrir et si tu pourrais un jour lui rendre visite là-haut.

— Je m'en souviens, dit simplement Bonnie.

— Eh bien, je ne sais pas si nous avions choisi la meilleure façon de bien t'expliquer ce qu'était la mort...

— Pourquoi, on va pas au ciel lorsqu'on meurt ?

— À vrai dire, personne n'en sait rien, chérie.

Elle réfléchit un moment pour convoquer toutes les connaissances qu'elle pouvait avoir sur le sujet.

— Mon amie Sara dit que lorsqu'on est mort, on va au paradis ou en enfer.

— Nous ne savons pas, répéta Nathan.

Mais il comprit que cette réponse ne la satisferait pas.

— Pourquoi on ne cherche pas dans l'encyclopédie ? demanda-t-elle vivement. Maman me dit toujours qu'il faut chercher dans l'encyclopédie lorsqu'on ne sait pas quelque chose.

— Même l'encyclopédie ne sait pas ça. C'est un mystère.

À ce moment, la sonnerie du four retentit.

Nathan sortit le fond de tarte cuit à blanc et en retira les haricots secs.

Contre toute attente, la petite fille ne lui proposa pas son aide.

— Allez Bonnie, j'ai besoin de toi. Il faut préparer la garniture de la tarte. Montre-moi si tu sais toujours casser les œufs comme je te l'ai appris. Vite, vite !

Elle s'attela à la tâche, d'abord réticente, puis avec plus d'entrain. Elle mélangea les œufs avec le sucre. Elle se débrouillait bien et cinq minutes plus tard, son sourire était revenu.

— Regarde, c'est tout mousseux ! s'écria-t-elle.

— Oui, il faut rajouter le potiron, le jus d'orange et le mascarpone.

Ils se partagèrent les tâches. Il pressa une orange pour en

recueillir le jus tandis qu'elle passait les morceaux de potiron au presse-purée.

À un moment, elle voulut goûter sa préparation et le coulis lui dessina de fines moustaches orangées.

Il alla chercher un appareil photo et ils se photographièrent tous les deux à tour de rôle. Puis, d'une main, il souleva l'appareil au-dessus de leur tête. Ils collèrent alors leurs deux joues l'une contre l'autre.

— Un, deux, trois, *cheese* !

Encore un beau souvenir.

Il la laissa répartir la garniture sur le fond de tarte puis il l'aida à l'enfourner.

Bonnie s'accroupit devant la vitre du four pour observer la tarte qui commençait à cuire. Elle était aussi captivée que si elle regardait le plus formidable des programmes télé.

— Mmm... ça va être bon. Il faut attendre longtemps ?

— Une quarantaine de minutes, chérie.

Elle se mit debout, leva son petit nez vers lui et resta quelques secondes dans cette position comme si elle hésitait à lui faire part de quelque chose. Au bout de quelques instants, elle finit par se décider :

— Grand-mère n'aime pas que je lui pose des questions sur la mort. Elle dit que je suis trop petite et que ça porte malheur.

— Ce sont des bêtises, chérie. C'est seulement que les adultes ont peur de parler de la mort avec les enfants.

— Pourquoi ?

— Ils craignent de les effrayer alors que c'est justement de ne pas en parler qui fait peur. On a toujours peur de ce qu'on ne connaît pas.

Elle demanda alors, avec naturel :

— Qu'est-ce qu'il faut savoir sur la mort ?

Il réfléchit un instant.

— D'abord, la mort est inévitable.

— Ça veut dire que l'on ne peut pas y échapper ?

— Oui, bébé, tout le monde meurt.

— Même Lara Croft ?

— Lara Croft n'existe pas. Tu le sais bien.

— Et Jésus ?

— Tu n'es pas Jésus.

— C'est vrai, admit-elle, en laissant l'ombre d'un sourire éclairer son visage.

— Ensuite, la mort est irréversible.

Elle essaya de répéter ce mot nouveau dont elle ne connaissait pas le sens.

— « Erriversible » ?

— *Irréversible*, chérie. C'est un mot compliqué pour dire qu'une fois qu'on est mort on ne peut pas vivre à nouveau.

— C'est dommage, dit-elle, franchement attristée.

— Oui, reconnut-il, c'est dommage. Mais ne te fais pas de soucis, tu ne vas pas mourir maintenant. Ni demain, ni après-demain.

— Quand vais-je mourir alors ?

Nathan regrettait d'avoir commencé cette conversation. Bonnie le regardait avec de grands yeux comme s'il pouvait lui faire une révélation décisive sur son avenir.

— Seulement quand tu seras une très très très vieille personne.

— Avec des rides ?

— Oui, avec des rides, des cheveux blancs et du poil au menton.

Cette dernière évocation lui arracha un sourire qui ne dura pas.

— Et toi et maman ? Quand allez-vous mourir ?

— Ne t'inquiète pas : ce n'est pas pour aujourd'hui non plus. Mais, si je venais à mourir, il ne faudrait pas que tu aies trop de peine.

Elle le regarda bizarrement.

— Si tu mourais, je ne devrais pas être triste ? demanda-t-elle comme s'il lui avait dit une énorme absurdité.

— Si, bien sûr, tu pourras l'être, nuança-t-il, mais tu ne devras rien regretter et rien te reprocher. Compris ? Rien ne sera de ta faute, continua Nathan. Je suis très fier de toi et maman aussi. Tu ne devras pas regretter d'avoir passé trop peu de temps avec moi. Dis-toi bien qu'on aura fait beaucoup de choses ensemble et qu'il nous restera plein de beaux souvenirs.

— C'est ce que tu as ressenti lorsque ta maman est morte ?

Nathan fut troublé par la question. Au lieu de répondre, il dit simplement.

— Pas exactement, mais j'ai essayé. Tu ne dois pas avoir peur d'avouer tes sentiments à ceux que tu aimes.

— D'accord, répondit-elle sans trop comprendre ce qu'il voulait dire.

— Pour faire face à la mort de quelqu'un de proche, tu dois rester avec ceux qui t'aiment. Ce sont eux qui te soutiendront.

— Il faudra que je vienne vous voir, toi ou maman ?

— Oui, approuva Nathan. Tu pourras toujours venir nous voir, si tu as peur de quelque chose ou si quelque chose te tracasse. Même lorsque tu seras plus grande. Tu pourras toujours venir nous trouver, elle ou moi. Et si un jour je dois mourir, tu auras toujours maman. Tu as une maman formidable et elle saura toujours comment faire passer ton chagrin.

— Ce sera très dur quand même, dit-elle d'une voix tremblante.

— Oui, admit-il, ce sera dur. Parfois, tu te sentiras très seule et tu auras envie de pleurer et alors il faudra le faire parce que ça fait du bien.

— C'est que les bébés qui pleurent, objecta-t-elle tout en étant elle-même au bord des larmes.

— Non, tout le monde pleure. Je te le jure. Les gens qui n'arrivent plus à pleurer sont les êtres les plus malheureux de la terre. Chaque fois que tu voudras me sentir près de toi, tu pourras aller me parler dans un endroit où on aimait bien être ensemble tous les deux.

— Tu parles parfois à Sean ?

Il lui dit la vérité, presque soulagé de pouvoir le faire.

— Oui, je continue à parler à Sean et à ma maman. Sean continue de vivre dans mon cœur. Il sera toujours mon fils. Et ça devra être pareil pour toi : je serai toujours ton père et maman sera toujours ta mère. Même mort, ça ne change rien.

— Tu vas au cimetière lorsque tu veux leur parler ?

— Non, je n'aime pas les cimetières. Je vais dans le parc, le matin, très tôt, lorsqu'il n'y a presque personne. Je dis à tout le monde que je vais courir pour rester en forme, mais en réalité je vais courir pour être avec eux. Chacun doit trouver son endroit. C'est important de communiquer pour que la personne que l'on aime reste avec nous pendant toute notre existence.

— Tu penses à eux tous les jours ?

— Non, mentit Nathan, souvent mais pas tous les jours.

Il sentit la chair de poule lui recouvrir les avant-bras. Puis, un peu pour lui-même, il ajouta, les yeux dans le vague :

— La vie est quelque chose de formidable. Quelque chose de si précieux.

Elle lui sauta au cou et ils trouvèrent du réconfort l'un contre l'autre. Au fond d'elle-même, elle s'interrogeait sur ses drôles de parents qui disaient toujours du bien l'un de l'autre. Elle ne pouvait s'empêcher de se demander pourquoi cette mère si formidable et ce père si attentionné n'étaient pas réunis tous les deux à Noël autour d'elle. Mais elle se doutait déjà que la vie des grandes personnes devait être quelque chose de très compliqué et qu'il ne fallait pas s'en mêler.

*

Le repas se déroula dans la bonne humeur. Pas une fois, ils n'abordèrent de sujets sombres ou pesants. Si la soupe et la salade de pâtes étaient assez réussies, Bonnie trouva leur tarte *deliciosa*, avec tout son sucre glace et son coulis de fruits rouges.

Dans la soirée, ils prirent le temps de décorer le sapin en écoutant les *Children's Corner* de Claude Debussy qui amusaient beaucoup la petite fille.

Dehors, la neige tombait en silence.

— Pourquoi maman n'aime pas Noël ?

— Parce qu'elle trouve que le véritable esprit de cette fête a été dévoyé.

Elle le regarda d'un air bizarre.

— J'comprends rien à ce que tu dis.

Il fallait qu'il fasse attention : sa fille n'était pas une adulte. Il s'excusa puis tenta une explication plus claire.

— En fait, maman trouve qu'en cette période de l'année nous devrions penser davantage aux gens qui souffrent au lieu de vouloir toujours acheter tant de choses dont nous n'avons pas réellement besoin.

— C'est vrai, hein ? demanda Bonnie qui ne voyait pas comment il pourrait en être autrement puisque sa mère le pensait.

— Oui, c'est vrai, approuva-t-il. Nous sommes là, au chaud et en sécurité, tandis que d'autres personnes sont seules. Et c'est dur d'être seul quand on est triste.

— Mais en ce moment, maman est seule, remarqua la petite fille.

— Elle doit être avec Vince, observa Nathan sans en être convaincu.

— Je crois pas.

— C'est ton intuition féminine qui te fait dire ça ? demanda-t-il en lui adressant un clin d'œil.

— Exactement, répliqua Bonnie en fermant les deux yeux en même temps.

C'était ce qu'elle appelait son « double clin d'œil », le seul qu'elle était capable de réussir, en fait.

Il l'embrassa dans les cheveux.

Une fois la décoration du sapin terminée, ils regardèrent ensemble un morceau du DVD de *Shrek*, l'ogre vert aux oreilles d'entonnoir.

Ensuite, elle lui fit une longue démonstration des airs qu'elle savait jouer avec son violon puis elle lui chanta en espagnol une version vraiment réussie de *Besame mucho* qu'elle avait apprise à l'école.

Nathan fut un public très enthousiaste et réclama plusieurs *bis*.

Puis ce fut l'heure de se coucher.

Il la borda dans son lit et elle lui demanda de laisser la lumière du couloir allumée.

— Bonne nuit, petit écureuil, dit-il en partant. Je t'aime beaucoup.

— Moi aussi je t'aime beaucoup, répondit-elle, et c'est « erriversible ».

Il n'eut pas le cœur de corriger sa faute et lui fit un dernier baiser.

Au moment de sortir de la pièce, il se rappela ce jour d'avril 1995, dans une maternité de San Diego. La première fois où il avait soulevé sa petite fille qui venait de naître. Il était tellement ému et intimidé qu'il ne savait même pas comment s'y prendre. Tout ce qu'il avait vu alors, c'était un bébé minuscule au visage fripé qui, les yeux fermés, se livrait à toutes sortes de mimiques étranges, en agitant ses petites mains dans tous les sens.

À ce moment-là, il ignorait qu'elle tiendrait un jour autant de place dans sa vie. Que ce minuscule poupon deviendrait plus important que la prunelle de ses yeux.

Il se doutait bien qu'être père constituerait un changement radical dans son existence, mais il n'avait aucune idée de ce que cela signifierait, en termes d'amour et d'émotion.

Il ne savait pas encore qu'un enfant pourrait lui procurer autant de joie.

Ni que la perte d'un enfant pourrait un jour faire naître chez lui une aussi grande détresse.

Il ne se doutait de rien.

Puis ce petit ange tout fragile avait ouvert les yeux et l'avait regardé intensément, un peu comme s'il voulait lui faire comprendre qu'il avait besoin de lui. Il s'était alors senti bouleversé, débordant d'un amour sans limite.

Et sans doute n'y a-t-il pas de mots pour décrire un tel bonheur.

22

« Chaque homme est seul et tous se fichent de tous et nos douleurs sont une île déserte. »
Albert Cohen

18 décembre

Bien qu'il n'en eût pas vraiment envie, il fallait que Nathan tienne la promesse qu'il avait faite à sa femme : accompagner Bonnie chez ses grands-parents pour deux longues journées.

Il s'était levé tôt et, malgré l'heure matinale, n'avait pas hésité à téléphoner à Jeffrey et Lisa Wexler pour les prévenir de son arrivée. Il savait que le terme de « grasse matinée » ne faisait pas partie de leur vocabulaire, même pendant les vacances.

Bonnie s'étant couchée tard, il attendit huit heures du matin pour la tirer du lit, ce qui leur fit prendre la route un peu moins d'une heure et demie plus tard, après s'être tout de même arrêtés chez Starbucks pour avaler un bon chocolat chaud aux marshmallows.

Nathan avait décidé de prendre le 4×4. C'était plus sûr avec la neige. Tout comme sa mère, Bonnie adorait cette grosse voiture et ses gigantesques roues. Installée très haut au-dessus du sol, elle avait l'impression d'être aux commandes d'un vaisseau spatial qui survolait le monde à basse altitude.

Cela faisait maintenant près de trente ans que les Wexler passaient leurs vacances de Noël dans les montagnes Berkshires, à l'ouest du Massachusetts. Depuis New York, le voyage était un peu long mais la région était vraiment magnifique avec ses collines vallonnées au creux desquelles nichaient de pittoresques villages typiques de la Nouvelle-Angleterre. Il prit la route n° 7, au niveau de Norwalk, passa Great Barrington puis se dirigea vers Stockbridge. Il conduisait prudemment : par endroits, la route était encore un peu glissante. Une fine couche de neige poudreuse recouvrait le paysage qui défilait devant leurs yeux.

Pour se distraire, Bonnie inséra un CD dans le lecteur : une improvisation au piano de Keith Jarrett sur le thème musical du *Magicien d'Oz*.

La petite fille commença à fredonner les paroles en s'appliquant :

Somewhere,
Over the rainbow...

Tout en chantant, elle lui fit son fameux « double clin d'œil » et il la trouva adorable avec sa casquette de base-ball trop grande qu'elle avait enfilée pour se protéger de la réverbération du soleil. En la regardant à la dérobée, il ne put s'empêcher de trouver miraculeux d'avoir une enfant si facile à vivre.

Au fond de lui, il se sentait fier d'avoir été capable de bien l'élever. Avec Mallory, ils avaient essayé de se montrer fermes très tôt et de fixer quelques principes élémentaires : respecter les autres et savoir que l'on a des droits mais aussi des obligations.

Ils avaient aussi résisté à la tentation de trop gâter leur fille : pas de chaussures de sport à 200 dollars ou de vêtements griffés hors de prix. Ils trouvaient cela un peu indécent, comme ils trouvaient dégradante l'attitude de ces parents qui se laissaient parfois insulter en s'émerveillant de la variété de vocabulaire de leurs enfants au lieu de les gronder !

Nathan se demandait parfois ce que ces gosses mal élevés allaient devenir. Sans doute de jeunes adultes individualistes et immatures qui, après avoir été couvés et traités comme des princes capricieux, allaient tomber de haut en découvrant les concessions et les frustrations que ne manque pas d'exiger la vie.

Il jeta un nouveau coup d'œil vers sa fille. Bercée par le jazz, elle dormait à poings fermés, la tête penchée vers la fenêtre inondée de soleil.

Il se projeta dans l'avenir.

Jusqu'à présent, faire son éducation n'avait pas été difficile, mais le plus dur restait à venir.

Car il arriverait sans doute un jour où elle demanderait à sortir le soir, à se mettre un « piercing » dans les narines ou ailleurs... Oui, il y a toujours un moment où les choses se gâtent, où la petite fille la plus gentille se transforme en une adolescente ingrate, persuadée que ses parents ne sont que de vieux cons incapables de la comprendre.

Mallory serait seule alors pour faire face à cette crise. Lui ne serait plus là pour lui apporter son soutien. Il ne connaîtrait pas l'angoisse de la première fois où Bonnie ne rentrerait pas le soir, ni le premier fiancé qu'elle amènerait à la maison, ni le premier voyage qu'elle voudrait faire entre copines à l'autre bout du pays... Pourtant, c'était un défi stimulant qu'il se serait senti capable de relever.

S'il n'avait pas été attendu ailleurs.

*

Sa bonne entente avec Bonnie le renvoyait parfois aux premiers temps de son enfance, lorsque existait une véritable complicité entre sa mère et lui, avant que ne s'installe cette sorte d'indifférence qu'il avait volontairement entretenue, s'imaginant que son unique chance d'ascension sociale résidait dans l'éloignement culturel d'avec ses origines familiales. Difficile pour le fils d'une femme de ménage de vouloir conquérir New York !

Ce n'est que récemment qu'il avait réalisé qu'il avait en définitive beaucoup plus reçu de sa mère qu'il ne se l'était imaginé. Elle lui avait transmis un mélange de courage et d'abnégation, une capacité à savoir faire face, quoi qu'il puisse arriver.

Mais il l'avait laissée mourir sans la remercier pour ça. Les dernières années qui avaient précédé sa mort, alors qu'il commençait à bien gagner sa vie, il aurait pu se rapprocher d'elle et savourer sa réussite en sa compagnie. Lui dire : « Tu vois, nous nous en sommes sortis, tu n'as pas fait ces sacrifices pour rien. Je suis heureux. » Au lieu de cela, il ne venait plus beaucoup la voir. Trop occupé par son propre combat, il se contentait de lui envoyer de l'argent tous les mois pour qu'elle puisse vivre sans travailler. Et lorsqu'il passait, c'était toujours en coup de vent. Il échangeait quelques mots convenus avant de repartir en laissant une liasse de dollars (chaque fois plus épaisse) pour se faire pardonner d'être un mauvais fils.

Aujourd'hui, il ressentait une grande culpabilité en songeant à ces occasions manquées, mais ce n'était pas le seul souvenir qui le perturbait.

C'était une sorte de secret entre eux. Un épisode dont ils n'avaient jamais reparlé et dont il se souviendrait toute sa vie.

À l'époque, il venait d'avoir treize ans. C'était pendant l'été 1977, au début du mois d'août, lors des dernières vacances qu'il avait passées à Nantucket avec Mallory (l'été où il l'avait embrassée sur les lèvres pour la première fois... mais cela est une autre histoire).

Un an auparavant, à la suite de tests brillamment réussis, il avait été sélectionné pour intégrer la prestigieuse Wallace School de Manhattan.

Même si l'établissement offrait la moitié des frais de scolarité à une poignée d'élèves particulièrement méritants, il restait néanmoins l'autre part à la charge des familles. Pour Eleanor Del Amico, cela représentait beaucoup d'argent. Nathan était bien conscient qu'il demandait un gros sacrifice à sa mère, d'autant que l'école exigeait le versement à l'avance du premier trimestre. Mais il lui avait expliqué que c'était un investissement sur l'avenir : sa seule chance de ne pas finir manutentionnaire ou laveur de carreaux.

Cet été-là, Eleanor était sans le sou : pendant l'hiver une bronchite persistante avait nécessité son hospitalisation pour quelques jours et occasionné des frais importants. Au début du mois, elle avait demandé une avance aux Wexler pour payer l'école de son fils. Mais Jeffrey, très à cheval sur ses principes puritains, avait catégoriquement refusé.

« Voilà bien leur sale mentalité, lui avait alors fait remarquer sa mère, tu as sauvé la vie de leur fille et ils refusent de faire le moindre geste envers toi. »

Elle n'avait pas tort, même si Nathan n'aimait pas qu'elle se serve de cet épisode — qui remontait maintenant à plusieurs années — pour essayer d'obtenir quelque chose de son patron.

C'est dans ce contexte qu'un bracelet en perles avait disparu du coffret à bijoux de Lisa Wexler.

Nathan n'avait jamais très bien compris pourquoi, mais les soupçons s'étaient rapidement portés sur sa mère et... sur lui. Jeffrey Wexler les avait interrogés tous les deux comme s'il ne doutait pas de leur culpabilité. Il les avait même *fouillés* en les faisant mettre debout, de dos, les mains contre le mur. À l'époque, Nathan n'avait pas encore étudié le droit et il ignorait que ces pratiques étaient interdites. Devant les dénégations de sa femme de ménage, Jeffrey avait fait vider sa chambre, ouvrant tous les tiroirs, renversant toutes les valises, comme pour une perquisition. Comme il ne trouvait toujours rien, il avait menacé d'appeler la police, croyant que cette menace effraierait Eleanor. Mais celle-ci avait continué à nier avec force, tombant presque à genoux devant son patron : « Ce n'est pas moi, monsieur Wexler, je vous jure que je n'ai rien volé. »

Finalement, l'histoire s'était soldée par un licenciement. Contre l'avis de sa femme, Jeffrey avait renoncé à faire venir les flics, préférant renvoyer Eleanor sans aucune indemnité. En plein milieu de l'été, déshonorés et presque sans argent en poche, Nathan et sa mère étaient donc repartis vers la chaleur new-yorkaise.

Voilà quelle avait été la pire humiliation de sa vie : avoir croisé le regard de Mallory, alors qu'il était plaqué contre le mur comme un voleur. Il s'était senti rabaissé et avili à un point extrême. Cette honte l'avait accompagné jusqu'à aujourd'hui, gravée à jamais dans un coin de sa tête, mais elle avait été aussi un puissant moteur, comme s'il avait su, depuis ce jour-là, qu'il ne monterait jamais assez haut pour laver cet affront. Être passé du bon côté de la barrière ne lui avait pas suffi. Il lui avait fallu davantage : abattre Jeffrey avec ce foutu procès et lui faire payer son humiliation en l'obligeant à lui céder l'appartement du San Remo, un bien immobilier de plusieurs millions de dollars. Par cet affrontement, il était bien conscient d'avoir fait du mal à Mallory. Mais même la perspective de meurtrir celle qu'il aimait ne l'avait pas arrêté. On est parfois prêt à tout lorsqu'on veut obtenir quelque chose.

Pourtant, le plus douloureux, c'est qu'il avait fini par croire Wexler plutôt que sa mère. Il n'avait jamais reparlé du bracelet avec elle, mais après avoir retourné le problème dans tous les sens, il en était venu à croire que sa mère l'avait bien volé. Et qu'elle l'avait volé pour lui. En octobre 1977, le trimestre de son école avait été providentiellement réglé à la dernière minute, ce qui lui avait permis de continuer sa scolarité. À l'époque, il n'avait pas cherché à savoir comment un tel miracle avait pu se produire. Mais, les jours de cafard, résonnait parfois cette terrible vérité : sa mère était devenue une voleuse ; et c'était à cause de lui.

*

Bonnie venait d'ouvrir un œil. Ils n'étaient plus qu'à quelques centaines de mètres de leur destination.

Situé au centre des *Berkshires Mountains*, Stockbridge était une charmante petite cité fondée par les Indiens mohicans avant que les missionnaires ne viennent troubler leur tranquillité en se mettant en tête de les christianiser. Les Wexler possédaient une sorte de ranch juste à la sortie de la ville. Il s'agissait en réalité d'une élégante maison de campagne avec quelques chevaux et un beau poney qui faisait la joie de sa fille.

Nathan klaxonna devant le portail équipé d'une caméra de surveillance. Quelques secondes plus tard, les deux battants s'ouvraient pour laisser passer le 4×4 sur un chemin caillouteux. Il se gara près du petit bungalow occupé par le couple de gardiens. La dernière fois qu'il était venu ici, il n'était même pas descendu de voiture.

Cette fois, ce serait différent.

Goodrich lui avait conseillé de se mettre en paix avant de mourir. Eh bien, il allait suivre ses conseils ! Jeffrey allait en avoir pour son argent. Nathan avait décidé de lui révéler ce qu'il n'avait jamais dit à personne. Quelque chose capable de ruiner sa réputation et de le faire rayer du barreau.

Lorsqu'il était étudiant, la profession d'avocat exerçait sur lui un attrait incroyable. Il l'avait envisagée comme une vocation, un moyen de défendre les plus faibles, ceux qui, comme lui, étaient issus de milieux défavorisés. Mais cette profession n'avait de sens que si on respectait scrupuleusement une certaine éthique. Ce que Nathan avait toujours fait... sauf une fois.

Il claqua la portière de la voiture. Le soleil était haut dans le ciel et le vent soulevait quelques petits nuages de poussière ocre.

De loin, il aperçut Jeffrey qui venait vers eux sans se presser.

Bonnie, qui se faisait toujours une fête de tout, se mit à courir à la rencontre de son grand-père en poussant des exclamations de joie.

Bientôt, Nathan ne fut plus qu'à quelques mètres de Wexler.

En plantant son regard dans celui de son beau-père, il se

fit la même réflexion que chaque fois : Mallory ressemblait beaucoup à Jeffrey. Ils avaient les mêmes yeux bleus très clairs, le même visage élégant et racé.

Oui, Mallory ressemblait beaucoup à son père. Ce qui expliquait que, malgré toute sa rancœur, Nathan ne pourrait jamais le détester complètement.

*

À son arrivée, Nathan avait insisté pour avoir une conversation avec Jeffrey et, à présent, ils étaient seuls dans le bureau. Rien que tous les deux.

Moi et lui.

À l'aide de son briquet torche, Wexler enflamma le pied d'un des cigares courts et épais qu'il avait l'habitude de consommer à n'importe quelle heure de la journée. Il commença à aspirer la fumée par petites bouffées, tandis que Nathan regardait en connaisseur les étagères pleines de reliures en cuir de célèbres ouvrages juridiques.

Jeffrey avait aménagé son bureau comme une véritable petite bibliothèque. Des lampes vertes et dorées éclairaient des meubles patinés, en bois précieux, et l'immense table de travail était presque tout entière colonisée par des piles de dossiers, des boîtes de disquettes et deux ordinateurs portables branchés sur des bases de données. À quelques mois de sa retraite officielle, Jeffrey continuait incontestablement à être un homme actif.

Il avait eu un drôle d'itinéraire. Excellant très jeune dans la pratique du base-ball, il avait dû renoncer à son sport favori après une chute lors d'une randonnée en montagne. Cet accident assez grave — fracture du crâne — l'avait contraint à reporter son énergie dans les études. Premier de sa promotion à Harvard, il avait d'abord travaillé pour un juge, avant de rejoindre l'un des plus prestigieux cabinets d'avocats de Boston. Ces dernières années, voyant d'où venait le vent, il s'était démené pour monter sa propre affaire, spécialisée dans les actions en justice collective. Il avait ainsi défendu avec succès des ouvriers des chantiers navals ayant été exposés à l'amiante. Par la suite, il avait amassé une fortune en obtenant des industriels du tabac de substantiels dédommagements au nom des victimes de la cigarette. Depuis deux ans, il s'était lancé dans une nouvelle bataille en prenant part aux procès intentés aux opérateurs de téléphonie mobile par des victimes de tumeurs au cerveau qui les accusaient de leur avoir dissimulé les risques des radiations électromagnétiques.

Nathan devait lui reconnaître ça : Wexler pratiquait bien son métier. C'était l'un des derniers avocats à l'ancienne, l'un de ces nostalgiques d'un temps lointain où les hommes de loi agissaient davantage par conviction que pour le business. À une époque, ils avaient d'ailleurs entretenu une sorte de complicité, avant que cette histoire de bracelet ne vienne tout gâcher. Et même aujourd'hui, Nathan ne pouvait s'empêcher de nourrir une secrète admiration à l'égard de la carrière de son beau-père.

Jeffrey tira sur ses bretelles.

— Alors, qu'as-tu de spécial à me dire ? demanda-t-il entre deux volutes de fumée.

— Vous vous souvenez de *notre* procès... commença Nathan.

Jeffrey montra son agacement.

— Si tu te pointes ici pour remuer ces vieilles querelles...

Nathan ne le laissa pas aller plus loin. Il avait pris la décision de déverser tout ce qu'il avait sur le cœur.

— J'ai acheté ce juge, le coupa-t-il, j'ai acheté le juge Livingstone. Je lui ai fait parvenir un pot-de-vin par l'intermédiaire d'un de ses assistants pour qu'il rende son jugement en ma faveur.

Jeffrey ne cilla pas. C'était un homme dur qui, derrière une amabilité de façade, avait l'habitude de ne jamais montrer ses émotions.

Mais aujourd'hui, Nathan le trouvait moins impressionnant : il semblait fatigué, avec ses yeux attaqués par les cernes et les rides et la barbe moins nette.

— Je voulais me venger, Jeffrey, vous souffler l'appartement du San Remo à cause de ce que vous aviez fait à ma mère. Mais je n'ai trouvé que ce moyen et j'ai déshonoré la profession.

Wexler hocha la tête, sembla réfléchir intensément, puis il ouvrit la bouche mais aucun son n'en sortit.

À la place, il se posta près de la fenêtre, les yeux fixés sur les collines enneigées.

Tourne-toi, Jeffrey. Écoute-moi.

Dans son dos, Nathan continua sa litanie de reproches. Trop longtemps enfouis, les mots sortaient maintenant d'eux-mêmes, sans effort.

— Rappelez-vous, Jeffrey, lorsque j'avais huit ans et que vous m'emmeniez pêcher sur le lac en me racontant les procès que vous aviez gagnés. Je crois que c'est là que j'ai décidé d'être avocat à mon tour. Toutes ces études, je les ai faites pour moi, bien sûr, mais au départ, c'était aussi en grande partie pour gagner votre reconnaissance. J'imaginais naïvement que vous alliez m'accepter, que vous seriez fier de moi. Vous ne pouvez pas vous imaginer combien j'aurais voulu que vous m'acceptiez.

Combien j'aurais voulu avoir un père comme toi…

Il y eut un silence. Jeffrey se retourna pour affronter la colère de son ex-gendre.

— Vous auriez dû m'accepter ! martela Nathan. J'avais fait mes preuves. J'en avais bavé pour en arriver là. Je pensais que la compétence et le mérite étaient des valeurs que vous respectiez. Au lieu de ça, vous m'avez poussé à salir ma profession, à aller soudoyer un juge comme un voyou de bas étage...

— Je t'ai sauvé, l'interrompit enfin Jeffrey.

— Qu'est-ce que vous dites ?

— J'ai fait une partie de mes études avec le juge Livingstone. À l'époque du procès, il est venu me trouver pour m'avertir de ta tentative de corruption.

Nathan était abasourdi.

— Quoi ?

Le vieil avocat poussa un soupir et sembla fouiller dans sa mémoire.

— Livingstone est une véritable fripouille mais il a été assez prudent pour ne jamais se faire prendre. J'ai décidé de lui donner le double de ta somme pour qu'il ne te dénonce pas aux autorités judiciaires et qu'il rende un jugement en *ta* faveur.

— Mais pourquoi, Jeffrey, pourquoi ?

Ce dernier marqua une hésitation avant de répondre puis avoua avec une légère hésitation dans la voix :

— Pour Mallory, bien sûr, je ne voulais pas qu'elle soit entraînée avec toi dans ce scandale. Et puis aussi... pour toi. C'était quelque chose que je te devais.

Nathan fronça les sourcils. Son beau-père devina son interrogation. Les yeux dans le vague, il fit alors revivre le passé.

— Ce soir-là, ce fameux soir d'été 1977, j'avais beaucoup

bu. Je traversais alors une passe difficile, aussi bien dans ma vie de couple que dans mon boulot. Je revenais de Boston où Lisa m'avait demandé de passer chez le bijoutier pour prendre un bracelet dont elle avait fait réparer le fermoir. Avant de rentrer, j'avais passé la fin de l'après-midi chez l'une de mes assistantes qui était aussi ma maîtresse. Bien entendu, je ne lui avais jamais rien promis, en ce temps-là et dans notre milieu, on ne divorçait pas pour épouser sa secrétaire, mais elle exerçait sur moi une sorte de chantage affectif dans l'espoir que je quitte ma femme. En partant, je me souviens m'être arrêté dans un bar d'hôtel pour prendre un whisky. Pourtant, ce n'est pas un verre que j'ai avalé mais quatre ou cinq. Je pense que tu es au courant de mon problème avec la boisson...

Nathan ne comprit pas tout de suite.

— Comment ça ?

— Je buvais beaucoup pendant cette période, expliqua Jeffrey. Je souffre d'alcoolisme chronique.

Nathan s'attendait à tout sauf à une révélation de ce genre.

— Mais, depuis quand ?

— J'ai réussi à m'arrêter au début des années 1980 mais j'ai rechuté plusieurs fois. J'ai tout essayé : les cures, les associations... mais ce n'est pas facile d'aller à ces réunions, de reconnaître que vous êtes un drogué et de discuter de choses aussi intimes devant de parfaits inconnus.

— Je... je ne savais pas, bafouilla Nathan.

Ce fut au tour de Jeffrey d'être étonné.

— J'étais persuadé que Mallory te l'avait dit.

Pour la première fois, Nathan vit l'émotion faire briller les yeux de son beau-père. Malgré son humiliation, Jeffrey était fier que sa fille ait conservé le secret aussi longtemps, même auprès de l'homme qu'elle aimait.

En écoutant la confession de Wexler, Nathan crut avoir la réponse à beaucoup de questions qu'il s'était posées autrefois sur le mal de vivre de Mallory.

Jeffrey continua son récit :

— Lorsque je suis arrivé à Nantucket, je n'ai pas retrouvé le bijou. Beaucoup plus tard, ma secrétaire m'a avoué me l'avoir volé pour semer la zizanie dans mon couple. Mais, sur le moment, je ne savais pas du tout où il était passé. J'étais complètement paniqué et, le lendemain matin, lorsque ma femme m'a demandé ce que j'avais fait du bracelet, je n'ai rien trouvé de mieux que de prétendre l'avoir remis dans son coffre à bijoux. C'est ce qui nous a conduits à accuser ta mère. Je pense que ma femme a seulement fait semblant de croire à cette histoire, mais ça nous a permis de préserver les apparences.

Il marqua un très long silence avant d'ajouter d'une voix blanche :

— Je suis désolé Nathan, j'ai été lâche.

Ça, tu peux le dire.

Pendant un moment, Nathan fut incapable de parler. Il était tout à la fois atterré et soulagé par cette confession. Non, sa mère n'était pas une voleuse mais elle avait été victime d'une grande injustice. Quant à Jeffrey, l'homme qu'il croyait vertueux et infaillible, c'était un menteur qui avait eu des maîtresses et qui était alcoolique. Il n'était qu'un humain parmi d'autres. Comme lui.

Il leva la tête vers son beau-père et s'aperçut bizarrement que le ressentiment qu'il éprouvait à son égard avait disparu. Il ne voulait même pas le juger. Ce n'était plus le moment. Il remarqua que ses traits s'étaient détendus comme s'il attendait depuis longtemps, lui aussi, de pouvoir faire ces confidences. Au fond, les deux hommes avaient vécu chacun de leur côté avec un lourd secret qui avait gâché bien des moments de leur existence.

Ce fut Jeffrey qui rompit en premier le silence :

— Je sais que ça ne m'excuse pas, commença-t-il, mais j'ai discrètement veillé à ce que ta mère retrouve une place et c'est moi qui, cette année-là, ai payé une partie de ta scolarité.

— Vous avez raison, répondit Nathan, les yeux rougis, ça ne vous excuse pas.

Jeffrey se dirigea ensuite vers son coffre, l'ouvrit et en ressortit quelque chose que, d'une main tremblante, il tendit à Nathan.

C'était un bracelet à quatre rangs de perles avec un fermoir en argent, serti de petits brillants.

23

« Si on n'est pas prêt à tout, on n'est prêt à rien. »
Paul Auster

♪♪ *A beautiful sight, we're happy tonight.*
Walking in a winter wonderland… ♪♪

Nathan plaqua doucement les derniers accords du célèbre chant de Noël. Il referma le piano et regarda avec émotion sa fille qui s'était endormie sur le canapé en cuir du salon. Dehors, la nuit tombait. L'horizon qui, un moment plus tôt, était enflammé de rouge, de rose et d'orangé, se teintait maintenant de nuances plus sombres. Il ajouta une bûche dans la cheminée et raviva les braises qui avaient perdu de leur puissance. Dans la pièce d'à côté, il trouva une couverture brodée qu'il déplia avant de la poser sur les jambes de Bonnie.

Ils venaient de passer un après-midi tranquille dans ce coin préservé. Un après-midi tranquille et rien qu'à eux. Après le déjeuner, Lisa Wexler était sortie collecter des cadeaux de Noël pour une de ses bonnes œuvres, tandis que Jeffrey avait emprunté le 4×4 de son gendre pour se rendre à Pitsfield où il voulait acheter du matériel de pêche en prévision des beaux jours.

Nathan avait donc eu tout loisir de rester avec sa fille. À peine le repas terminé, Bonnie s'était précipitée à l'écurie pour voir son poney, un beau Connemara qu'elle avait baptisé *Spirit*. Nathan avait aidé sa fille à le préparer puis avait sellé pour lui-même un des chevaux de Wexler. Ils avaient passé le reste de l'après-midi à parcourir les petites collines boisées qui s'étendaient à l'infini autour de la propriété. Dans ce paysage digne d'une carte de vœux, il n'avait pas songé une seule fois à la mort. Il s'était laissé porter par la cadence des chevaux et le bruit rassurant des cascades et des rivières. Pendant quelques heures, plus rien n'avait existé. Rien que le sourire de Bonnie, la pureté de l'air et ce fin manteau neigeux qui recouvrait tout et donnait une nouvelle virginité au paysage.

Il était en train de se remémorer la douceur de ce moment lorsque la haute porte du salon s'ouvrit pour livrer passage à Lisa Wexler.

— Bonsoir, Nathan, dit-elle en pénétrant dans la pièce.

C'était encore une très belle femme, longiligne, toujours habillée avec classe et arborant en toutes circonstances ce maintien aristocratique qui ne s'acquiert qu'au bout de plusieurs générations.

— Bonsoir, Lisa, je ne vous ai pas entendue arriver.

— Le moteur de la voiture est très silencieux.

Au prix où vous avez payé la Bentley...

— Vous avez fait une bonne promenade ? demanda-t-elle avec un regard attendri pour Bonnie.

— Formidable.

Comme il se sentait d'humeur à la taquiner, il ne put s'empêcher d'ajouter :

— Et vous, comment vont « vos pauvres » ?

Elle lui jeta un bref coup d'œil dubitatif mais ne répondit

pas. La provocation et la plaisanterie n'étaient pas des terrains sur lesquels Lisa Wexler aimait s'aventurer.

— Où est Jeffrey ? demanda-t-elle en baissant la lumière pour ne pas réveiller sa petite-fille.

— Il ne devrait plus tarder, il est allé à Pitsfield s'acheter un nouvel attirail de pêche.

Une ombre traversa alors le beau visage de Lisa.

— Vous voulez dire qu'il a emprunté votre voiture ?

— Oui. Il y a un problème ?

— Non... non, bredouilla-t-elle en essayant de masquer son trouble.

Elle déambula cependant un moment dans le salon puis s'assit sur le canapé, croisa les jambes et prit un livre posé sur une petite table. Dotée de cette autorité naturelle qui crée d'emblée une distance, elle avait le chic pour faire comprendre à son interlocuteur que la conversation était terminée. Après tout, Nathan préférait encore cela : les révélations de Jeffrey sur le bracelet volé pesaient encore lourd dans sa poitrine et il savait qu'il aurait suffi de peu de chose pour qu'il laisse éclater sa colère contre Lisa.

Afin de ne pas rester sans rien faire, il consulta un des ouvrages luxueusement reliés exposés derrière les vitres de la bibliothèque. Il se serait volontiers servi un verre, mais il n'y avait pas une goutte d'alcool dans toute la maison.

De temps à autre, il jetait de brefs coups d'œil en direction de sa belle-mère. Lisa Wexler était soucieuse, c'était une évidence. En moins de cinq minutes, elle avait déjà regardé sa montre à plusieurs reprises.

Elle s'inquiète pour Jeffrey.

Nathan était obligé d'admettre que cette femme inaccessible et digne, pur produit de l'aristocratie bostonienne, l'avait toujours fasciné. Mais si Lisa le fascinait, c'était surtout parce que Mallory s'était entièrement construite par opposition au côté froid et rigide de sa mère. Nathan avait toujours su que sa femme adorait son père. Pendant longtemps, il n'avait pas réellement saisi la nature de ce qui liait ces deux êtres. Mais, depuis la confession de Jeffrey, le matin même, il avait compris : ce que Mallory aimait chez son père c'était cette part de vulnérabilité que Nathan n'avait jamais soupçonnée. Mallory considérait son père comme une sorte de « frère d'armes », car ils menaient tous les deux un combat sans fin : Jeffrey contre son alcoolisme et Mallory contre ses dépressions chroniques. À côté d'eux, Lisa apparaissait comme le pôle fort et dominant de la famille.

Cela ne l'empêchait pourtant pas d'être dévorée d'inquiétude parce que son mari était parti à Pitsfield. Nathan avait beau réfléchir, il ne comprenait pas. Jeffrey n'était pas le genre d'homme à demander la permission à sa femme avant d'aller dépenser quelques milliers de dollars dans du matériel de pêche dernier cri.

Soudain, comme prévenue par un sixième sens, Lisa se leva d'un bond et sortit sur le perron. Là, avec Nathan dans son sillage, elle alluma toutes les lumières de la grande allée et enclencha l'ouverture automatique du portail.

Le ronronnement du 4×4 ne fut pas long à se faire entendre. Dès que le véhicule s'engagea dans l'allée, Nathan remarqua que la conduite de Jeffrey était saccadée. Le 4×4 faisait de telles embardées qu'il empiéta sur la pelouse où il écrasa le système d'arrosage automatique ainsi qu'un petit massif de fleurs qui n'auraient pas la chance de fleurir au printemps prochain. Lorsque le Land Rover entra pleinement dans la lumière, Nathan nota que sa voiture était rayée à plusieurs endroits et qu'il manquait l'une des jantes à l'avant. Il comprit immédiatement que Jeffrey avait dû avoir un accident. Le moteur toussota et la voiture finit par s'immobiliser sur une bande de pelouse.

— Je le savais ! laissa échapper Lisa en se précipitant vers son mari.

Jeffrey s'extirpa avec le plus grand mal de la voiture et repoussa sa femme sans ménagement. La démarche du vieil avocat ne laissait aucun doute : il était ivre mort.

— J'ai envie d'pisser ! cria-t-il à la cantonade.

Nathan s'approcha de son beau-père pour prêter main-forte à Lisa. Le vieil avocat puait l'alcool à plein nez.

— Je vais vous aider Jeffrey, venez avec moi.

— Fous-moi la paix ! j'ai pas b'soin d'ton aide... Tout ce que je veux c'est pisser...

Wexler déboutonna alors son pantalon et se mit à uriner sur la pelouse, près de l'escalier qui menait au perron.

Nathan en resta interloqué et fut envahi par un mélange de honte et de peine pour son beau-père.

— Ce n'est pas la première fois, Nathan... murmura Lisa en lui serrant le bras.

Nathan fut ému par cette petite familiarité, si inhabituelle chez elle, qui trahissait son besoin de réconfort.

— Que voulez-vous dire ?

— Jeffrey a déjà été contrôlé pour conduite en état d'ivresse il y a quelques mois. Malgré nos relations, il a écopé d'une forte amende et d'une suspension d'un an de son permis de conduire. Tous les véhicules immatriculés à son nom ont été saisis.

— Quoi, vous voulez dire qu'il conduisait sans permis ?

Lisa approuva en hochant la tête.

— Écoutez, c'est très grave, reprit Nathan. Il faut absolument qu'on s'assure qu'il n'a pas fait de dégâts.

À nouveau, il s'avança vers Jeffrey. Les yeux du vieil homme brillaient comme jamais.

— Vous avez eu un accident, n'est-ce pas, Jeffrey ?

— Non, hurla-t-il au visage de son gendre.

— Je pense que si.

— Non ! répéta-t-il, je l'ai évité !

— Qui avez-vous évité, Jeffrey ?

Nathan saisit son beau-père par le col de son manteau.

— Qui avez-vous évité, Jeffrey ? répéta-t-il en le brusquant.

— Ce vélo... je l'ai... évité.

Nathan eut un mauvais pressentiment. Jeffrey voulut se débattre mais il ne réussit qu'à s'écrouler dans la neige. Nathan le releva et le soutint jusqu'à la maison. Jeffrey fut bien obligé de se montrer plus docile et se laissa guider par sa femme jusqu'à sa chambre. Des larmes de honte coulaient sur le visage de Lisa.

De retour dans le salon, Nathan attrapa son manteau et sortit en trombe de la pièce. Lisa le rattrapa sur le perron.

— Où allez-vous ?

— Occupez-vous de lui, Lisa, je vais prendre la voiture et voir si je trouve quelque chose.

— Ne parlez de ça à personne, Nathan. Je vous en supplie, ne dites à personne que vous l'avez vu dans cet état.

— Je pense tout de même que vous devriez prévenir la police ainsi qu'un médecin. On ne sait pas vraiment ce qui a pu se passer.

— Il est hors de question que je prévienne qui que ce soit ! affirma Lisa avec force avant de refermer la porte.

En un instant, elle avait retrouvé sa dureté et son instinct de protection.

Nathan s'installa au volant du Land Rover et entreprit de

faire demi-tour. Il allait accélérer lorsque Bonnie déboula devant lui.

— J'viens avec toi papa ! clama-t-elle en ouvrant la portière.

— Non, chérie, rentre à la maison ! Va aider ta grand-mère. Ne la laisse pas seule.

— J'préfère venir avec toi.

Elle grimpa dans la voiture et claqua la portière.

— Qu'est-ce qui s'est passé, papa ? demanda-t-elle en frottant sa frimousse encore tout engourdie par le sommeil.

Elle n'a pas croisé son grand-père ivre mort. Tant mieux.

— On parlera de tout ça plus tard, bébé, pour le moment attache ta ceinture.

Nathan enclencha une vitesse et dévala la pente.

*

Il roulait en direction du centre-ville.

— Écoute-moi bien, chérie, prends mon téléphone portable dans la boîte à gants, compose le 911 et demande à parler au bureau du shérif.

Ravie de participer à une telle aventure, Bonnie exécuta sa mission avec diligence et application. Très fière, elle tendit le combiné à son père dès la deuxième sonnerie.

— Bureau du shérif de Stockbridge, veuillez vous identifier, demanda l'officier au bout du fil.

— Je m'appelle Nathan Del Amico, mais je réside actuellement chez mes beaux-parents, Jeffrey et Lisa Wexler. J'appelle pour savoir si on vous a signalé un accident de voiture quelque part dans le coin.

— Nous avons effectivement été prévenus d'un accident

à l'intersection de la route de Lenox et de la 183e. Est-ce que vous avez été témoin de quelque chose, monsieur ?

— Je... je ne sais pas encore, je vous remercie, bonsoir.

Il raccrocha sans laisser au policier le temps d'ajouter quelque chose.

En moins de cinq minutes, il arriva à l'endroit indiqué, un petit croisement à la sortie de la ville. Trois voitures de police, les gyrophares en alerte, étaient déjà sur place. Un officier filtrait la circulation pour dégager le passage à une ambulance qui arrivait en sens inverse, toutes sirènes hurlantes. Lorsqu'il s'approcha de cette symphonie de signaux lumineux et sonores qui se détachaient dans l'obscurité, Nathan comprit qu'il venait de se produire quelque chose de grave. À cause de l'agitation, il ne saisit pas tout de suite l'ampleur des dégâts, car il n'y avait ni voiture accidentée, ni victime visible.

— Qu'est-ce qui s'est passé, papa ? Qu'est-ce qui s'est passé ? demanda Bonnie, de plus en plus nerveuse.

— Je ne sais pas, chérie.

Il allait s'arrêter lorsqu'un policier lui fit signe de se ranger un peu plus loin sur le bas-côté. L'avocat s'exécuta puis, comme le veut le règlement, resta assis dans sa voiture, les mains sur le volant, en attendant que l'officier de police s'occupe de lui. D'où il se trouvait, il pouvait apercevoir les ambulanciers qui s'affairaient autour d'un petit corps inanimé qu'ils venaient de remonter du fossé. C'était un enfant, sans doute de l'âge de sa fille, vêtu de l'un de ces imperméables fluorescents utilisés pour être reconnaissable de nuit par les automobilistes.

Mon Dieu, pauvre gosse ! Jeffrey s'est mis dans un sale pétrin.

— Est-ce qu'il est mort ? demanda Bonnie qui s'était levée sur son siège.

— J'espère que non, chérie, il a peut-être seulement perdu connaissance. Assieds-toi, ne regarde pas ça.

Il la prit dans ses bras. Elle posa sa petite tête au creux de son épaule et il imprima comme un bercement pour la réconforter.

Bordel, pourquoi Jeffrey s'est-il enfui ? Il est avocat. Il sait bien qu'un délit de fuite avec un blessé signifie une inculpation d'acte criminel.

Nathan pencha la tête sur le côté. Il distinguait le policier qui avançait droit sur lui. Déjà, les portes de l'ambulance se refermaient, emportant l'enfant vers le service d'urgence d'un hôpital... ou la morgue ?

Seigneur, faites que ce gamin ne soit pas mort.

À nouveau, Nathan regarda en direction du fossé. Le vélo avait été pulvérisé par le choc. Un membre des secours remontait du petit ravin. Il tenait dans une main un sac à dos déchiré où était attaché un casque en graphite que l'enfant n'avait pas pris la peine d'enfiler. Nathan plissa les yeux. Dans l'autre main, l'homme tenait la jante en aluminium de son 4×4.

Si le gamin est mort, Jeffrey sera inculpé de meurtre.

Nathan sentit qu'en lui l'avocat reprenait le dessus.

Conduite sans permis, récidive de conduite en état d'ivresse, délit de fuite, non-assistance à personne en danger... Toutes les circonstances aggravantes sont réunies.

Il savait que dans un cas de ce genre les peines requises pouvaient atteindre vingt-cinq ans de prison. Il avait même eu connaissance d'une affaire où le juge avait accusé d'homicide volontaire un récidiviste et avait requis contre lui la prison à vie.

La prison ! La prison ! Cette réalité clignotait dans son esprit.

Le policier braqua sa torche vers le Land Rover. Il fit le tour du véhicule et, malgré l'obscurité, remarqua immédiatement les rayures et la jante manquante.

Jeffrey ne le supportera pas. Il ne survivra pas plus de quelques mois dans une cellule. Quant à Lisa, elle ne pourra jamais se résoudre à l'incarcération de son mari.

Et Mallory ! Nathan allait mourir, il le savait maintenant. Il ne serait plus là pour la soutenir et elle se retrouverait seule et désemparée. Son mari au cimetière, son père en prison, sa mère rongée par la honte.

Ce sera la fin, pensa-t-il, *la fin des Wexler.*

— Papa, c'est à toi cette bouteille ? fit Bonnie en agitant un flacon de whisky aux trois quarts vide qu'elle venait de trouver sous le siège passager.

Il ne manquait plus que cela.

— Ne touche pas à ça, bébé.

Le flic fit un signe avec sa torche pour lui demander de baisser sa vitre.

L'avocat s'exécuta lentement.

L'air glacial de cette nuit hostile s'engouffra d'un seul coup dans l'habitacle de la voiture. Nathan pensa à Mallory. Les heures à venir allaient être difficiles. Il prit une profonde inspiration.

— C'est moi... c'est moi qui ai renversé cet enfant.

24

« À l'égard de toutes les autres choses, il est possible de se procurer la sécurité, mais à cause de la mort, nous les hommes, habitons une cité sans murailles. »
Épicure

Hôpital de Pitsfield (MA) — Service des urgences — 20 h 06

— Claire, on a besoin de vous !

Le docteur Claire Giuliani, jeune interne en médecine, avait pourtant terminé son service depuis quelques minutes lorsqu'elle fut rappelée par la responsable des infirmières. L'interne qui devait prendre sa suite n'était pas encore arrivé et un blessé grave allait leur être « livré » d'un instant à l'autre. En moins de dix secondes, Claire se débarrassa de son bonnet de laine et de son manteau pour attraper la blouse blanche qu'elle venait de ranger au fond de son casier en métal.

Elle devait retrouver très vite sa concentration. Ça ne faisait qu'un mois qu'elle avait la responsabilité complète de ses patients et elle était toujours habitée par la peur de ne pas être à la hauteur. À vrai dire, ce premier mois ne s'était pas très bien passé : le médecin qui supervisait son travail ne s'était pas gêné pour pointer ses insuffisances devant tout le monde. Claire en avait été très affectée. Ce n'était pas toujours facile de s'imposer quand on avait à peine vingt-quatre ans.

Le hurlement de la sirène de l'ambulance qui entra en trombe dans le parking lui glaça le sang. Ce soir, elle serait seule aux commandes et elle allait devoir faire face. Quelques secondes plus tard, les portes s'ouvrirent pour laisser passer la civière roulante autour de laquelle s'affairaient les secours. Claire prit sa respiration et plongea au milieu de l'action comme dans l'océan.

— Qu'est-ce qu'on a, Armando ? demanda-t-elle au premier ambulancier.

— Enfant de sept ans fauché par une voiture. Dans le coma depuis vingt minutes. Contusions et fractures multiples au bassin, aux côtes et au tibia. Glasgow à 6, tension à 9, pouls à 110, saturation normale. Pas d'antécédents connus.

Claire se pencha vers l'enfant. Les ambulanciers l'avaient déjà intubé et lui avaient posé les voies veineuses pour éviter une chute de tension. Elle contrôla sa respiration en glissant son stéthoscope du côté gauche de la poitrine.

O.K., pas d'hémothorax.

Elle palpa ensuite son abdomen.

Pas de rupture de la rate.

— Bon, on lui fait iono, NFS, coag.

Reste calme, Claire.

— Je veux aussi : scanner cérébral, radio du thorax, bassin, cervicales, épaules...

Tu oublies quelque chose, ma vieille. Tu oublies quelque chose...

— ... et tibias. Allez, tout le monde s'active ! lança-t-elle. On soulève à mon signal : un, deux...

*

— ... trois ! Trois hommes, j'te dis ! J'les ai mis K.-O. d'un seul coup de poing. Faut pas m'chercher moi, tu comprends !

Nathan écoutait sans l'entendre son voisin de cellule, un ivrogne qui avait causé une bagarre dans un supermarché et qu'on avait bouclé avec lui dans la seule cellule libre du poste de police. Ça faisait presque un quart d'heure que la grille s'était refermée sur lui mais il n'arrivait toujours pas à se faire à l'idée qu'il allait passer la nuit en prison. En un instant, il avait perdu son statut d'avocat respectable pour endosser l'habit du salaud qui avait pris la fuite après avoir renversé un gosse. Il ne pouvait se défaire de la vision de l'enfant que Jeffrey avait percuté. Ce corps fragile et inanimé, perdu au milieu de cet imperméable fluorescent. Il avait demandé de ses nouvelles aux policiers mais personne n'avait voulu lui répondre. On ne parle pas aux salauds.

Il n'avait appris qu'une chose, c'est qu'il s'appelait Ben Greenfield.

Kenny, Candice, ce petit Ben...

Désormais, la mort était derrière chacun de ses pas. Elle le traquait à chaque coin de rue pour lui lancer d'innocentes victimes au visage en attendant que son tour arrive. Garrett avait raison : la mort était partout. Cette terrible réalité qu'il n'avait jamais osé regarder en face lui explosait maintenant au visage, bouleversant sa vision du monde.

Bon sang, qu'est-ce qu'il fait froid ici. Et ce con qui n'arrête pas de brailler...

Il croisa les bras et se frictionna au niveau des épaules. Il était exténué, brisé par la fatigue et l'abattement mais, en même temps, il aurait presque juré qu'il ne retrouverait plus jamais le sommeil.

Kenny, Candice, Ben... La vue de leurs corps blessés ou sans vie avait fait naître en lui un sentiment de panique et d'impuissance. Il se laissa tomber sur l'étroite banquette en bois et se prit la tête dans les mains. Le film des deux heures précédentes repassa dans sa tête.

Au moment où le flic lui avait demandé d'ouvrir la vitre, le temps s'était dilaté et les idées s'étaient bousculées dans sa tête. Dans une sorte de fulgurance, il avait soudain pris conscience que lui, l'ancien fils de la femme de ménage, tenait entre ses mains le destin de cette famille prestigieuse. Lui, l'arriviste, le parvenu qui n'avait jamais été accepté au sein du cercle de famille, pouvait désormais les sauver tous. Et c'est ce qu'il allait faire. Car, de l'honneur des Wexler, dépendait l'avenir des deux personnes les plus importantes de sa vie. Et, désormais, plus rien ne comptait que l'amour de Mallory et de Bonnie.

Je ne peux pas perdre Mallory, avait-il pensé. *Si je la perds, je perds tout.*

On lui avait demandé de sortir de la voiture sans faire de gestes brusques. Puis on l'avait fouillé de la tête aux pieds, et on lui avait passé les menottes. Il savait très bien que cette image resterait à jamais gravée dans la tête de Bonnie : elle avait vu des policiers embarquer son père menotté dans une voiture de patrouille pour l'emmener en prison. En *prison*. Qu'avait-elle bien pu penser ? Au fond, que savait-elle vraiment du métier de son père ? Pas grand-chose. Il lui avait expliqué qu'il était un « avocat des entreprises » mais il avait bien conscience que cela ne voulait rien dire pour elle. En revanche, Bonnie savait pertinemment ce qu'était la police. Le rôle de la police était d'arrêter les criminels. Et la police venait d'arrêter son père.

Pour ne rien arranger, les flics avaient mis la main sur la

bouteille de whisky déjà bien entamée par son beau-père. Dans le Massachusetts, il était interdit de transporter dans un véhicule une bouteille d'alcool ayant été ouverte. Cela faisait donc un autre délit dont Nathan devrait endosser la responsabilité. Et encore, il était passé près de la catastrophe, car, pour l'officier qui l'avait interpellé, la présence de la bouteille signifiait obligatoirement une conduite en état d'ivresse. Nathan avait protesté avec véhémence. Il s'était de lui-même prêté aux tests de sobriété : suivre un doigt du regard, toucher rapidement tous les doigts d'une même main avec son pouce en comptant à l'endroit puis à l'envers... Comme le flic n'était pas convaincu, l'avocat avait insisté pour passer un alcootest sur-le-champ. Bien entendu, il n'avait pas un seul gramme d'alcool dans le sang mais les policiers avaient été tellement déçus du résultat qu'ils avaient recommencé le test à trois reprises, sans plus de succès. On ne l'avait donc arrêté « que » pour délit de fuite.

L'affaire était très sérieuse. Appartenir à l'élite des *lawyers* ne le dispensait pas de faire face à ses responsabilités : il était à l'origine d'un accident ayant occasionné un blessé grave et encourait pour ça jusqu'à plusieurs années de prison. Sans compter que les choses pourraient encore se compliquer si par malheur Ben venait à décéder.

— Bordel, il gèle à couilles fendre ici ! brailla le poivrot à côté de lui.

Nathan soupira. Il ne devait pas prêter attention à ce type. Il fallait qu'il soit fort. Demain, un juge fixerait le montant — forcément astronomique — de la caution et il serait remis en liberté conditionnelle. Si procès il y avait, cela ne serait que dans plusieurs mois et, à ce moment-là, il ne serait plus de ce monde. Il aurait peut-être alors à faire face à un autre juge, bien plus terrifiant que celui d'une cour du Massachusetts…

*

Au même moment, à plus de cent kilomètres de là, Abby Coopers gara sa petite Toyota sur le parking d'une épicerie au niveau de Norwalk. Sur le capot de la voiture, elle déplia une carte routière à la recherche du meilleur trajet pour Stockbridge.

— Atchaaa ! Atchaa !

Abby éternua plusieurs fois. Elle tenait un sacré rhume agrémenté d'un violent mal de tête. Pour couronner le tout, cette saleté de neige fondue recommençait à tomber, mouillant le verre de ses lunettes. Quelle guigne ! Plusieurs fois, elle avait essayé de porter des lentilles mais elle ne s'y était jamais vraiment habituée.

Pour la centième fois, elle tournait et retournait dans sa tête la conversation qu'elle avait eue avec son patron. Décidément, elle n'arrivait pas à croire à cette histoire. Nathan en prison ! Avant d'être incarcéré, il avait eu droit à un coup de téléphone et il avait choisi d'appeler le bureau. Il avait réclamé Jordan mais l'associé principal était absent et c'est elle qui avait répondu. Elle avait vraiment senti sa détresse au bout du fil. Ça lui avait tellement serré le cœur qu'elle avait décidé de partir sur-le-champ. Mais comment imaginer qu'il se soit enfui en abandonnant cet enfant sur le bord du chemin ?

Au fond, connaît-on réellement les gens ? Peut-être qu'elle l'idéalisait trop. C'est vrai qu'ils avaient une véritable complicité dans le travail. À eux deux, ils formaient une belle équipe. Il avait peut-être la réputation d'être un arriviste, un requin cynique, prêt à toutes les compromissions, mais elle lui connaissait une part de fragilité et de doute. Parfois, à midi, lorsqu'il faisait beau, ils descendaient ensemble manger un sandwich sur l'un des bancs du Bryant Park. Dans ces instants-là, ils connaissaient une fugace proximité. Elle lui trouvait quelque chose de très attachant, de presque enfantin.

Après son divorce, elle avait espéré un temps qu'il se rapprocherait d'elle mais ça n'était pas arrivé. Elle le sentait encore très attaché à sa femme, Mallory. Elle les avait vus ensemble à quelques reprises lorsqu'elle travaillait encore à San Diego. Ils formaient vraiment un drôle de couple, comme si quelque chose d'indéfectible existait entre eux.

*

Hôpital de Pitsfield — Salle d'attente — 1 h 24

— Monsieur et madame Greenfield ?

Claire Giuliani venait de traverser la salle d'attente avec appréhension. Elle redoutait les moments comme celui-là.

— Oui, mademoiselle.

Le couple qui se rongeait les sangs depuis plusieurs heures leva un visage impatient vers la jeune interne. Les yeux de la mère débordaient de larmes. Ceux du père étaient pleins de colère.

— Je suis le docteur Giuliani. C'est moi qui me suis occupée de Ben à son arrivée et...

— Mon Dieu, comment va-t-il, docteur ? la coupa la mère. Est-ce que nous pouvons le voir ?

— Votre fils souffre de multiples fractures, reprit Claire. Nous l'avons stabilisé mais il a subi un traumatisme crânien qui a entraîné une contusion cérébrale importante avec un hématome soudural.

— Un hématome soudural ?

— C'est… c'est un œdème, madame. Un œdème qui comprime la masse cérébrale. Nous faisons actuellement notre possible pour juguler l'augmentation de la pression intracrânienne et je peux vous assurer que…

— Qu'est-ce que ça veut dire tout ça ? demanda le père excédé.

— Ça veut dire que nous ne pouvons pas encore dire quand votre fils sortira du coma, expliqua Claire avec calme. Peut-être quelques heures, peut-être plus… Il faut attendre.

— Attendre quoi ? De voir s'il se réveille ou s'il finira ses jours comme un légume…

Claire essaya d'être rassurante :

— Il faut espérer, monsieur, conseilla-t-elle en posant sa main bienveillante sur l'épaule de son interlocuteur.

Mais celui-ci se dégagea avec force pour envoyer plusieurs coups de poing rageurs contre l'un des distributeurs de boissons.

— Je le tuerai ! Si Ben ne se réveille pas, je tuerai cet avocat de malheur !

*

19 décembre

— Il est hors de question que tu endosses cette faute à ma place !

Jeffrey Wexler et son gendre étaient attablés dans l'arrière-salle d'un restaurant pour routiers de l'Interstate 90. Ils avaient commandé beaucoup de café. Au-dessus de leur table, une vieille pendule Coca-Cola indiquait dix heures du matin. L'endroit était animé : la station de radio locale venait d'annoncer la possibilité de routes glissantes pour les heures à venir et la conversation bruyante des chauffeurs de poids lourds parvenait presque à couvrir les grondements incessants de la circulation.

Nathan avait été libéré une demi-heure plus tôt par l'adjoint du shérif, un type du nom de Tommy Diluca. Sur le coup de minuit, l'avocat lui avait demandé la permission d'aller aux toilettes. Non seulement le petit chef n'avait pas accédé à sa requête mais il en avait profité pour lui lancer quelques injures et lui raconter dans le détail les supplices que lui feraient endurer les détenus du pénitencier de Lowell lorsqu'il en aurait « pris pour vingt ans ».

Jeffrey avait payé l'intégralité de la caution, fixée à 50 000 dollars, pendant qu'Abby se chargeait des formalités juridiques. Nathan avait récupéré ses effets personnels sans tarder. Il n'avait qu'une envie : foutre le camp au plus vite.

— À bientôt, lui avait dit le shérif adjoint avec un petit sourire narquois.

L'avocat avait réussi non sans mal à se maîtriser. Il n'avait pas répondu, se contentant de relever la tête et de se tenir droit comme un « i » même s'il avait le dos en compote après une nuit sans sommeil sur une couchette en bois dur. En poussant la porte de verre, dernier rempart avant la liberté, il aperçut ses traits tirés dans la vitre et se trouva une allure fantomatique, un peu comme s'il avait vieilli de plusieurs années en une seule nuit.

Accompagné par son chauffeur, Jeffrey était venu l'attendre dans le froid du matin. Rasé de frais, drapé dans un élégant manteau de cachemire qui lui donnait une stature de commandeur, Wexler dégageait une impression de solidité.

Difficile d'imaginer que le même homme avait frôlé le coma éthylique quelques heures auparavant, même si les longues bouffées qu'il tirait fébrilement sur son cigare trahissaient une indéniable nervosité.

Peu familier des gestes de tendresse, Jeffrey s'était contenté d'appliquer une petite tape de réconfort sur l'épaule de son gendre au moment où celui-ci s'installait dans le véhicule. Dès qu'il avait retrouvé son portable, Nathan avait essayé de joindre Mallory au Brésil, mais après quelques sonneries, l'appareil basculait sur le répondeur. Jeffrey qui avait tenté de son côté de la joindre toute la nuit n'avait pas eu plus de chance. Le chauffeur les avait ensuite déposés devant le restaurant de l'autoroute. Les deux hommes savaient qu'ils ne pouvaient faire l'économie d'une conversation.

— Il est hors de question que tu endosses cette faute à ma place ! répéta Jeffrey en serrant le poing sur la petite table en Formica.

— Je vous assure que c'est mieux ainsi.

— Écoute, je suis peut-être alcoolique mais je ne suis pas un lâche. Je ne veux pas fuir mes responsabilités.

Nathan ne voulut pas entrer dans cette logique :

— Vos responsabilités, pour l'instant, consistent à vous occuper de votre famille et à me laisser faire.

Le vieil avocat ne se démonta pas :

— Je ne t'ai rien demandé. Ce que tu as fait, c'est une fausse bonne idée. Tu sais aussi bien que moi que tu risques gros.

— Pas plus que vous, Jeffrey. Vous avez vraiment envie de finir vos jours en taule ?

— Ne joue pas au héros, Nathan. Soyons réalistes : ma vie est derrière moi tandis que tu as une fille qui a besoin de toi. Et puis... tu sais très bien que tout n'est peut-être pas fini avec Mallory... Sois un peu responsable !

— C'est de vous qu'elles vont avoir besoin, Jeffrey, répondit Nathan, le regard fuyant.

Wexler fronça les sourcils.

— Je ne comprends pas.

Nathan soupira. Il fallait qu'il avoue une part de vérité à son beau-père. Il ne pouvait pas faire autrement, même s'il était hors de question d'évoquer les Messagers. Il hésita quelques secondes puis reconnut :

— Écoutez..., je vais *mourir*, Jeffrey.

— Qu'est-ce que tu racontes ?

— Je suis malade.

— Tu te fous de moi ?

— Non, c'est du sérieux.

— Quoi ? Un... un cancer ?

Nathan hocha la tête.

Jeffrey Wexler était abasourdi. Nathan confronté à la mort !

— Mais... mais... est-ce que tu as consulté des médecins compétents au moins ? demanda-t-il en bredouillant. Tu sais que je connais les meilleurs toubibs du MGH[1]...

— C'est inutile, Jeffrey, je suis condamné.

— Mais tu n'as même pas quarante ans. On ne meurt pas à quarante ans ! cria-t-il, faisant se retourner quelques clients des tables voisines.

— Je suis condamné, répéta Nathan tristement.

— Pourtant, tu n'as pas l'air mourant, insista Jeffrey qui ne voulait pas se résoudre à cette idée.

— C'est comme ça.

1. *Massachusetts General Hospital* : hôpital prestigieux de Boston.

— Merde, alors.

Le vieil homme cligna plusieurs fois des yeux. Une larme coula le long de sa joue mais il ne fit rien pour lutter contre son émotion.

— Et il te reste combien de temps ?

— Plus beaucoup. Quelques mois... peut-être moins.

— Bordel de Dieu, murmura doucement Jeffrey car il ne voyait pas très bien ce qu'il pourrait dire d'autre.

Nathan prit un ton pressant :

— Écoutez, n'en parlez à personne, Jeffrey, vous m'avez bien compris, *à personne*. Mallory n'est pas encore au courant et je veux la prévenir moi-même.

— Bien sûr, murmura-t-il.

— Prenez soin d'elle, Jeffrey. Vous savez qu'elle vous adore. Elle a besoin de vous. Pourquoi ne l'appelez-vous pas plus souvent ?

— Parce que j'ai honte, confia le vieil homme.

— Honte de quoi ?

— Honte de cette faille qu'il y a en moi, honte d'être incapable de m'arrêter de boire...

— Nous avons tous nos faiblesses, vous le savez bien.

Décidément, c'était le monde à l'envers. Nathan allait mourir et c'est lui qui le réconfortait ! Jeffrey ne savait quoi faire pour exprimer sa compassion. Il aurait vraiment donné n'importe quoi pour sauver la vie de son gendre. Un bouquet de souvenirs remonta à la surface : il revit Nathan à dix ans, lorsqu'ils allaient à la pêche ou qu'il l'emmenait visiter les « cabanes à sucre » qui récoltaient le sirop d'érable. À l'époque, il le considérait un peu comme son fils et comptait l'épauler dans ses études. Plus tard, ils auraient pu travailler ensemble, monter leur propre cabinet (Wexler&Del Amico) et mettre leur talent en commun pour se battre en faveur de causes utiles : réhabiliter des gens, défendre des faibles... Mais l'affaire du bracelet et cette putain de boisson avaient tout gâché. Cette boisson et l'argent, ce foutu argent qui pervertissait tout, qui enlevait du sens à tout, alors que tout finissait toujours comme ça : la mort.

Une vague de chair de poule irradia sa vieille carcasse, depuis la moelle épinière en passant par les épaules et le ventre. Hier soir, il ne s'était même pas rendu compte qu'il avait percuté cet enfant. Comment cela était-il possible ? Comment pouvait-on tomber si bas ?

Bien qu'il se fût déjà fait cent fois cette promesse, il jura à nouveau que plus jamais de sa vie il ne toucherait à une goutte d'alcool.

Aidez-moi, Seigneur, implora-t-il mentalement, même s'il savait bien que Dieu l'avait depuis longtemps abandonné à son propre sort.

— Laisse-moi être ton avocat, dit-il soudainement à Nathan, laisse-moi au moins te défendre pour cette affaire d'accident.

C'était la seule chose qu'il se sentait encore capable de bien faire.

Nathan hocha la tête en signe d'acceptation.

— Je te tirerai de là, promit Jeffrey qui avait retrouvé son regard brillant. C'est une sale affaire mais je me fais fort d'obtenir un *deal* avec le procureur : disons, dix-huit mois de probation et une centaine d'heures d'intérêt général. J'y arriverai, je suis le meilleur...

Nathan prit une gorgée de café, puis lui lança avec un sourire :

— Après moi, vous êtes le meilleur.

Pour saluer ce moment de complicité, un discret rayon de soleil perça entre les nuages. Les deux avocats se tournèrent alors vers la vitre pour profiter de cette chaleur nouvelle. Juste à cet instant, Abby pénétra dans le parking du restaurant où il était convenu qu'elle retrouve les deux hommes. À la demande de Jeffrey, elle avait emprunté le 4×4. Comme Nathan n'était pas en état d'ivresse au moment de l'accident, on ne le lui avait pas confisqué lors de l'arrestation. Il avait donc parfaitement le droit de conduire jusqu'au jugement.

Nathan fit un petit signe à sa secrétaire à travers la vitre.

— Elle va te ramener jusqu'à Manhattan, lui dit Jeffrey en se levant de son siège. Je m'occuperai de faire reconduire sa voiture.

— Je prends Bonnie avec moi, annonça Nathan d'un ton résolu.

Jeffrey eut l'air embêté.

— Écoute... Lisa l'a emmenée ce matin passer deux jours à Nantucket. Elle...

— Quoi ! Vous m'enlevez ma fille dans un moment pareil !

— Personne ne te l'enlève, Nathan. Je la ferai raccompagner à New York dès son retour. Je t'en donne ma parole. Prends simplement un peu de temps pour te retourner.

— Mais je n'ai plus de temps, Jeffrey !

— Je te la renvoie après-demain, promis. Essaye de te reposer un peu.

Nathan abdiqua :

— C'est bon.

Et après un silence, il ajouta :

— Mais appelez-moi immédiatement si vous avez des nouvelles de Mallory.

Ils rejoignirent Abby sur le parking. La jeune femme semblait gênée.

— Content de vous voir, Abby.

Nathan s'avança pour la serrer dans ses bras mais elle se raidit.

— Tout est réglé pour la caution, annonça-t-elle d'un ton professionnel, comme si elle évoquait la situation judiciaire d'un de leurs clients.

— Vous avez des nouvelles de l'enfant ? demandèrent en même temps les deux avocats, sachant qu'elle revenait de l'hôpital.

— Il est toujours dans le coma. Le diagnostic reste très réservé. En tout cas, si j'étais vous, je ne mettrais pas les pieds là-bas, prévint-elle en se tournant vers Nathan. Les parents sont très remontés...

Jeffrey ne put s'empêcher de baisser la tête. Nathan ne répondit rien. Il raccompagna Jeffrey jusqu'à sa voiture et lui serra longuement la main. Reverrait-il jamais son beau-père ?

Il se tourna ensuite vers sa secrétaire.

— Merci sincèrement d'être venue, Abby.

— À votre service, répondit la jeune femme, mais on sentait dans sa voix que le cœur n'y était pas. Elle lui tourna le dos et appuya sur la clé pour déverrouiller le véhicule.

— Je vais conduire moi-même si ça ne vous pose pas de problème.

— Enfin, Abby, ne soyez pas ridi...

— Je conduis ! répéta Abby avec une telle insistance que Nathan préféra ne pas la contredire.

Il allait s'asseoir sur le siège passager lorsqu'un vieux monospace Chrysler déboula à côté d'eux.

Un homme bien bâti jaillit de la voiture et le prit violemment à partie :

— Assassin ! On aurait dû vous boucler et ne jamais vous laisser sortir.

— C'est le père du petit garçon que vous avez renversé, le prévint Abby d'une voix inquiète.

Nathan éleva la voix :

— Écoutez, M. Greenfield, c'était un accident... Je comprends votre douleur. Laissez-moi simplement vous assurer que votre fils aura les meilleurs soins. Vous pourrez demander un dédommagement important.

L'homme était tout près de lui et grondait de colère. Nathan aurait voulu le calmer mais il savait ce qu'il aurait lui-même ressenti envers un chauffard qui aurait renversé Bonnie.

— Nous ne voulons pas de votre argent de merde, nous voulons la justice. Vous avez abandonné un enfant mourant, dans un fossé, vous êtes un salaud ! Vous êtes un...

Nathan fut incapable d'esquiver le terrible coup de poing qui le précipita au sol. Puis l'homme se pencha vers lui. Il sortit une photo de son fils du fond de sa poche et la lui brandit devant les yeux.

— J'espère que ce visage vous hantera toute votre vie !

Nathan se releva péniblement. Il porta la main à son nez. De grosses gouttes de sang tombaient dans la neige, dessinant comme une flèche rouge sur le sol.

25

« Je pense que tu sais aussi bien que moi quel est le problème... »
L'ordinateur Hal dans *2001, l'Odyssée de l'espace*

— Arrêtez de me regarder comme ça, Abby.

Ils roulaient vers New York depuis déjà une demi-heure et n'avaient pratiquement pas échangé un mot.

— Donc, c'est vrai ? demanda la secrétaire en doublant un camion.

— Quoi donc ?

— Vous avez réellement abandonné un gosse mourant sur le bord de la route ?

Nathan soupira.

— Je ne l'ai pas *abandonné*. Je vous ai déjà expliqué que je suis retourné chez mes beaux-parents pour prévenir les secours.

Abby trouva l'argument un peu court.

— Vous avez toujours votre téléphone avec vous !

— Je l'avais oublié, voilà tout, répondit Nathan, agacé.

Dubitative, la jeune femme secoua la tête en se rabattant sur la file de droite.

— Désolée, mais ce n'est pas très crédible.

— Et pourquoi donc ?

— J'ai vu le lieu de l'accident : il y a beaucoup d'habitations à proximité. Vous auriez pu vous arrêter pour téléphoner dans n'importe quelle maison.

— J'ai... j'ai paniqué, voilà tout, je pensais être plus près du ranch...

Abby enfonça le clou :

— Si vous aviez prévenu les secours plus tôt, il aurait peut-être eu davantage de chances de s'en tirer. Il s'agit quand même de la vie d'un enfant !

— Je le sais, Abby.

Puis, comme pour elle-même, elle ajouta à voix basse :

— Putain, ce gosse a l'âge de mon fils.

L'avocat était interloqué.

— Vous ne m'aviez jamais dit que vous aviez un fils.

— Ce n'est pas moi qui en ai la garde, voilà tout.

— Je ne savais pas, bredouilla Nathan.

À sa voix, on sentait qu'il était vraiment confus.

— Eh oui, vous voyez, on peut travailler plusieurs années avec quelqu'un sans savoir grand-chose sur sa vie personnelle, dit-elle d'un ton de reproche. C'est comme ça, c'est le business, c'est l'époque...

Elle laissa passer une minute, puis précisa :

— Malgré tout, d'une certaine façon, je vous ai toujours admiré. Je vous ai suivi sans hésiter de San Diego à New York parce que je vous trouvais différent de tous ces petits *golden boys*. Je pensais que si un jour j'avais un problème, vous seriez là pour moi...

— Vous m'idéalisiez Abby.

— Laissez-moi terminer ! Bref, je pensais qu'au fond, vous étiez quelqu'un de bien, un type avec des valeurs...

À nouveau, elle doubla prudemment un camion et prit le temps de se rabattre avant de continuer :

— Je suis désolée de vous le dire mais, depuis hier soir, j'ai perdu mes illusions. J'ai perdu le plus important.

— Et quoi donc ?

— Vous le savez bien : la confiance.

— Pourquoi dites-vous ça ?

L'espace d'un instant, elle délaissa la route et tourna la tête vers lui.

— Parce que je ne peux plus avoir confiance en un type qui abandonne un enfant mourant sur le bord d'une route.

Nathan écoutait sans broncher. Elle ne lui avait jamais parlé comme ça. Il eut la brève tentation d'appuyer sur la pédale de frein et de tout lui balancer en vrac au milieu de l'autoroute : les Messagers, la mort qui le terrorisait, la nécessité de mentir pour protéger sa femme et sa fille...

Mais il ne craqua pas et ils ne prononcèrent plus un mot jusqu'à Manhattan. Pour que ça marche, personne ne devait savoir.

Personne, à part Bonnie et Mallory.

*

— M. Del Amico, une petite réaction, pour Trial TV !

L'avocat repoussa violemment le micro que lui tendait le journaliste. Derrière lui, un cameraman essayait de voler quelques images. Nathan connaissait ces deux types : ils travaillaient pour une chaîne de télévision câblée spécialisée dans la couverture médiatique des affaires judiciaires à sensation.

Merde, je ne suis tout de même pas O. J. Simpson.

Il laissa passer Abby devant lui puis s'engouffra à son tour dans l'immeuble de Park Avenue.

Revoir la mosaïque byzantine du hall d'entrée constitua

un soulagement. Abby gagna directement son bureau tandis qu'il s'arrêtait au troisième étage à la salle de sport et de repos. Il resta presque une demi-heure sous le jet brûlant de la douche tant il était fatigué, vidé de toute sève, le moral en berne. Puis, peu à peu, il se sentit régénéré, l'eau semblant agir sur lui comme sur un végétal. C'est donc propre et bien rasé qu'il entra dans son bureau. Abby l'attendait de pied ferme. Elle lui avait préparé un double café avec quelques muffins. Il fouilla dans son placard et y trouva une chemise neuve encore empaquetée dans un emballage en plastique.

Le luxe suprême, pensa-t-il en l'enfilant.

Il se laissa tomber dans son fauteuil de cuir, alluma son ordinateur et attira à lui quelques dossiers qui traînaient sur la table. Retrouver ce bureau dans lequel il avait passé tant d'heures et connu tant de succès était un soulagement. Il aimait cet endroit. Il aimait son boulot, tout cet apparat qui lui donnait l'impression d'être aux commandes. De pouvoir agir sans trop subir les événements.

Il essaya à nouveau de contacter Mallory mais sans plus de succès. Il se connecta alors au site web du *National Lawyer*. Dans ce milieu, les nouvelles allaient très vite. S'il y avait deux journalistes en planque dans la rue, c'est que des bruits s'étaient déjà répandus à son sujet. Il ne fut pas long à trouver ce qu'il cherchait puisque, lorsqu'il cliqua sur la rubrique des « nouvelles du jour », la dépêche suivante fut la première à s'afficher :

Un célèbre avocat de Park Avenue impliqué dans un grave accident de la route.

Nathan Del Amico, l'un des avocats vedettes de chez *Marble&March* a été arrêté la nuit dernière pour délit de fuite après avoir renversé un jeune cycliste sur une petite route de Stockbridge (MA). Hospitalisée d'urgence à l'hôpital du comté de Pitsfield, la victime, âgée de sept ans, est actuellement dans un état jugé très préoccupant par les médecins. L'avocat – qui a été libéré dans la matinée contre une caution de 50 000 dollars – devrait être défendu par Me Jeffrey Wexler, l'un des ténors du barreau de Boston.

Quelles que soient les suites de cette affaire, nous pouvons déjà affirmer qu'elle provoquera indéniablement un coup d'arrêt dans la carrière de celui que les gens de la profession surnommaient parfois « Amadeus » à cause de l'habileté dont il avait fait preuve sur certaines affaires délicates.

Sollicité, vendredi 20 décembre, l'associé principal de Marble&March, M. Ashley Jordan, a indiqué que cette affaire *« ne concernait qu'à titre personnel »* son collaborateur et *« n'avait aucun lien avec les activités de la société qui l'employait »*.

S'il est reconnu coupable de ces accusations, M. Del Amico risque jusqu'à huit ans de prison.

Merci de ton soutien, Ashley, pensa Nathan en se déconnectant.

Il n'arrivait pas à détacher ses yeux de l'article. Le *National Lawyer* était le journal de référence des avocats d'affaires. Celui qui faisait la pluie et le beau temps dans ce milieu.

Il relut un morceau d'une phrase (« ... un coup d'arrêt dans la carrière... ») avec un sourire amer sur les lèvres. Oui, c'était certain, sa carrière allait s'arrêter mais pas pour les raisons auxquelles faisait allusion le journal.

Tout de même, ce n'était pas un départ très glorieux. Il avait mis des années à peaufiner son image de star de la profession, à choisir méthodiquement les affaires sur lesquelles il fallait travailler pour qu'on parle de lui. Et tout ce bel édifice venait de s'écrouler en quelques heures seulement.

Abby l'interrompit dans ses pensées :

— Nous venons de recevoir un drôle de fax, fit-elle en passant la tête dans l'embrasure de la porte.

— Je ne sais pas si je vais rester, Abby. Voyez ça plus tard avec Jordan.

— Je crois quand même que ça va vous intéresser, fit-elle d'un ton mystérieux.

*

D'abord, Nathan ne distingua pas grand-chose. C'était une sorte de cliché en noir et blanc, un peu flou, qui représentait un véhicule tout-terrain devant le poste d'essence d'une station-service. Une partie de la photo avait été agrandie dans un coin pour qu'on puisse lire — ou plutôt deviner — les numéros de la plaque d'immatriculation.

Pas de doute : c'était bien son 4x4 !

L'avocat remarqua au passage que la voiture était encore en bon état : pas de rayures, la jante avant droite à sa place...

La photo date donc d'avant l'accident.

En guise de légende, quelqu'un avait griffonné l'adresse à rallonge d'une page web gérée par un hébergeur grand public. *La suite sur le web...* semblait suggérer l'inscription.

Nathan se tourna vers son ordinateur et lança le navigateur pour se rendre sur le site mentionné. Ses manipulations le menèrent sur un écran vide et noir, seulement barré par un lien hypertexte. Il cliqua mais ça ne donna rien : le lien était brisé.

Qu'est-ce que c'est que ces conneries ? Il avait suffi de quelques minutes pour qu'un sentiment de malaise s'empare à nouveau de lui.

Il demanda à Abby de voir d'où émanait le fax. Grâce au service en ligne d'un annuaire inversé, il fallut moins d'une minute à la jeune femme pour en déterminer l'origine.

— Le numéro correspond à un *copy-shop* de Pitsfield, annonça-t-elle.

Ouais, autrement dit, un endroit d'où n'importe qui peut envoyer ses fax de façon anonyme.

Nathan retapa l'adresse du site en prenant garde de ne pas commettre d'erreurs de frappe. Toujours le même écran. Rien.

À nouveau, il regarda la photo. Qu'essayait-on de lui dire ? Qui était derrière tout ça ?

Lorsqu'il se retourna vers l'ordinateur, un message d'erreur s'affichait sur l'écran. Nathan appuya sur le bouton de rafraîchissement. Le lien hypertexte réapparut et, lorsqu'il cliqua dessus. Un programme de visualisation multimédia s'ouvrit dans une fenêtre parallèle et un petit film démarra un moment plus tard. Grâce à la connexion haut débit du cabinet, Nathan put voir la vidéo de façon assez fluide.

Il s'agissait d'une succession d'images prises par la caméra de surveillance d'une station-service. C'était le même environnement que sur la photo sauf que cette fois on pouvait voir Jeffrey Wexler penché sur le 4x4, en train de faire le plein d'essence. Nathan ne comprit pas tout de suite les intentions de celui qui lui proposait ces images. Puis il remarqua que la date et l'heure précise étaient incrustées en bas à droite : le 19 décembre à 19 h 14.

Sur le rapport de police, il avait lu que l'accident avait eu lieu approximativement vers 19 h 20. Il n'y avait pas trente-six mille stations-service à proximité de Stockbridge. Le numéro de la pompe ainsi que le logo Texaco visible sur l'écran rendaient cet endroit facilement identifiable et Nathan était à peu près persuadé qu'il s'agissait de la station de Naumkeag, non loin de l'endroit où Ben Greenfield avait été renversé.

Or, si Jeffrey faisait son plein d'essence à 19 h 14, ça ne laissait planer aucun doute sur sa culpabilité.

Soudain l'image sauta. On avait coupé le moment où Jeffrey était allé payer. On voyait maintenant le vieil homme revenir en titubant vers le 4x4 avant de prendre une rasade d'alcool et de se mettre au volant.

— Mais ces images vous innocentent complètement, s'exclama Abby qui, sans demander la permission, s'était penchée derrière son patron pour suivre le film en même temps que lui.

Nathan se contenta de hocher la tête. Il se retourna vers sa secrétaire et vit que ses yeux brillaient d'excitation.

Sur l'écran, le film venait de s'achever par le démarrage de la voiture. Nathan chercha à le relancer mais sans succès. Il tripatouilla un moment dans le disque dur de l'ordinateur mais le film n'avait pas été sauvegardé.

— Merde, lâcha l'avocat. Il a retiré le film du site.

— Mais qui est derrière tout ça ?

— Qui est derrière tout ça ? Je vais vous le dire, moi, c'est le gérant de cette minable station-service. Un type tout content d'avoir découvert le pot aux roses.

— Mais pourquoi cherche-t-il à camoufler son identité ?

— Parce qu'il est prudent. Il veut que nous sachions qui il est mais il ne veut pas que nous accumulions des preuves contre lui.

— Des preuves de quoi ? demanda naïvement Abby.

— Des preuves qu'il me fait chanter.

La jeune femme s'assit sur un siège à côté de son patron.

— Écoutez, vous devez vous ressaisir, Nathan. Même si j'ignore pourquoi vous faites ça, je sais que ce n'est pas une bonne idée. Il est encore temps de reculer. Vous ne pouvez quand même pas sacrifier votre carrière pour protéger votre beau-père !

— Ce n'est pas Jeffrey que je protège, c'est ma femme et ma fille.

— Vous ne les protégez pas en vous accusant à sa place, martela-t-elle en lui mettant sous le nez l'article du *National Lawyer*. Dans les couloirs, on parle déjà de vous au passé et si vous ne réagissez pas, vous serez grillé dans toute la profession. Ce n'est quand même pas à vous que je vais expliquer ça !

Nathan ne répondit pas tout de suite. Le doute était en train de s'insinuer dans son esprit. Abby n'avait peut-être pas tort. Il serait si confortable de reculer... et ce film inespéré lui en donnait la possibilité. N'avait-il pas fait le maximum pour aider son beau-père ? Aller plus loin lui attirerait trop d'ennuis.

Il est peut-être temps de revenir sur terre et de retrouver ton honneur, pensa-t-il avec soulagement.

Au même instant, le sifflement discret du télécopieur se déclencha à nouveau dans le bureau d'Abby.

Nathan attrapa le fax, Abby regarda par-dessus son épaule : il y avait simplement trois signes grossièrement griffonnés au marqueur.

1 M $

— Un million de dollars ! s'écria la secrétaire. Ce type est dingue.

Hypnotisé, Nathan ne pouvait détacher son regard du bout de papier qu'il tenait à la main. Lorsqu'il se retourna enfin vers la jeune femme, sa décision était prise.

Je vais gagner ma dernière affaire en la perdant, songea-t-il tristement.

— Est-ce que vous voulez m'aider, Abby ?

— Vous aider à vous tirer de là ? Bien sûr.

— Pas m'aider à me tirer de là, Abby, m'aider à m'y enfoncer un peu plus...

26

« Faites de l'argent et le monde entier s'accordera à vous appeler Monsieur. »
Mark Twain

Creed Leroy rembobina la cassette vidéo au début de l'enregistrement. Il avait déjà regardé cette scène plus de vingt fois en deux jours mais il ne s'en lassait pas.

Vraiment, il ne regrettait pas cette petite caméra infrarouge dont il avait fait l'acquisition quelques mois plus tôt. À l'époque, le gérant de la station-service avait dû subir les foudres de sa femme qui n'avait vu dans ce gadget qu'une dépense inutile de plus. Ça ne coûtait pourtant pas les yeux de la tête, à peine 475 dollars en vente par correspondance, livraison comprise. Mais, de toute façon, quoi qu'il fît, Christy trouvait toujours un moyen de le rabaisser. Pourtant, ce temps était révolu, car ces misérables 475 dollars allaient lui rapporter un million ! Un million, qui dit mieux ? Le meilleur placement financier de tous les temps ! À l'heure où la planète entière se lamentait sur la chute des valeurs boursières, lui, Creed Leroy, allait toucher le pactole.

Il régla la luminosité et le contraste du moniteur puis inséra une cassette vierge dans un deuxième magnétoscope qu'il avait raccordé à l'appareil principal. Mieux valait faire une copie pour plus de sûreté.

Il avait eu de la chance, c'est vrai. Généralement, il effaçait les bandes tous les soirs sans les visionner. Pourtant, le 18 décembre, un problème avec la programmation de l'alarme l'avait occupé pendant près d'une heure et, pour ne pas se coucher trop tard, il avait préféré remettre sa tâche au lendemain.

Ah ! Ah ! « Ne remets jamais au lendemain ce que tu peux faire le jour même », disait le proverbe. Des foutaises tout ça ! Car, au matin, en ouvrant le journal, il avait vu la photo de ce 4x4 qui accompagnait l'article sur l'accident du fils Greenfield. Il avait tout de suite reconnu le véhicule qui était venu faire le plein d'essence, justement avant l'heure de l'accident. Mais le plus bizarre concernait l'identité du conducteur, car ce n'était pas ce jeune avocat qui était au volant du 4x4 la veille. Non, il s'en souvenait très bien, c'était l'un des vieux richards du coin qui conduisait : ce Jeffrey Wexler qui d'habitude se déplaçait toujours avec un chauffeur.

Creed s'était alors précipité sur ses enregistrements qui avaient confirmé ses intuitions : Wexler était bien seul, complètement bourré, quelques minutes avant que le 4x4 renverse le gamin !

Or, le journal affirmait que cet avocat new-yorkais avait de lui-même reconnu être impliqué dans l'accident. Creed Leroy n'était peut-être jamais allé à l'université mais il n'avait pas été long à comprendre que quelque chose clochait dans toute cette histoire. Encore une magouille de ces avocats, avait-il pensé. Comme la plupart de ses concitoyens, Creed les détestait, ne voyant en eux que des rapaces uniquement guidés par la cupidité. Il était allé vérifier auprès de la caisse enregistreuse : Wexler avait payé en liquide, un billet de vingt dollars. Il n'y avait donc pas de trace de carte bancaire et personne d'autre que lui ne l'avait vu entrer dans la station.

Au début, il avait pensé aller voir les flics mais il y avait rapidement renoncé : les bonnes actions ne sont jamais récompensées dans ce monde. Non, il n'aurait pas reçu le moindre dédommagement pour sa collaboration. Tout au plus, aurait-il eu son nom dans le journal local. L'un des pisse-copies de la rédaction serait venu l'interviewer, on aurait parlé de lui un jour ou deux puis l'affaire aurait été oubliée.

À la place, il avait eu une autre idée. Une idée bien plus brillante. Elle comportait des risques certes, mais c'était surtout une occasion unique de changer de vie. Intuitivement, Creed avait décidé de ne rien dire à sa femme. Depuis quelque temps, il était fatigué de sa vie. Dans ses rêves les plus secrets, il était convaincu qu'une autre existence l'attendait quelque part. Une existence dans laquelle il serait *quelqu'un d'autre*.

Creed Leroy restait de longues heures devant son ordinateur, le soir, à naviguer sur le web. Le reste de son temps libre, il le consacrait à la pêche et à la randonnée. Parfois, entre deux clients, il aimait feuilleter quelques pages des romans à succès qu'il empruntait sur le tourniquet des livres de poche de la station-service. Si les histoires de tueurs en série ne le passionnaient guère, il appréciait les thrillers juridiques et financiers, même s'il ne comprenait pas toujours tout. Un jour, il était tombé sur un livre passionnant qu'il n'avait pas lâché avant la dernière page. C'était un roman de John Grisham (un ancien avocat, pourtant...) qui s'appelait *L'Associé* ou quelque chose comme ça. Une histoire surprenante dans laquelle un homme simule sa mort pour recommencer sa vie sous une autre identité. Mais pour repartir de zéro, il fallait de l'argent. Dans le bouquin de Grisham, le héros détournait plusieurs centaines de millions à ses associés mais lui, Creed Leroy, se contenterait d'un seul million. Et c'est cet avocat de New York, ce Nathan Del Amico, qui allait gentiment le lui donner.

Au départ, sa première intention avait été de faire chanter Jeffrey Wexler mais, après réflexion, il s'était dit que c'était du côté de son ancien gendre qu'il fallait attaquer. Après tout, c'était lui qui avait avoué le délit de fuite. Et puis Wexler était trop puissant dans le coin. Leroy avait donc fermé sa boutique pour la journée. Il s'était connecté sur le web et avait trouvé sans difficulté toutes sortes de renseignements sur Del Amico, en particulier le numéro de fax de son bureau. Il avait ensuite acheté un petit enregistreur numérique qu'il avait connecté à son magnétoscope pour pouvoir diffuser les images de la caméra de surveillance sur un site de fortune. Et pour ne pas laisser de trace, il avait envoyé son fax depuis une boutique de photocopies de Pitsfield.

Toute sa vie, il avait attendu ce moment. Le moment de la revanche. Il allait leur montrer de quoi était capable Creed Leroy. Si tout se passait bien, lui aussi porterait bientôt des costumes italiens et des chemises Ralph Lauren. Il achèterait peut-être même un 4x4 dernier modèle, comme celui de cet avocat.

En tout cas, il partirait loin. Loin de ce bled et de ce boulot qu'il détestait. Loin de sa femme. Il ne la supportait plus, elle dont l'ambition suprême était de se faire refaire les seins et d'avoir un tatouage en forme de serpent au bas du dos.

Il appuya sur le bouton d'éjection du magnétoscope puis retira la cassette vidéo de l'appareil pour l'empaqueter dans une grande enveloppe en papier kraft.

Il sentait son cœur qui, depuis deux jours, battait plus vite dans sa poitrine. Pour une fois qu'il avait de la chance !

La chance, personne n'en parlait jamais dans ce pays, mais c'était souvent ça qui faisait la différence. Bien plus que les qualités individuelles. Être au bon endroit, au bon moment, au moins une fois dans sa vie : voilà l'important.

Creed brancha l'alarme et verrouilla l'entrée de la station-service. Une vitre en verre fumé lui renvoya son reflet. Il n'était pas vieux. En mars prochain, il aurait quarante ans. Il avait raté la première partie de sa vie mais il était bien décidé à réussir la seconde.

Mais pour ça, il fallait que cet avocat accepte de payer.

*

20 décembre

Nathan avait repris ses bonnes habitudes : jogging dans Central Park dès six heures du matin et arrivée au bureau à sept heures trente.

— Je vous ai acheté des beignets, annonça-t-il en poussant la porte du bureau d'Abby.

— Ne me les montrez même pas, protesta-t-elle, je serais capable de prendre deux kilos rien qu'en les regardant.

Ils se mirent au travail et réussirent rapidement à trouver le nom du propriétaire de la station-service de Stockbridge, un dénommé Creed Leroy. Nathan avait bien conscience de livrer là sa dernière bataille. Ses résolutions n'avaient pas changé : il était déterminé à sauver Jeffrey de la prison coûte que coûte. Pour protéger Mallory, il allait donc verser la rançon astronomique que lui réclamait ce Leroy.

En temps normal, il aurait agi autrement. Il aurait fouillé

dans le passé de Leroy jusqu'à trouver un moyen de pression pour contrer son chantage. Fort de son expérience d'avocat, il savait que chaque existence avait ses secrets inavouables. Si l'on prend le temps de chercher, on finit toujours par tomber sur quelque chose.

Mais il n'avait plus le temps. Ce beau million de dollars qu'il était si fier d'avoir amassé, il allait devoir le céder à un petit gérant de station-service !

Bizarrement, la perspective de tout perdre ne l'affectait guère. L'essentiel, pour lui, se situait maintenant ailleurs. À dire vrai, il ressentait même une certaine excitation à revenir à zéro. *On devrait tous pouvoir vivre deux vies*, rêva-t-il un moment. Si c'était faisable, il tâcherait de ne pas commettre les mêmes erreurs. Il ne renoncerait pas à ses rêves de grandeur mais changerait simplement d'ambition. Il abandonnerait une certaine forme de vanité, passerait moins de temps à gesticuler sur des choses éphémères et inutiles pour se recentrer sur des choses plus essentielles. Il essayerait davantage de « cultiver son jardin », comme disait le philosophe.

Mouais, je dis ça aujourd'hui parce que je sais que je vais mourir. Bon, assez médité, jugea-t-il en regardant sa montre. Il téléphona à son banquier pour lui demander de vérifier ses comptes.

— Salut Phil, comment va Wall Street ?

Phil Knight avait fait une partie de ses études avec lui. Ce n'était pas tout à fait un ami mais quelqu'un qu'il appréciait et avec qui il déjeunait régulièrement.

— Hello, Nat, quelle est la nouvelle multinationale à qui tu vas éviter un procès long et coûteux ? Bill Gates ne t'a toujours pas contacté ?

Nathan s'assura d'abord que le chèque encaissé par Candice avant de mourir avait bien été débité. Il demanda ensuite à Knight de vendre toutes ses actions et ses bons du Trésor, car il allait avoir besoin de liquidités.

— Il y a un problème, Nat ? demanda le banquier, inquiet à la perspective de voir se vider le compte de son client.

— Aucun, Phil, je t'assure que cet argent sera bien employé...

Est-ce réellement la meilleure solution ? se demanda-t-il après avoir raccroché. Ces histoires de chantage ne finissaient généralement pas bien. Ce n'était pas tant l'énormité de la somme qui le gênait que la crainte que ces menaces ne s'arrêtent jamais et que, dans six mois ou un an, Creed revienne à la charge auprès de Jeffrey ou Mallory. Le problème c'était que cet homme pouvait dupliquer ses films à l'infini !

Les bras croisés, Nathan réfléchissait en se balançant dans son fauteuil. Il ne fallait pas mélanger les priorités. L'essentiel à ce stade était de ne pas prendre le risque que Leroy décide finalement d'alerter la police.

La pendule posée sur son bureau indiquait 10 h 22. L'avocat décrocha son téléphone et appela Creed Leroy.

Il avait hâte de voir de quel bois cet homme était fait.

*

Nassau (Bahamas) — Un peu plus tôt dans la matinée

Creed Leroy s'était rendu à Boston, très tôt ce matin, pour attraper le premier avion à destination de Nassau. En arrivant dans la capitale des Bahamas, il avait pris la navette de l'aéroport en compagnie d'un grand nombre de touristes venus passer Noël au soleil.

La ville bourdonnait du bruit de la circulation. Le minibus

klaxonna avant de s'arrêter au bord du trottoir pour déverser son flot de passagers. Creed était à l'aise dans cette foule. Il aimait l'anonymat des grandes villes et des lieux impersonnels. En remontant Bay Street — l'avenue principale de la ville — tout embouteillée de vieilles voitures et de calèches à touristes, il se sentait l'âme d'un caméléon. Ici, il n'était plus gérant de station-service. Ici, il pouvait être n'importe qui.

Creed avait décidé d'appliquer les recettes qu'il avait lues dans les thrillers financiers de ces dernières années. Dès qu'il était question de blanchiment d'argent et de compte *offshore*, on évoquait immanquablement Nassau et ses 400 banques et institutions financières. S'ensuivait la description de financiers opportunistes qui, à l'abri du fisc, jonglaient de façon anonyme avec les millions, déplaçant d'un simple clic de souris des sommes faramineuses de paradis fiscal en paradis fiscal. Creed s'était toujours demandé si la réalité se rapprochait de la fiction. Il allait bientôt le savoir.

Sur Internet, il avait repéré les coordonnées du bureau local d'une banque proposant un panel de services qui l'intéressaient. Il avait envoyé un mail pour recevoir une documentation en ligne. Théoriquement, on pouvait ouvrir un compte *offshore* sans se déplacer mais Creed avait insisté pour rencontrer quelqu'un.

Il tourna dans l'une des traverses de Bay Street et pénétra dans l'un des petits établissements bancaires qui donnaient sur la rue.

Lorsqu'il en ressortit, moins d'une demi-heure plus tard, Leroy avait le sourire aux lèvres. John Grisham et Compagnie n'avaient pas menti ! C'était encore plus facile que dans les romans. On avait d'abord prononcé les mots qu'il attendait : confidentialité, secret bancaire, pas d'impôts... Puis, tout s'était enchaîné. Concrètement, le formulaire d'ouverture de compte avait été complété et signé en moins d'un quart d'heure : 5 % d'intérêts annuels sans imposition, un chéquier, une carte bancaire ne mentionnant ni son nom, ni aucune information importante sur la piste magnétique mais donnant accès aux guichets automatiques partout dans le monde. Exactement ce qu'il cherchait. On lui avait aussi promis que son compte serait inaccessible aux investigations du fisc et de la police. Il en avait donc profité pour laisser dans l'un des petits coffres du sous-sol une enveloppe brune avec une copie du film qui allait faire sa fortune.

Et tout ça, sans aucune autre formalité que la photocopie de son passeport et un dépôt de garantie de 15 000 dollars. La veille, toujours sans rien dire à sa femme, il avait vendu son pick-up pour se procurer une partie de la somme. Il avait également retiré 5 000 dollars sur leur compte commun. Il se promit de renvoyer le double à Christy, plus tard, lorsqu'il serait loin d'elle et très riche.

Creed Leroy huma la chaleur de l'air. Il ne s'était jamais senti d'humeur aussi joyeuse. Il ne manquait qu'une chose à son bonheur : que Nathan Del Amico l'appelle et qu'ils conviennent d'un lieu de rendez-vous.

Il passa devant un élégant salon de coiffure de style colonial et regarda à travers la vitre. Comme au temps jadis, un client venait de se faire faire la barbe et profitait du plaisir apaisant d'une serviette fumante posée sur son visage. Cette vision le fit saliver. Personne ne l'avait jamais rasé. Il se décida sur-le-champ. Il était temps de changer de tête, de couper cette barbe négligée et ces mèches de cheveux qui dégoulinaient dans son cou. Ensuite, il se rendrait dans l'un des magasins de luxe de la ville pour acheter des vêtements plus conformes à son futur statut social.

Une jeune femme l'invita à prendre place. Il venait à peine de s'asseoir lorsque son téléphone sonna. Il avait pris soin de faire basculer les appels de la station-service sur son portable. Il jeta un coup d'œil à sa montre. Comme il avait oublié d'avancer l'aiguille d'une heure à cause du décalage horaire, elle marquait 10 h 22.

— Allô ? fit Creed Leroy d'une voix pleine d'impatience.

*

— Nathan Del Amico, à l'appareil.

Garrett Goodrich poussa un cri d'exclamation :

— Bon sang, Nathan, je vous ai laissé plusieurs messages ! C'est seulement maintenant que vous vous décidez à m'appeler ! Qu'est-ce que c'est que cette histoire d'accident ?

— Je vais tout vous expliquer, Garrett. Écoutez, je suis à la cafétéria de l'hôpital. Avez-vous un moment pour en parler ?

— Quelle heure est-il ? demanda le médecin comme s'il avait perdu tout repère temporel.

— Presque midi et demi.

— Je termine de remplir quelques dossiers et je vous rejoins dans dix minutes.

— Garrett ?

— Oui ?

— Je vais encore avoir besoin que vous me rendiez un grand service.

*

Bureau de Marble&March — 16 h 06

— Est-ce que vous n'auriez pas une idée, Abby ?

— Quel genre d'idée ?

Nathan se balançait sur son siège, les mains jointes et l'air mystérieux.

— Comme je vous l'ai expliqué, je suis disposé à verser cette rançon. Mais je veux être sûr de ne payer qu'une seule fois. Malheureusement, le chantage, on sait quand ça commence...

— ... mais on ne sait pas quand ça finit, compléta-t-elle.

— C'est ça. Je ne veux pas que dans six mois ou un an, ce Leroy revienne à la charge avec Jeffrey, avec Mallory... ou même avec moi, se força-t-il à ajouter.

— Le chantage est sévèrement puni par la loi, remarqua-t-elle.

— Oui, mais pour dissuader Leroy de récidiver, il faudrait amener la preuve de son chantage. Or ce type est très prudent, comme j'ai encore pu le constater tout à l'heure.

— Quoi ! Vous lui avez parlé ? s'exclama-t-elle, outrée qu'il ne l'ait pas prévenue plus tôt.

— Oui, je l'ai appelé ce matin mais il a insisté pour me rappeler cinq minutes plus tard dans une des cabines publiques en bas de l'immeuble.

— Il vous a fixé un rendez-vous ?

— Je le rencontre demain.

— Et comment comptez-vous procéder ?

— Il faut que je trouve un moyen de le faire parler et surtout de l'enregistrer mais j'aurais besoin d'un matériel complexe : des micros espions comme ceux des services secrets, par exemple.

— Je vous signale que nous ne sommes plus à l'époque du Watergate, s'exclama Abby en riant.

— Parce que vous connaissez un moyen plus efficace ?

— Ça, par exemple, répondit-elle en désignant le téléphone cellulaire de son patron.

— Le mobile ?

— Oui, mais utilisé d'une façon un peu détournée.

Il fronça les sourcils. Devant son air intrigué, elle s'expliqua.

— Votre téléphone possède une oreillette « main libre », on est bien d'accord ?

— Oui, pour répondre sans lâcher le volant.

— D'accord. Et que se passe-t-il lorsque votre portable sonne quand vous êtes en train de conduire ?

— Il décroche automatiquement au bout de trois sonneries, précisa Nathan, mais je ne vois pas très bien en quoi...

— Laissez-moi terminer. Imaginez maintenant que vous rendiez la sonnerie silencieuse.

— En le faisant vibrer ?

— Non, dit-elle en secouant la tête, lorsque le téléphone vibre, il émet un petit bourdonnement. Ce n'est pas assez discret.

— Je ne vois pas comment faire alors, dit-il en se creusant la tête.

— Vous allez voir.

Elle lui prit le téléphone des mains et entreprit quelques manipulations.

— Il suffit en fait de programmer une sonnerie sans notes.

— Donc, silencieuse.

— Et voilà votre mobile transformé en micro clandestin, 007, dit-elle en lui lançant l'appareil qu'il attrapa au vol.

Pour vérifier le système, il décrocha le combiné du téléphone fixe de son bureau et appela son mobile. Comme prévu, celui-ci se déclencha sans aucun bruit.

— C'est incroyable, reconnut-il. Comment avez-vous appris tout ça ?

— Trouvé dans un magazine féminin, déclara Abby. Un article intéressant : dix trucs infaillibles pour surveiller votre conjoint et savoir s'il vous trompe.

27

« Je ne suis homme sans défaut. »
Villon

Hôpital de Pitsfield — Unité de réanimation — Une heure du matin

— Voilà, docteur Goodrich, c'est ici.

— Très bien.

Claire Giuliani fit un pas en arrière. Elle était impressionnée par ce prestigieux médecin venu de New York pour voir son patient.

— Bon, je vous laisse un moment. N'hésitez pas si vous avez besoin de quelque chose.

— Merci, docteur Giuliani.

Garrett poussa la porte et pénétra dans la pièce.

C'était une chambre assez impersonnelle, éclairée seulement par une petite veilleuse qui diffusait une lumière douce au-dessus du lit. Dans le fond, un bureau rudimentaire d'un blanc glacé côtoyait un évier en inox. Toute la salle résonnait du bip caractéristique du rythme cardiaque et du souffle de l'énorme respirateur artificiel qui recrachait bruyamment son air vers le conduit d'intubation.

Garrett se rapprocha du lit et se pencha vers Ben. Les infirmières avaient remonté les draps et installé une couverture pour éviter l'hypothermie. Immobile comme un gisant de porcelaine, l'enfant semblait minuscule, complètement noyé au milieu de ce grand lit. Les nombreuses traces d'ecchymoses qu'il portait au niveau du visage accentuaient encore cette impression de fragilité. Plusieurs tuyaux couraient le long de ses bras vers les flacons de perfusion accrochés à la potence.

Machinalement, Garrett s'approcha de l'écran du moniteur pour contrôler les valeurs de la fréquence cardiaque et de la tension. Il vérifia ensuite le pousse-seringue automatique chargé d'injecter des doses de morphine à intervalles réguliers.

Il connaissait ce genre d'endroit par cœur mais chaque fois qu'il pénétrait dans une chambre de malade, il ressentait toujours une sorte d'empathie doublée d'une émotion étrange. Il s'était entretenu un moment avec cette jeune femme, le docteur Giuliani, qui semblait tant douter de ses capacités. Elle avait pourtant fait du bon boulot. Le gamin avait été parfaitement pris en charge. On ne pouvait pas faire plus. Maintenant, il ne restait qu'à attendre.

Si Garrett s'était déplacé jusqu'ici, c'était uniquement à la demande de Nathan. L'avocat lui avait parlé de l'accident qu'il venait d'avoir mais le médecin n'en avait pas cru un mot. Nathan avait surtout insisté pour que Garrett aille s'assurer que les meilleurs soins avaient bien été administrés à l'enfant et pour avoir un avis médical sans langue de bois. Il n'avait rien ajouté, mais Goodrich avait parfaitement compris le sens véritable de sa requête : Nathan voulait savoir si les jours de Ben Greenfield étaient en danger.

Garrett tourna la tête vers la porte vitrée pour être certain que personne ne le regardait. Il éteignit ensuite la veilleuse qui brillait au-dessus du lit. À son grand soulagement, il ne distingua aucune auréole de lumière au-dessus de la tête de l'enfant.

Ben n'allait peut-être pas se réveiller d'ici à dix minutes mais, en tout cas, il n'allait pas mourir.

Garrett décida alors de tenter autre chose. Quelque chose qu'il n'entreprenait que rarement.

Il approcha doucement ses mains du visage de Ben...

Il n'avait jamais mentionné cette faculté devant Nathan. C'était quelque chose d'étrange que lui-même ne maîtrisait pas vraiment. Pas un vrai pouvoir, ni un don. Juste une capacité supplémentaire qui pouvait venir aux *Messagers* avec le temps. Quelque chose de difficile à définir, en fait. Une petite porte qui s'entrouvrait un bref moment dans son esprit, une sorte de flash, aussi rapide et soudain qu'un éclair. Parfois, ça lui faisait même un peu mal, comme si son corps était vidé momentanément de toute son énergie, mais ça ne durait même pas une seconde. Un instant plus tard, tout était normal.

Mais pour que ça marche, il fallait un contact.

Les mains de Goodrich n'étaient plus qu'à quelques millimètres du visage de Ben.

Pendant longtemps, il n'avait pas été conscient de cette aptitude. Et même aujourd'hui, ça ne fonctionnait pas à chaque fois. Mais parfois, il « entrevoyait », il réussissait à pousser la porte et il savait ce qui allait advenir. Il le savait, c'est tout, en dehors de tout raisonnement rationnel. Comme une sorte de pressentiment.

Garrett effleura le front de l'enfant du bout des doigts et une image fusa dans son esprit : celle de Ben Greenfield, âgé d'environ vingt ans, en train de sauter en parachute.

Cette vision ne dura pas et Garrett fut aussitôt déconnecté de cet univers prémonitoire.

Comme il transpirait un peu, il s'assit un moment près de l'enfant pour reprendre des forces puis boutonna son manteau et quitta l'hôpital.

Dans quelles circonstances Ben Greenfield sauterait-il en parachute à l'âge de vingt ans ? Il n'en savait fichtrement rien. Mais, en tout cas, il était certain d'une chose : non seulement cet enfant n'allait pas mourir mais il allait sortir rapidement de son coma.

*

21 décembre
Manhattan — Gare de Grand Central

Nathan avait choisi de parcourir à pied la centaine de mètres qui séparaient son bureau de la gare. En arrivant devant la silhouette massive du Metlife Building, il jeta un coup d'œil inquiet à sa montre.

11 h 41

Parfait, il n'était pas en retard. C'est même avec quatre minutes d'avance sur son rendez-vous qu'il pénétra dans Grand Central.

Percés d'immenses verrières par lesquelles s'engouffrait une lumière blanche, le grand hall avait des allures de cathédrale. Avec ses lustres dorés et ses sculptures de marbre, le lieu ressemblait vraiment à un musée et n'usurpait pas sa réputation de plus belle gare du monde.

Il traversa l'immense salle des pas perdus pour gagner la célèbre horloge ronde à quatre cadrans qui surmontait le bureau d'information. C'est là que Creed Leroy lui avait fixé rendez-vous. D'ordinaire, il appréciait cet endroit, à jamais associé dans son esprit à un décor de cinéma et à Hitchcock qui avait tourné ici une scène célèbre de *La Mort aux trousses*.

Comme d'habitude, l'endroit grouillait de monde. Chaque jour, plus d'un demi-million de personnes se croisaient ici avant de prendre d'assaut Manhattan ou de repartir vers leurs banlieues.

L'emplacement parfait pour passer inaperçu.

L'avocat resta un moment immobile, luttant contre le flot continu de voyageurs qui déferlaient de toutes parts. Il vérifia si son téléphone portable était bien en position « décroché ». Il savait qu'à l'autre bout Abby était prête à enregistrer tous les propos susceptibles de confondre Leroy.

Nathan s'impatientait. Il ne savait même pas à quoi ressemblait celui qu'il attendait. « Moi, je vous reconnaîtrai », s'était contenté d'affirmer le maître chanteur. Il patienta encore deux à trois minutes jusqu'à ce qu'une main s'abatte brutalement sur son épaule.

— Ravi de vous rencontrer enfin, monsieur Del Amico.

L'homme était là depuis un moment déjà mais Nathan n'avait pas pensé un seul instant qu'il puisse s'agir de Creed. L'individu qui se trouvait devant lui n'avait pas l'apparence d'un gérant de station-service. Costume sombre bien coupé, manteau de bonne qualité, chaussures neuves ou parfaitement entretenues : s'il s'était noué une cravate autour du cou, Leroy n'aurait pas dépareillé au sein d'un cabinet d'avocats de la ville. Pour autant, l'homme n'avait pas un physique particulier. Tout était moyen chez lui : la taille, la corpulence, la finesse des traits... Tout était moyen sauf son regard d'émeraude au fond duquel brûlait une flamme intense.

L'individu ne semblait pas du genre loquace. D'un mouvement de tête, il fit signe à l'avocat de le suivre.

Les deux hommes longèrent la multitude de boutiques qui bordaient les rampes conduisant aux quais. Ils arrivèrent ainsi à l'étage inférieur, plein de cafés, de sandwicheries et de restaurants. Pour réduire le bruit et la pollution, les voies ferrées de Grand Central avaient été reléguées dans les sous-sols, ce qui donnait au visiteur l'impression étrange de déambuler dans une gare sans train. À l'invitation de Creed Leroy, Nathan poussa la porte de l'*Oyster Bar*.

L'endroit était réputé pour servir les meilleurs fruits de mer de la ville. En temps normal, Nathan adorait cette brasserie pleine de charme et sa grandiose salle voûtée.

— Passons d'abord par les toilettes, suggéra nerveusement Leroy.

— Pardon ?

— Ne discutez pas.

Nathan le suivit jusque dans les toilettes. Creed attendit que la pièce soit vide pour exiger :

— Donnez-moi votre manteau.

— Quoi ?

— Donnez-moi votre manteau et votre veste, je ne veux pas que vous transportiez un appareil enregistreur.

— Je ne transporte rien du tout ! se révolta Nathan en comprenant que son plan bien huilé était en train de tomber à l'eau.

— Dépêchez-vous, ordonna Creed.

Nathan tomba son manteau et sa veste. Dans la poche de cette dernière, il récupéra son mobile qu'il plaça dans la poche de sa chemise. Ça ne coûtait rien d'essayer.

— Enlevez votre montre.

Nathan s'exécuta.

— Ouvrez votre chemise.

— Vous êtes complètement parano.

— Je ne le répéterai pas.

L'avocat déboutonna sa chemise en soupirant. Leroy inspecta son torse.

— Vous voulez voir autre chose ? demanda Nathan d'un ton provocant. Profitez-en, j'ai mis un caleçon Calvin Klein.

— Votre téléphone, s'il vous plaît.

— C'est ridicule !

D'autorité Leroy s'empara du mobile.

Et merde.

— Votre alliance.

— Ne touchez pas à ça !

Creed hésita un instant puis posa sa main sur le poignet de l'avocat.

— Eh, dégagez !

En un éclair Nathan l'attrapa à la gorge et le plaqua contre la porte.

— Hrrrgl..., essaya d'articuler Creed Leroy.

Nathan accentua encore sa pression.

— NE TOUCHEZ PAS À ÇA ! Compris ?

— Hrrrgl..., com... pris.

L'avocat relâcha brutalement sa prise.

Leroy se courba et toussa plusieurs fois pour essayer de reprendre sa respiration.

— Bordel, Del Amico... vous allez me le payer.

— Bon, grouillez-vous, Leroy, ordonna Nathan en sortant des toilettes. Je suppose que vous ne m'avez pas fait venir ici pour déguster une soupe aux palourdes...

*

Ils étaient maintenant assis devant deux Martini posés sur une petite table recouverte d'une nappe à carreaux. La grande salle bourdonnait des conversations animées des clients. Leroy — qui venait de déposer le manteau, la veste et le mobile de Nathan au vestiaire — avait retrouvé une certaine contenance. Il sortit un jeu de tarot de sa poche et le tendit à l'avocat.

— Les neuf premières cartes forment le numéro d'un compte bancaire aux Bahamas, expliqua-t-il. Vous allez appeler votre banque et ordonner le versement de l'argent sur ce compte. La banque s'appelle Excelsior.

Nathan hocha la tête.

Dommage qu'Abby n'ait pas pu enregistrer ça.

Bon sang, il fallait qu'il récupère son mobile. Mais pour ça, il devait d'abord endormir la vigilance de Leroy.

— Pas mal le coup des cartes, Creed.

— N'est-ce pas ?

— Oui... Aucune trace... Il n'y a qu'à mélanger le jeu pour faire disparaître la preuve du chantage.

Leroy redevint soudain méfiant :

— Bon, arrêtez de chanter mes louanges et dépêchez-vous d'appeler votre banque.

— Dois-je vous rappeler que vous m'avez confisqué mon téléphone ?

— Vous allez utiliser l'appareil du restaurant pour un appel interurbain.

— Comme vous voudrez.

Nathan se composa un sourire de soulagement qu'il adressa à Leroy, puis il se leva pour se diriger vers le comptoir comme si c'était exactement ce qu'il attendait.

Cet empressement soudain fit naître chez Creed une certaine inquiétude.

— Attendez, Del Amico. Reprenez plutôt votre mobile, je veux pouvoir écouter ce que vous dites.

Nathan récupéra son mobile au vestiaire et vérifia qu'il était bien allumé.

Pas de problème.

Il pensa à Abby qu'il devinait aux aguets, armée de son magnétophone à l'autre bout du fil.

Maintenant, c'était à lui de jouer. À lui de *plaider*. Est-ce que Nathan Del Amico, le grand avocat, allait arriver à faire parler Creed Leroy ? Oui, s'il était « le meilleur », comme il aimait s'en convaincre.

Mais l'était-il vraiment ? L'était-il encore ?

Il regagna la table et posa négligemment son mobile sur la table. Il sentait que Leroy devenait plus nerveux :

— Alors ce coup de fil, c'est pour aujourd'hui ou pour demain ?

Nathan prit le téléphone, fit mine de le décrocher puis s'interrompit :

— En fait, mon banquier a l'habitude de déjeuner tôt et...

— Arrêtez votre cirque, Del Amico !

Nathan se gratta la tête.

— Nous avions dit 10 000 dollars, c'est bien ça ?

— Ne vous foutez pas de moi, bordel !

— Calmez-vous, après tout vous allez peut-être gagner en un jour ce que j'ai mis plusieurs années à accumuler...

— Remuez-vous.

— Et ça fait quel effet d'être si près de passer de l'autre côté de la barrière ? Au fond de vous, je suis sûr que vous vous posez des tas de questions : est-ce que je vais me réveiller tous les matins en me disant « ça y est, je suis riche » ? est-ce que...

— Ne me provoquez pas !

— Écoutez, peut-être que nous devrions remettre ça à un autre jour, Creed. Vous n'avez pas l'air dans votre assiette...

Leroy abattit violemment son poing sur la table et prononça enfin les mots que Nathan essayait de lui arracher :

— Téléphonez à votre putain de banque et faites virer un million sur mon compte !

— Très bien, très bien, c'est vous le maître du jeu.

Mais c'est moi le meilleur.

L'avocat attrapa l'appareil, l'éteignit pour déconnecter le micro et le ralluma immédiatement. Il appela Phil à la banque et ordonna le transfert de fonds sous l'œil vigilant de Leroy.

— Voilà, l'argent vient d'être versé.

À peine avait-il prononcé ces mots que Creed s'était levé de son siège pour se fondre dans la foule. Nathan ne le perdit des yeux qu'une fraction de seconde mais fut incapable de le retrouver.

Creed s'était évaporé.

*

Leroy ressortit du restaurant sans se presser. Cet homme était à ce point transparent qu'Abby faillit le manquer. Il fit quelques pas le long du trottoir et héla un taxi.

— Aéroport de Newark, demanda-t-il en ouvrant la portière.

Abby se précipita à sa suite :

— Je me rends également à Newark, peut-être pourrions-nous partager cette voiture ?

Elle s'y engouffra avec une telle célérité que Leroy n'eut même pas la possibilité de refuser.

Le taxi roulait à peine depuis quelques secondes lorsque le téléphone d'Abby sonna.

— Je crois que c'est pour vous, fit-elle en tendant l'appareil à Leroy.

— Mais enfin, qu'est-ce que ça signifie ?

— Vous allez voir. Quant à moi, je vais finalement m'arrêter ici, dit-elle en cognant contre la vitre pour prévenir le chauffeur. Bon voyage, monsieur Leroy.

Le taxi s'arrêta pour la laisser descendre sous l'œil abasourdi de Creed. Celui-ci hésita à décrocher mais sa curiosité l'emporta sur sa prudence.

— Allô ?

Il eut alors la surprise d'entendre sa propre voix : « *Téléphonez à votre putain de banque et faites virer un million sur mon compte !* » « *Très bien, Leroy, c'est vous le maître du jeu.* »

— Merde, à quoi vous jouez, Del Amico ?

— Au jeu de l'homme qui accepte de payer une fois mais pas deux.

— Qu'est-ce que vous allez faire de cette bande ?

— Rien, seulement la conserver tout comme vous conservez vos cassettes vidéo. Je la garde « au cas où » mais il ne tient qu'à vous que je ne m'en serve jamais.

— Je n'essayerai pas de vous faire chanter une seconde fois si c'est ce qui vous inquiète.

— Je l'espère pour vous, Creed, car le jeu est nettement moins amusant quand on passe par la case prison.

— Il n'y aura pas de seconde fois.

— Je ne demande qu'à vous croire. Oh, encore une chose, Creed : vous allez voir, *il* ne tient pas toutes ses promesses.

— De qui parlez-vous ?

— De l'argent, Creed, de l'argent.
Puis il raccrocha.

*

Le soleil se couchait sur Nantucket. Un vent venu de l'est avait soufflé sans relâche toute la journée. Avec la tombée du jour, les vagues s'étaient déchaînées plus violemment, se brisant avec fracas sur les rochers qui protégeaient la villa des Wexler.

Jeffrey et Mallory se tenaient sous la véranda couverte qui surplombait les flots. C'était l'endroit le plus impressionnant de la maison, un point d'observation incomparable qui plongeait directement dans l'océan.

Mallory était rentrée du Brésil par le vol du matin. En arrivant à San Diego, elle avait appelé ses parents dans les Berkshires mais la domestique l'avait prévenue que « monsieur et madame » avaient finalement décidé de passer Noël à Nantucket. Inquiète de ce changement de destination, elle avait pris un avion jusqu'à Boston et était arrivée dans l'île à peine une heure auparavant.

— Voilà, Mallory, tu connais toute l'histoire.

Jeffrey venait de lui raconter dans le détail les événements de ces derniers jours. Il n'avait rien omis, depuis le moment où, complètement saoul, il avait renversé Ben Greenfield, en passant par le sacrifice de Nathan, jusqu'à cette histoire avec Creed Leroy dont son gendre l'avait tenu au courant. Il était également revenu sur son problème d'alcoolisme qui l'avait conduit, vingt-cinq ans auparavant, à accuser la mère de Nathan d'un vol qu'elle n'avait pas commis.

Il avait tout raconté sauf que Nathan allait mourir.

Les yeux remplis de larmes, Mallory se rapprocha de son père.

— As-tu des nouvelles de cet enfant ?

— J'appelle l'hôpital deux fois par jour. Son état est stationnaire. Tout peut encore arriver.

Jeffrey voulut la prendre dans ses bras mais elle le repoussa.

— Comment as-tu pu ? s'étrangla-t-elle. Comment as-tu pu laisser Nathan s'accuser à ta place ?

— Je... je ne sais pas, bredouilla-t-il, c'est lui qui l'a voulu. Il pensait que ça serait mieux pour tout le monde...

— C'est surtout mieux pour toi !

Ce jugement claqua douloureusement aux oreilles de Jeffrey.

Le vieil homme ne savait comment se justifier. Il se sentait tenu par la promesse faite à Nathan et il était bien décidé à la respecter, dût-il pour cela passer pour un lâche auprès de sa fille. Telle était sa part du fardeau. Sa façon d'expier.

— Mais tu ne vas tout de même pas le laisser aller en prison ?

— Non, chérie, assura Jeffrey, je te promets que je le sortirai de là. Il n'y a peut-être plus qu'une chose que je sache faire correctement en ce monde et je vais m'y employer.

Jeffrey regarda ses mains qui tremblaient de façon alarmante, signe qu'il était en manque d'alcool. Pour la troisième fois en moins d'un quart heure, il ouvrit la bouteille d'Évian posée sur la table et avala une nouvelle gorgée, espérant sans trop y croire qu'elle allait avoir sur lui les vertus apaisantes d'un trait de vodka.

— Pardonne-moi, Mallory.

Il se sentait misérable, paralysé par un sentiment qui se situait au-delà de la honte. Sa fille, qu'il adorait et qu'il savait fragile, était en pleurs à côté de lui et il n'avait même plus le droit de la serrer dans ses bras.

Mallory s'avança vers l'immense paroi de verre qui enveloppait la véranda. Son regard se perdit sur la ligne d'horizon de l'océan. Lorsqu'elle était petite, les jours de tempête, elle n'osait pas s'aventurer ici à cause du bruit amplifié des vagues et du vent. Ce déchaînement des éléments la terrifiait et lui donnait l'impression d'être au milieu de l'ouragan.

Jeffrey osa faire un pas dans sa direction.

— Chérie...

Elle se retourna, le regarda et se laissa enfin aller dans ses bras, comme lorsqu'elle avait dix ans.

— Je suis malheureuse à en crever depuis que je ne vis plus avec Nathan, papa.

— Parle avec lui, chérie. Je crois qu'il a des choses à te dire.

— Au début, lorsque nous nous sommes séparés, j'ai éprouvé un mélange étrange de peine et de soulagement.

— De soulagement ?

— Oui, toute ma vie, j'ai eu peur qu'il ne m'aime plus, qu'il se réveille un matin et me découvre telle que j'étais vraiment, faible et fragile. En ce sens, ne plus être avec lui constituait une délivrance : puisque je l'avais déjà perdu, je ne risquais plus de le perdre.

— Il a autant besoin de toi que toi de lui.

— Je ne crois pas. Il ne m'aime plus.

— Ce qu'il vient de faire démontre le contraire.

Elle leva vers lui des yeux pleins d'espoir.

— Va le retrouver, conseilla gravement Jeffrey. Mais dépêche-toi : le temps presse.

28

« Ferme les yeux, claque trois fois les talons, et pense très fort : on n'est bien que chez soi. »
Dialogue du film *Le Magicien d'Oz*
de Victor Fleming

24 décembre

— J'peux avoir un hot dog ?

Bonnie sautillait devant le chariot d'un vendeur ambulant, à l'angle de la 5e Avenue et de la 58e Rue.

— Il est seize heures, chérie, ne préfères-tu pas plutôt un fruit ?

— Oh non ! fit la petite fille en secouant la tête, j'adore les hot dogs avec beaucoup de moutarde et aussi des oignons frits ! C'est délicieux.

Nathan hésita : cette nourriture n'était pas très bonne pour la santé mais il donna néanmoins son accord d'un signe de tête.

— ¿*Cuanto cuesta esto*[1] ? demanda-t-elle le plus sérieusement du monde en sortant de sa poche un minuscule porte-monnaie dans lequel elle gardait ses économies.

1. Combien ça coûte ?

Son père la gronda :

— Tu ne dois pas parler espagnol avec tout le monde.

— *Son veinte y dos dólares* [1], lui répondit le vendeur avec un clin d'œil.

Nathan sortit lui aussi son portefeuille et en tira une petite liasse de billets pliée en deux.

— Range ton argent, va.

Il paya les deux dollars et sa fille le remercia de son plus gracieux sourire.

Elle attrapa son hot dog puis fila comme une flèche vers un attroupement d'où s'élevaient des chants de Noël. Il régnait un froid sec mais vivifiant, avec un soleil magnifique qui éclaboussait les façades des immeubles. Nathan emboîta le pas de sa fille. Au milieu de cette foule et des nombreuses animations battant leur plein sur l'avenue, il restait attentif à ne pas la quitter des yeux, ce qui lui permit de constater au passage qu'une belle tache jaune de moutarde pimentée s'était incrustée dans son duffle-coat. Ils écoutèrent un moment les belles mélodies chantées *a cappella* par une formation de Negro Spirituals. Bonnie fredonna plusieurs airs avec eux avant de migrer vers un autre groupe. Elle ne résista pas bien longtemps à la tentation de donner les deux dollars qu'elle avait en poche à un violoniste déguisé en Père Noël qui récoltait de l'argent pour l'Armée du salut. Elle entraîna ensuite Nathan vers l'entrée sud-est de Central Park, juste en face de Grand Army Plaza.

Malgré le froid, en cette fin d'après-midi, le vaste espace vert était pris d'assaut par les flâneurs. D'un peu partout, des promeneurs investissaient le lieu, à pied, à vélo, en calèche traditionnelle et même en ski de fond !

1. Ça fait vingt-deux dollars.

Ils passèrent devant une pancarte qui proposait d'adopter certaines branches des arbres du parc.

— Est-ce que je pourrais adopter une branche pour mon anniversaire ? demanda Bonnie.

Il fut catégorique :

— Non, c'est stupide, on n'adopte pas les arbres.

Elle n'insista pas, mais enchaîna sur une nouvelle requête.

— On pourra aller à Times Square pour le Jour de l'An ?

— Ce n'est pas un endroit pour une petite fille. Et puis, ce n'est pas très beau.

— S'il te plaît. Sarah m'a dit que c'était le réveillon en plein air le plus important du pays.

— On verra, chérie. Couvre-toi bien en attendant, il commence à faire froid.

Elle enfonça son bonnet péruvien jusqu'aux yeux. Il lui noua son écharpe autour du cou et la fit se moucher dans un Kleenex. C'était une enfant adorable et prendre soin d'elle était un privilège inestimable.

Bonnie n'avait pas été traumatisée par ce qu'elle avait vécu le soir de l'accident. Voir son père emmené par les policiers comme un vulgaire criminel n'avait pas été facile pour elle mais, dès le lendemain, ses grands-parents lui avaient raconté toute la vérité. Aujourd'hui, elle n'en parlait que pour s'inquiéter du petit garçon qui avait été blessé.

Sur ce point, les dernières nouvelles étaient rassurantes : le matin même, Jeffrey avait appelé Nathan pour lui annoncer que Ben était sorti du coma. Pour les deux hommes, l'intense soulagement de savoir le garçon hors de danger se mêlait à une satisfaction plus égoïste : du même coup, disparaissait la menace de la prison qui planait sur Nathan.

Bonnie et lui venaient de passer ensemble trois jours de vacances formidables où ils n'avaient rien fait d'autre que s'amuser. Nathan n'avait pas essayé de délivrer à sa fille un message particulier. Il ne voulait pas perdre son temps à jouer au philosophe, mais seulement partager avec elle des moments précieux qu'elle pourrait se rappeler plus tard. Il lui avait fait découvrir les antiquités égyptiennes et les toiles de Picasso au MoMA[1]. La veille, ils avaient rendu visite au gorille de l'immense zoo du Bronx, et, dans la matinée, ils étaient remontés jusqu'aux jardins de Fort Tryon Park où Rockefeller avait fait reconstruire pierre par pierre certains cloîtres du sud de la France.

Nathan regarda sa montre. Il lui avait promis d'aller faire un tour près du *Carrousel* mais il fallait se dépêcher : il était déjà tard et la célèbre attraction n'était ouverte que jusqu'à seize heures trente. Ils se mirent à courir en direction du manège. Une atmosphère de fête foraine se dégageait des lieux. Bonnie s'amusait beaucoup.

— Tu montes à côté de moi ? demanda-t-elle, tout essoufflée.

— Non, bébé, ce n'est pas pour les grandes personnes.

— Il y a pourtant plein d'adultes, fit-elle en désignant les chevaux de bois.

— Allez, va vite, l'encouragea-t-il.

— S'il te plaît, insista-t-elle.

Aujourd'hui, il n'était pas d'humeur à lui refuser quelque chose. Il prit donc place à côté d'elle sur l'un des magnifiques chevaux peints.

— C'est parti ! cria l'enfant lorsque le *Carrousel* se mit en branle et que retentit l'entraînante musique.

1. MoMA : Museum of Modern Art.

Après le manège, ils allèrent jeter quelques miettes de pain aux canards qui s'ébrouaient sur les eaux calmes de l'étang et atteignirent la patinoire du *Wollman Ring*.

À cette période de l'année, c'était l'un des endroits en plein air les plus charmants de Manhattan. La piste était entourée d'arbres dominés par les gratte-ciel de *Midtown*. Derrière le grillage, Bonnie regardait avec envie les autres enfants qui poussaient des cris de joie en exécutant des figures.

— Veux-tu essayer ?

— Je peux ? demanda la petite fille qui n'en croyait pas ses oreilles.

— Seulement si tu t'en sens capable.

Il y a encore six mois, elle aurait répondu *non, j'ai peur* ou *je suis encore trop petite*, mais depuis quelque temps elle avait pris davantage confiance en elle.

— Tu penses que je saurais ?

— Bien sûr, répondit Nathan en la regardant dans les yeux. Tu es une vraie championne en rollers. Eh bien, le patin à glace, ça fonctionne exactement pareil.

— Alors, j'veux bien tenter ma chance.

Il paya les sept dollars pour l'entrée et la location des patins puis l'aida à se chausser et à pénétrer sur la piste.

D'abord hésitante, elle ne tarda pas à connaître sa première chute. Vexée, elle se releva bien vite en cherchant Nathan du regard. Du bord de la patinoire, il l'encouragea à persévérer. Elle essaya à nouveau, prit un peu d'assurance et parvint à glisser sur plusieurs mètres. Alors qu'elle commençait à prendre de la vitesse, elle entra en collision avec un garçon de son âge. Au lieu de pleurer, elle éclata de rire.

— Fais comme ça ! lui cria Nathan de loin, tout en mimant avec ses deux mains la position qu'on devait donner au patin pour freiner.

Elle leva le pouce dans sa direction. Elle était à un âge où on apprenait vite.

Rassuré, il remonta vers la petite baraque qui vendait des boissons et commanda un café tout en gardant un œil sur elle. Les joues rosies par le froid vif de l'hiver, elle patinait maintenant avec plus d'assurance sur des rythmes de rock'n roll.

Il souffla dans ses mains pour se réchauffer. Aujourd'hui, Manhattan ressemblait à une immense station de ski. De loin, la piste de glace brillait comme de l'argent. Sur un talus entourant la patinoire, un « tag » éphémère gravé dans la neige proclamait : I ♠ NY. Nathan aimait ces ambiances hivernales lorsque la ville entière semblait prise dans un écrin de cristal. Il se déplaça le long du grillage pour profiter des derniers rayons de soleil de l'après-midi. C'est fou comme le simple fait de recevoir le soleil sur son visage était devenu important pour lui !

Cette pensée déclencha immédiatement une bouffée d'émotion. Bientôt, ce serait la fin. Il ne pourrait plus jamais sentir la bonne odeur du café lui chatouiller les narines ou la chaleur du soleil lui réchauffer la peau. Des larmes lui montèrent aux yeux mais il les chassa aussitôt. Ce n'était pas le moment de se laisser aller.

Après tout, on lui avait laissé le temps de dire au revoir à sa fille et à sa femme. Tous les mourants n'avaient pas eu cette chance.

*

Bientôt, les rayons dorés du soleil se mirent à décliner derrière la ligne des gratte-ciel. Dans un moment, la nuit tomberait. Les lampadaires s'allumeraient alors comme des bougies au milieu de ce paysage de neige, offrant une autre vision féerique du parc.

Pour l'instant, il faisait encore jour mais un bout de lune blanchâtre avait fait son apparition derrière les tours. C'est alors qu'il la vit arriver, de loin, dans la lumière.

Mallory.

Sa silhouette se découpait dans la lueur orangée. Le vent balayait ses cheveux et le froid lui donnait des couleurs.

Lorsqu'elle l'aperçut, elle se mit à courir dans sa direction et, encore tout essoufflée, se précipita dans ses bras. Ce fut comme s'ils avaient à nouveau vingt ans, sauf que, lorsqu'ils se retournèrent, ils virent une petite fille qui avait quitté ses patins et accourait vers eux en lançant des cris de joie.

Bonnie sauta dans leurs bras et ils se serrèrent très fort tous les trois. Comme ils étaient enlacés, l'enfant demanda :

— On fait la fleur ?

C'était un jeu qu'ils avaient inventé autrefois lorsque Bonnie était toute petite.

D'abord, on se rapprochait très près, on s'embrassait et on disait : « la fleur fermée », puis on se dégageait en criant : « la fleur ouverte ».

On recommençait la manœuvre comme ça, trois ou quatre fois. La fleur fermée, la fleur ouverte. La fleur fermée, la fleur ouverte...

Un jeu tout simple, signe de ralliement pour souder cette famille dans laquelle il manquerait toujours quelqu'un.

29

« C'est toujours de l'amour que nous souffrons, même quand nous croyons ne souffrir de rien. »
Christian Bobin

Quelques heures plus tard
Nuit du 24 décembre
Appartement du San Remo Building

Allongés tous les deux au milieu du lit, ils regardaient les étoiles.

Le ciel était si dégagé que la lune éclairait leur chambre d'une lumière bleutée. Les lèvres de Mallory glissèrent le long du cou de Nathan. Une vague intense venait de les unir à nouveau et leur respiration continuait à être rapide.

Elle passa une main dans les cheveux de son mari.

— Tu sais que je suis plus vieille que toi, chuchota-t-elle au creux de son oreille.

— Seulement de quelques jours, remarqua-t-il dans un sourire.

— Je crois que l'on t'a fait pour moi, plaisanta-t-elle.

Il posa une main sur sa poitrine.

— Que veux-tu dire ?

Elle continua son jeu :

— Lorsque j'ai été conçue, je crois qu'une entité bienfaitrice s'est penchée sur mon berceau et a décidé de m'adjoindre quelqu'un pour affronter les difficultés de ce monde.

— Et c'est comme ça qu'a été décidée mon existence en haut lieu ? fit-il en riant.

— Exactement. Tu peux donc me remercier très chaleureusement, murmura-t-elle en l'embrassant. Sans moi, tu n'aurais sans doute pas vu le jour.

Il répondit longuement à ses baisers. Il ne voulait plus se défaire de son odeur. Il était attentif à tout, au moindre frémissement de son grain de peau, au moindre de ses soupirs. On pouvait gagner à la loterie, remporter le procès du siècle, avoir sept ou huit zéros sur son compte en banque, rien ne remplacerait jamais cela. Il la serra plus fort dans ses bras, l'embrassa sur la nuque, lui caressa les hanches, puis se colla contre son dos, comme si elle constituait son dernier lien avec la vie.

Alors, ce qu'il avait vécu ces derniers jours repassa à toute vitesse devant ses yeux et il se rendit compte qu'il ne s'était jamais senti aussi vivant que depuis le moment où il avait compris qu'il allait mourir bientôt.

Puis, immédiatement après, il sentit à nouveau la mort qui rôdait autour de lui.

Ce soir, pour la première fois, il était prêt à l'accepter. Bien sûr, la peur n'avait pas disparu, mais elle s'accompagnait d'une certaine impatience. Il devenait curieux de la mort comme on peut être curieux d'un nouveau continent. Il partait peut-être vers l'inconnu mais il était entouré d'amour. *En paix avec lui-même et en paix avec les autres*, comme aurait dit Garrett.

Son corps était brûlant, comme s'il avait de la fièvre. Il sentit à nouveau cette douleur à la poitrine qu'il avait fini par oublier et sa morsure à la cheville se réveilla presque en même temps. Il lui sembla aussi que tous les os de son corps étaient en train de bouillir et de s'émietter. Il se sentait peu à peu exclu du monde des vivants, projeté dans une dimension inconnue.

Il avait maintenant l'impression de n'être vivant que pour pouvoir mourir.

Il était deux heures du matin lorsqu'il ferma les yeux ce soir-là, et sa dernière pensée fut pour Goodrich.

Bientôt, il ne sera plus près de moi.

Je ne le verrai plus. Je ne l'entendrai plus.

Lui continuera à opérer des gens et à accompagner d'autres personnes dans la mort.

Moi, comme tous ceux qui m'ont précédé, j'aurai enfin la réponse à la question : y a-t-il un endroit où nous allons tous ?

*

À une centaine de kilomètres de là, Jeffrey Wexler se leva de son lit sans faire de bruit. Il ouvrit une petite porte, nichée sous l'escalier du salon, alluma l'ampoule nue et poussiéreuse qui pendait au plafond et descendit prudemment les escaliers qui menaient à la cave.

Sous l'une des étagères en bois, il tira une caisse de six bouteilles de whisky qu'un livreur lui avait apportée quelques jours plus tôt : du chivas vingt ans d'âge, un cadeau de Noël d'un client qu'il avait tiré d'un mauvais pas.

Dès qu'il s'était mis au lit, Jeffrey avait compris qu'il ne pourrait pas trouver le sommeil tant que ces bouteilles seraient sous son toit. Il remonta la caisse dans la cuisine et entreprit de vider chaque bouteille dans l'évier. L'opération lui prit quelques minutes pendant lesquelles il regarda, songeur, l'alcool s'écouler comme l'eau blanchâtre des spaghettis que l'on égoutte. Ensuite, il ouvrit abondamment le robinet d'eau pour ne pas succomber à l'envie de lécher l'évier.

Comment un homme comme lui avait-il pu en arriver là ? Il se posait la question chaque jour et savait qu'il ne trouverait jamais la réponse.

En attendant, il avait su, aujourd'hui encore, résister à la tentation. Pourtant, demain serait un nouveau combat. De même que le jour suivant. Sa guerre nécessitait une vigilance de tous les instants car lorsqu'il était en manque, il se savait capable d'absorber n'importe quoi : l'eau de Cologne, le déodorant, la bouteille d'alcool à 90° de la boîte à pharmacie. Le danger était partout.

Il retourna se coucher près de sa femme mais il était très déprimé. Son poing se crispa contre l'oreiller. Peut-être devrait-il essayer de se rapprocher de Lisa, de communiquer davantage avec elle et lui parler de cette détresse morale qui l'envahissait tout entier. C'était le moment ou jamais.

Oui, il lui en parlerait sans doute dès le lendemain.

S'il arrivait à en trouver le courage.

*

Minuit passé
Quelque part dans un quartier populaire de Brooklyn

Connie Booker ouvrit la porte en prenant garde de ne pas faire de bruit. Elle se pencha vers Josh et le regarda avec une profonde tendresse. Il y a encore dix jours, cette pièce n'était qu'une chambre d'amis, froide et sans vie. Ce soir, un enfant y dormait dans la chaleur d'un petit lit. Elle n'en revenait toujours pas.

Tout était allé très vite. Il y avait d'abord eu cette tragédie avec la mort de sa nièce, Candice, lors de cet horrible braquage. Puis, quelques heures plus tard, un appel des services sociaux lui proposant de recueillir le bébé. Connie n'avait pas été longue à accepter. À bientôt cinquante ans et après plusieurs fausses couches, elle n'espérait plus avoir d'enfant. Elle était arrivée à un âge où elle n'attendait plus grand-chose de la vie. Ces dernières années, elle s'était sentie de plus en plus fatiguée et vieillissante. Mais depuis l'arrivée de Josh, la lourdeur de son existence s'était évaporée. Comme si sa vie avait soudain retrouvé tout son sens.

Elle serait une bonne mère, elle en était sûre. Josh ne manquerait de rien. Avec son mari, ils travaillaient déjà dur et Jack, très fier de son nouveau rôle de père, venait de demander des heures supplémentaires à la caserne.

Quelque chose tout de même la tracassait. Ce matin, dans sa boîte aux lettres, elle avait trouvé un paquet kraft avec une voiture électrique et quelques billets. Elle contenait aussi une lettre simplement signée « Nathan » précisant que cet argent était destiné au Noël du petit.

Avec Jack, ils avaient relu la lettre plusieurs fois et ils n'avaient pas trop su quoi en penser. Décidément, c'était un bien étrange Noël. Connie embrassa doucement l'enfant et sortit en silence.

En refermant la porte, elle se demanda encore une fois qui pouvait bien être ce mystérieux donateur.

*

Greenwich Village

Abby Coopers revenait de sa soirée de réveillon. Seule. Elle tenait un sacré mal de tête et une chose était certaine : ce n'était toujours pas ce soir qu'elle rencontrerait le grand amour. Devant sa porte, le gardien avait posé un paquet. Elle l'ouvrit avec curiosité. C'était une bouteille de vin français, accompagnée d'un mot. Nathan lui souhaitait un joyeux Noël et la remerciait pour tout ce qu'elle avait fait pour lui.

Abby retira ses chaussures avec célérité puis inséra dans la platine son CD favori — *Songs* du trio de jazz de Brad Mehldau — avant de tamiser les lumières. Elle s'installa sur le canapé en allongeant ses jambes sur la place inoccupée à côté d'elle.

Elle relut la carte de vœux une deuxième fois. Il y avait quelque chose de bizarre dans ce mot, comme si c'était une lettre d'adieu, comme s'ils ne devaient jamais plus se revoir.

Non, c'était stupide, elle se faisait des idées. Elle se demanda néanmoins où pouvait bien être Nathan à ce moment précis. Une intuition lui donna la réponse : sans doute avec son ex-femme.

Dommage.

Il aurait pu être son grand amour.

*

Garrett Goodrich sortit du centre de soins palliatifs de *Staten Island*.

— Allez, Cujo, monte, mon chien ! lança-t-il en ouvrant la portière arrière de sa voiture.

L'énorme dogue s'exécuta en jappant.

Garrett s'installa à l'avant, tourna la clef de contact et

alluma son vieux poste de radio. Il fit défiler les stations, grimaça en écoutant Britney Spears, fronça les sourcils en tombant sur un refrain d'Eminem puis trouva enfin son bonheur grâce à une station de musique classique qui diffusait une représentation du *Nabucco* de Verdi.

Parfait, jugea-t-il en dodelinant la tête.

Il prit lentement la direction de son appartement, tandis que le chœur des esclaves hébreux entonnait le *Va, pensiero, sull'ali dorate*. Au premier feu rouge, il jeta un coup d'œil au chien sur la banquette arrière puis écrasa un lourd bâillement. Depuis combien de temps n'avait-il pas vraiment dormi ? Il fit un effort mais ne parvint pas à s'en souvenir.

Ça devait faire très longtemps.

*

Dans sa chambre, Bonnie Del Amico n'arrivait pas à fermer l'œil.

Elle était tellement heureuse que ses parents s'aiment à nouveau. C'était ce qu'elle avait toujours souhaité. Depuis deux ans, il n'y avait pas eu un soir sans qu'elle le demande dans ses prières. Pourtant, son angoisse n'était pas totalement apaisée, comme si une menace confuse planait encore sur sa famille.

Elle se leva d'un bond, ramassa son bonnet péruvien qui traînait sur une chaise et s'en servit comme doudou pour trouver enfin le sommeil.

*

Trois heures du matin, dans un cimetière du Queens.

Une épaisse couche de neige glacée recouvrait toujours la

pierre tombale d'Eleanor Del Amico. Ce matin, son fils avait apporté des fleurs ; un bouquet de quelques roses dans un vase en étain. Si le vase avait été transparent, on aurait pu voir, à travers, quelque chose qui enserrait les tiges des fleurs.

C'était un bracelet à quatre rangs de perles, avec un fermoir en argent serti de petits brillants.

*

Il faisait encore nuit dans la petite ville de Mystic, Massachusetts.

Près de la plage, dans une maison vide, se trouvait une pièce avec des étagères en métal. Dans un grand carton était rangé un album que quelqu'un avait récemment ouvert. Un album contenant toutes sortes de choses : des textes, des dessins, des fleurs séchées, des photos... Sur l'une d'entre elles, une femme courait sur une plage.

Juste en dessous, elle avait écrit au stylo :

« Je cours si vite que la mort ne me rattrapera jamais. »

Elle s'appelait Emily Goodrich et savait pourtant très bien que la mort finirait par l'emporter.

Elle n'avait jamais vraiment cru en Dieu.

Mais peut-être y avait-il autre chose.

Un mystère.

Un endroit où nous allons tous.

*

Mallory ouvrit les yeux.

Elle écouta dans la nuit la respiration de son mari qui dormait à côté d'elle.

Pour la première fois depuis longtemps, elle se sentit

confiante en l'avenir et songea à la possibilité de faire un autre enfant. Cette perspective l'emplit d'un seul coup d'une joie débordante.

Au moment de se rendormir, Dieu sait pourquoi, elle se rappela qu'avec ce voyage au Brésil, elle n'était toujours pas passée prendre les résultats des analyses que son médecin lui avait demandé de faire la semaine dernière.

Tant pis, elles attendraient encore quelques jours. De toute façon, le docteur Albright s'inquiétait toujours pour rien.

*

Le jour se levait sur l'île de Nantucket.

À cette heure, il n'y avait personne près du lac de *Sankaty Head*, derrière les marais qui baignaient les plantations de canneberges.

Dans la région, les eaux des lacs et des étangs avaient gelé depuis plusieurs jours. Pourtant, un cygne blanc nageait le long d'une mince surface où la glace avait commencé à fondre. Comment ce cygne avait-il pu se perdre ici en plein hiver ? Personne ne le saurait jamais.

Personne ne le verrait jamais non plus, car l'oiseau ne tarda pas à prendre son envol dans un battement d'ailes au souffle grave.

Pour s'en aller ailleurs.

30

« Ne dis jamais de rien : Je l'ai perdu mais : Je l'ai rendu. Ton enfant est mort ? Il a été rendu. Ta femme est morte ? Elle a été rendue. »

Épictète

25 décembre

D'abord il ne sentit qu'une onde de chaleur sur son visage qui ne l'incita pas à ouvrir tout de suite les yeux. Il avait bien trop peur de ce qu'il pourrait découvrir.

Puis il entendit une musique au loin. Il connaissait cet air. Qu'est-ce que ça pouvait bien être ? Du Mozart peut-être. Oui, le *Concerto pour piano n° 20*, son préféré.

Enfin il lui sembla qu'une odeur de pancakes flottait dans l'air. Alors seulement, Nathan se décida à ouvrir les yeux : on ne dégustait sans doute pas de pancakes dans l'autre monde.

En effet, il était toujours chez lui, en caleçon et en tee-shirt, dans la chambre où il s'était endormi la veille. Il pouvait difficilement le croire mais il était encore en vie. Il se redressa pour s'asseoir dans le lit. Personne à ses côtés. Il tourna la tête vers la fenêtre : il faisait beau en ce jour de Noël. Un soleil insolent qui déversait sa lumière éclatante dans toute la pièce.

Bonnie poussa la porte de la chambre et passa la tête dans l'entrebâillement.

— *¿Qué tal*[1] ? demanda-t-elle en voyant que son père était réveillé.

— Salut, petit écureuil, tout va bien ?

— Très bien ! cria-t-elle en prenant son élan pour sauter dans le lit.

Il l'attrapa au vol et la serra contre lui.

— Où est maman ?

— Elle prépare des crêpes. On va prendre le petit déjeuner au lit tous les trois !

Pour manifester son enthousiasme, Bonnie se servit du lit de ses parents comme d'un trampoline, multipliant les sauts, les rebonds et les cabrioles.

Nathan tendit l'oreille. Des notes de musique classique montaient du rez-de-chaussée, mêlées au bruit des casseroles et des ustensiles de cuisine. Mallory avait toujours aimé travailler en écoutant la radio.

Il se mit debout, devant le miroir en pied de la chambre, s'examina avec attention, frotta sa barbe naissante avec le revers de la main comme s'il n'en croyait pas ses yeux. Pas de doute, c'était bien lui, en chair et en os. La veille, il avait pourtant cru qu'il allait mourir au cours de la nuit. Mais, à présent, il ne ressentait plus rien, ni fièvre, ni douleur, comme si le danger qui le menaçait s'était évaporé.

Comment expliquer cela ? Il n'avait quand même pas tout inventé.

La voix de Mallory retentit depuis la cuisine :

— Quelqu'un pour venir m'aider ?

1. Comment ça va ?

— J'arrive ! hurla Bonnie en faisant un atterrissage contrôlé sur le parquet.

Sa fille, sa femme et lui, enfin réunis, sans menace au-dessus de leur tête. C'était presque trop beau. Trop de bonheur d'un seul coup.

Pourtant, il sentait confusément que quelque chose n'allait pas.

Il fallait qu'il parle à sa femme. Il proposa son aide :

— Tu as besoin de moi, chérie ?

— Tout va bien, mon amour, on s'en sort, lui répondit Mallory.

Il se pointa devant la baie vitrée pour voir Central Park qui s'éveillait. Le brouillard du matin qui réduisait toujours un peu la visibilité s'était complètement dissipé.

Bonnie remontait les escaliers avec un plateau contenant une assiette remplie de petites crêpes.

Elle le posa sur le lit, plongea l'un de ses doigts dans le pot de sirop d'érable et le porta à sa bouche tout en lui adressant son fameux clin d'œil.

— Miam-miam, fit-elle en se frottant le ventre.

Derrière lui, il entendait les marches qui craquaient. Il se retourna pour guetter l'arrivée de Mallory.

D'abord, il ne remarqua rien de particulier. Radieuse, elle se tenait dans la lumière, debout devant la vitre, chargée d'un gros plateau à petit déjeuner contenant du café, des fruits et des bagels.

Mais alors qu'elle s'avançait dans la pièce pour faire le tour du lit, Nathan tressaillit et sentit soudain le sol s'écrouler sous lui : un halo de lumière blanche restait accroché à la chevelure de Mallory.

31

« Ce n'est pas la mort qui est mauvaise.
C'est la tâche non accomplie. »
Dialogues avec l'ange

Déstabilisé et en proie aux pensées les plus folles, Nathan roulait à toute vitesse en direction de Soho.

Il fallait qu'il sache. Et seul Garrett avait les réponses.

Il jeta un coup d'œil au cadran du tableau de bord. À cette heure-ci, un jour férié, le médecin serait probablement encore chez lui.

Il arriva comme une fusée sur Houston Street, laissa le 4×4 en plein milieu de la rue et se précipita dans l'immeuble de Goodrich. Après un rapide coup d'œil sur les étiquettes des boîtes aux lettres, il monta trois par trois les marches qui menaient au dernier étage.

Arrivé devant l'entrée du médecin, il tambourina bruyamment.

Personne.

De rage, il balança un violent coup de poing dans la porte qui se mit à vibrer. Alertée par le bruit, une vieille voisine au dos voûté sortit sur le palier.

— C'est vous qui faites tout ce raffut ? demanda-t-elle d'une voix fluette.

— Le docteur n'est pas là ?

Elle regarda sa montre.

— À cette heure, il doit promener son chien.

— Savez-vous à quel endroit ? lui demanda l'avocat en faisant un effort pour se radoucir.

— Je ne sais pas, répondit la petite femme apeurée, il va parfois du côté de...

La fin de sa réponse se perdit dans les escaliers :

— ... Battery Park.

Nathan avait déjà repris le 4×4. Il appuya sur le champignon, direction Downtown. La circulation avait beau être fluide, il trouvait qu'il n'avançait pas assez vite. Il grilla imprudemment un feu en tournant sur Broadway. Rongé par l'angoisse, il ne distinguait plus vraiment la route qui défilait devant lui.

Il ne voyait que l'image de Bonnie sautant de joie sur le lit et le visage de Mallory cerné par la lumière. Tout à l'heure, il s'était approché d'elle jusqu'à la toucher, il lui avait passé la main dans les cheveux comme pour chasser cette maudite auréole. Mais la lumière n'avait pas disparu.

Et il était le seul à la voir.

Il continua sa course folle. Au niveau de TriBeCa, il rétrograda pour s'engager dans ce qu'il pensait être un raccourci et qui se révéla une rue à sens unique. Il roula à contre-courant sur quelques dizaines de mètres, débordant plusieurs fois sur le trottoir et se faisant rappeler à l'ordre par de vigoureux coups d'avertisseur sonores. Il parvint à faire demi-tour et se força à ralentir : dans sa situation, il ne pouvait pas se permettre d'avoir toutes les voitures de police de la ville à ses trousses.

Nathan abandonna finalement sa voiture au niveau de Fulton Street, sans même penser à la fermer à clé. Il poursuivit sa route à pied et, quelques minutes plus tard, arriva aux abords de la pointe sud de Manhattan. Il traversa les allées boisées de Battery Park pour déboucher sur la promenade qui bordait l'Hudson. Une nuée de mouettes s'envola à son arrivée. À présent, il ne pouvait pas descendre plus bas. La baie de New York battue par le vent du large s'ouvrait devant lui. Il courut le long du promontoire qui longeait le fleuve. Il y avait peu de monde : quelques joggers isolés étaient venus éliminer les excès du réveillon de la veille tandis qu'un vieil homme profitait de l'absence des ferrys pour poser des cannes à pêche le long des embarcadères. Perdue dans un petit nuage de brume malgré le soleil, on devinait la silhouette de la statue de la Liberté qui tendait sa torche vers *Staten Island.*

Enfin, il aperçut Garrett.

Les mains croisées derrière le dos, il promenait tranquillement son chien, le redoutable Cujo qui trottinait quelques mètres devant lui.

Alors qu'il était encore assez loin du médecin, Nathan l'interpella.

— Qu'est-ce que ça veut dire ? hurla-t-il.

Garrett se retourna. Il ne paraissait pas spécialement étonné de le voir, comme s'il avait toujours su que cette histoire se terminerait ici et de cette façon.

— Je crois que vous le savez très bien, Nathan.

— Ce n'était pas ce que vous m'aviez dit, protesta-t-il en arrivant à sa hauteur, vous prétendiez que c'était *moi* qui devais mourir !

Garrett secoua la tête.

— Je n'ai jamais affirmé ça. C'est vous qui l'avez cru.

— Si, vous l'avez dit ! Je n'ai quand même pas rêvé.

Il se souvenait lui avoir posé la question : *est-ce que vous êtes ici pour moi ?*

Pourtant, en y réfléchissant, Nathan comprit que Garrett avait raison : jamais il ne lui avait clairement confirmé qu'il allait mourir. La seule fois où il avait consenti à donner un semblant de réponse, lors de leur discussion dans la cafétéria de l'hôpital, il avait précisé : *ce n'est pas vraiment ce que j'ai dit*. Mais Nathan avait choisi de ne pas tenir compte de sa remarque.

Certaines autres paroles de Goodrich résonnaient maintenant dans sa tête.

Il existe des gens qui préparent ceux qui vont mourir à faire le grand saut dans l'autre monde.

Leur rôle est de faciliter la séparation paisible des vivants et des morts.

C'est une sorte de confrérie.

Le monde est peuplé de Messagers mais peu de gens en connaissent l'existence.

Je ne suis pas un demi-dieu. Je ne suis qu'un homme, tout comme vous.

Cette dernière phrase.

Tout comme vous...

Nathan frémit. Il avait eu tous les éléments devant les yeux et il ne s'était douté de rien.

Il fixa Garrett droit dans les yeux.

— Vous n'avez jamais été là pour m'annoncer ma mort.

— En effet, avoua le médecin d'un ton résigné, ce n'est pas pour cela que je suis entré en contact avec vous.

— Vous vouliez me prévenir que j'allais devenir un Messager, c'est ça ?

Goodrich approuva de la tête.

— Oui, je devais vous révéler cette face cachée de la réalité. Mon rôle était de vous initier à cette fonction, de m'assurer que vous seriez capable de remplir le rôle qui vous serait dévolu.

— Mais pourquoi moi ?

Garrett écarta les bras en signe de fatalité.

— Ne cherchez pas à comprendre ce qu'on ne peut expliquer.

Le vent s'était levé. Il était temps pour Nathan d'avoir la confirmation qu'il était venu chercher.

— Mallory va mourir, n'est-ce pas ?

Garrett lui mit la main sur l'épaule et dit d'un ton très doux :

— Oui, Nathan, j'en ai peur.

Le jeune avocat repoussa violemment le bras charitable du médecin.

— Mais pourquoi ? hurla-t-il, désespéré.

Garrett inspira profondément avant de reconnaître :

— La première tâche qui attend le nouveau Messager est difficile car elle consiste à accompagner la mort de l'être qui lui est le plus proche.

— C'est ignoble, cria-t-il en s'avançant d'un air menaçant.

Quelques promeneurs intrigués s'étaient arrêtés pour assister à la scène.

— Calmez-vous, ce n'est pas moi qui établis les règles, répondit tristement Goodrich. J'ai moi-même connu ça, Nathan.

L'ombre d'Emily passa alors dans son regard, faisant tomber la rage de Nathan.

— Pourquoi ? demanda-t-il, désarmé. Pourquoi faut-il

assister à la mort de celle qu'on aime pour accéder à ce statut ?

— C'est comme ça depuis toujours. Tel est le prix à payer pour devenir un Messager.

L'avocat se révolta :

— Mais quel prix ? Je n'ai jamais eu le choix !

Garrett s'attendait à cet argument.

— Ce n'est pas vrai, Nathan. C'est vous qui avez décidé de revenir.

— Vous racontez n'importe quoi !

Goodrich regarda Nathan avec une expression empreinte d'humanité. Il lui semblait se retrouver vingt-cinq ans auparavant, lorsque, jeune médecin, il avait dû subir la même épreuve. Il aurait aimé le réconforter tant il savait que ces révélations étaient difficiles à accepter.

— Souvenez-vous de votre expérience de mort imminente.

— Lorsque j'étais dans le coma, après mon accident ?

— Oui, quelle est l'image qui vous a décidé à vivre ?

— ...

Nathan ressentit comme un électrochoc lui parcourir le corps avant d'être projeté mentalement dans un tunnel de lumière.

— Qu'avez-vous vu ? demanda de nouveau Garrett. Qu'est-ce qui vous a poussé à revenir parmi le monde des vivants ?

Nathan baissa la tête.

— J'ai vu un visage, admit-il, un visage qui semblait ne pas avoir d'âge...

Oui, tout lui revenait maintenant. Il se revit enfant, à huit ans, lors de ce fameux moment qu'il avait toujours refoulé. Il se souvenait bien de cette lumière blanche très douce qui l'attirait irrémédiablement vers la mort. Puis, soudain, au dernier moment, alors qu'il se croyait déjà de l'autre côté, il avait senti qu'on lui laissait le choix. Partir ou revenir.

Pour l'aider dans sa décision, on lui avait aussi envoyé une vision : une image fugitive, comme un bref éclat d'avenir.

C'était un visage. Le visage de celle qui, des années plus tard, allait devenir sa femme. Physiquement elle était différente mais, au fond de lui, il avait toujours su que c'était elle. Elle souffrait. Elle était seule et elle l'appelait. C'est pour ça qu'il était revenu : pour être au côté de sa femme lorsque la mort viendrait la chercher.

Pour la troisième fois, Garrett revint à la charge :

— Qui avez-vous vu, Nathan ?

— C'était Mallory... Elle avait peur. Elle avait besoin de moi.

*

Des petites rafales de vent soulevaient les eaux de l'Hudson. La brume s'était maintenant complètement dissipée et on pouvait apercevoir la baie dans toute sa longueur, depuis les rives de Brooklyn jusqu'à celles du New Jersey.

Nathan Del Amico remontait à pied vers le nord de Manhattan. Il savait que les jours à venir allaient être très durs.

Dans sa tête, tout se bousculait.

Que dirait-il à Mallory lorsqu'il se trouverait devant elle ? Serait-il capable de ne pas craquer ? Saurait-il être à la hauteur du pouvoir écrasant qui était désormais le sien ?

Une chose était certaine : il l'entourerait de tout l'amour dont il était capable, un amour profond et inaltérable qui n'avait jamais cessé et qui perdurerait au-delà de tout.

Quant au reste, il n'avait pas encore la force d'imaginer ce qui se passerait ensuite, lorsque Mallory ne serait plus à côté de lui et qu'il devrait aider d'autres gens à faire le grand saut.

Pour l'instant, il ne pouvait penser qu'à elle.

Il serait sa boussole, le guide de ses derniers instants.

Le Messager qui lui prendrait la main pour l'accompagner jusqu'au seuil de cet endroit.

Cet endroit inconnu et redouté.

Là où nous irons tous.

Au niveau de Trinity Church, il pressa le pas : la femme qu'il aimait l'attendait à la maison.

Et elle avait besoin de lui.

REMERCIEMENTS

À Valentin Musso pour ses nombreuses idées et ses conseils toujours pertinents.

Merci Valen, *Et après...* n'aurait pas existé sous cette forme sans toi.

À mes parents et à mon frère Julien pour leurs encouragements et leurs critiques souvent très argumentées.

*

À Bernard Fixot et à Caroline Lépée.

Travailler avec vous est un privilège.

Aubin Imprimeur
LIGUGÉ, POITIERS

Achevé d'imprimer en novembre 2003
pour le compte de France Loisirs
123, bd de Grenelle, 75015 Paris
N° d'édition 39560 / N° d'impression L 66027
Dépôt légal, août 2003
Imprimé en France